塩の木のものがたり

かつてこの山には、塩の木という不思議なものがありました。

樹液といえば甘《あま》いのですが、塩の木の樹液はしょっぱくて、煮詰《につ》めれば塩がとれたのです。

この山は険しい峠道《とうげみち》に閉ざされていましたので、大きな移動も交易もできませんでしたが、動物の肉も、木の実も、塩までもが山から与《あた》えられていましたので、十分に生きていくことができたのです。

ある日、険しい峠道を越《こ》えて、都の人々がやってきました。大きくて真っ直ぐな道路を作るためでした。帝《おおきみ》のご命令によって、都からこの山まで、この山からさらに遠くへと道を作っていたのです。

長旅と重労働で動けなくなった都の人々を、山の人々は手当してあげました。

都の人々はお礼に、山には無い技術や、鉄でできた道具のことを教えてあげました。

それまで塩作りには土器が使われていましたが、都の知識や鉄器のおかげで、一度にたくさんの塩を作ることができるようになりました。

土器はたいへんもろく、煎熬《せんごう》するたびに割れてしまうので、一度にたくさんの塩を作ることはできません。鉄器は丈夫《じょうぶ》ですし、大きなお鍋《なべ》にすることもできます。おかげでたくさんの量を作ることができたのです。

それだけではありません。都の人々が作った道のおかげで、山の外へ塩を売りに行くことができるようになりました。塩を手に入れるために苦労していた人はたくさんいましたので、塩は飛ぶように売れ、山は裕福《ゆうふく》になりました。

かわりに、塩の木は弱っていきました。樹液を絞《しぼ》り取られたからです。

塩の木が弱り行くのを止めようとする者がいました。エナという名の女です。

エナは、塩作りをする女でした。山で唯一《ゆいいつ》、土器で塩を作り続ける女でした。みなからは時代遅《おく》れの愚かな女だと馬鹿《ばか》にされていました。

「この塩は塩の木の命からできているのです。むやみにとってはいけません」

エナがいさめようとすると「みなが助かっているのに何を言う」とたくさんの人が怒《いか》りました。

そのうち塩の木は枯《か》れ、森は小さくなりました。樹液が不足してくると、塩の木をめぐった争いが起きるようになりました。

エナは、争いを止めるにはどうすればいいのかと山に尋《たず》ねました。その夜、塩の木の根元に種を埋《う》めるという夢を見ました。次の日、お腹が大きく膨《ふく》らんでいました。

エナは、お腹の中に何が入っているのかわかっていました。ですから、夫にこう言ったのです。

「私を土に埋めてください」

夫は驚《おどろ》きました。塩の木を守るためとはいえ、妻を埋めることなどできません。

そのまた次の日、山が大きく揺《ゆ》れ、地面が割れました。エナは山の意志を悟《さと》り、割れ目に飛び込《こ》みました。

すると、あちこちからたくさんの木の芽が顔を出し、みるみる育ったかと思うと、一晩にして深い森をつくり、塩の木を隠《かく》してしまいました。

塩の木のありかがわからなくなった人々は、二度と塩を作ることができなくなりました。

エナの夫は妻の墓標とするために、エナが飛び込んだ場所に一本の木を植えました。

今も、どこかに塩の木があるのかもしれませんが、誰《だれ》にも見つけることはできません。

一

僕《ぼく》は姉と向かい合って朝食を食べている。

ダイニングテーブルの上には、白米と納豆、昨日の残りのゴーヤーチャンプルー、近所からもらった塩辛《しおから》いたくあん。リビングのローテーブルが光をはじき、姉の白い頬《ほお》に朝日の粒《つぶ》を乗せていた。狭《せま》いアパートだ。

母が失踪《しっそう》して以来、姉の小巻《こまき》と二人で暮らしている。テレビを見ながら二人でどうでもいい話をするのが毎朝の流れだったけど、今日はちょっと違《ちが》った。

取りそこねた漬物《つけもの》が音もなく落ちる。僕は黙《だま》って箸《はし》を動かす。芸能ニュースをヤジる必要もない。カラ元気が要《い》らないっていうのは、善きことの最上位に入るものだと思う。

「大洋《たいよう》」

姉は自分の湯呑《ゆのみ》に茶を入れ、ついでに僕の分も足した。左の薬指には指輪がある。

「先生に話してね。私からも連絡《れんらく》するけど」

ゆるく波打つ髪《かみ》は、生まれつきの薄《うす》い茶色で、外を知らない猫《ねこ》のようにつややかだ。大きな目に長いまつ毛、細い鼻筋にふっくらした唇《くちびる》。僕とまったく似ていない。友人からは「美人の姉ちゃんうらやましい」とか「清らかすぎて目がつぶれねえ?」とか言われるけど、これを美人とするのは少々不可解だ。

左右がきっちり対称《たいしょう》なのだ。時々、この人CGなのではと思えてくる。昔住んでいた町では、近所のおばあさんに人魚の現身《うつしみ》と言われていた。精霊《せいれい》の魂《たましい》が入っているのだと。

僕？　柴犬《しばいぬ》に似ている。ひょろりと背が高いので、姉からはガガンボと言われる。

今年で二十五歳《さい》になる姉は、自動車整備会社の事務員をしている。この町には、自動車の仕事に就《つ》いている人が多くいる。隣県《りんけん》の大都市が自動車王国なのだ。

この町の人間は、将来への選択肢《せんたくし》が少ない。自動車関係の仕事に就《つ》くか、大企業《だいきぎょう》の部品工場か、小売店か、飲食業か、銀行。地場産業。農業。農協。家業を継《つ》ぐ。配送。役所、教師、病院、介護《かいご》。あるいは自力で仕事を作り出すか。この町を出るか。

六年か七年だかあとに、この山の町にリニア新幹線が開通することになっている。東京まで一時間足らずで行けるようになるらしいけど、空気の抜《ぬ》けの悪いこの町に風穴が開いたとき、どんなふうになるのかは想像がつかない。

姉は今年の秋に結婚《けっこん》を控《ひか》えている。相手は「友人主催《しゅさい》の食事会」もとい合コンで知り合った市立図書館の職員だ。背が低く、ウサギのような顔をしていて、初めて会ったときは正直、冴《さ》えないと思った。

彼《かれ》の家系は古来この一帯をまとめていた豪農《ごうのう》で、戦後の農地改革で打撃《だげき》を受けたものの、現在でも賃貸不動産と有料駐車場《ちゅうしゃじょう》を所有しているらしい。聞くや認可印《にんかいん》を押《お》した。

姉が不労所得に惹《ひ》かれたわけではないことはわかっているし、旧家の一人息子《むすこ》に嫁《とつ》ぐなんて大丈夫《だいじょうぶ》かよとも思うけど、この先も食うに困らないと安心できたのは大きかったのだ。

ちなみに「友人主催の」とは披露宴《ひろうえん》の司会者との打ち合わせ時に出てきた言葉らしい。「合コン」という俗語《ぞくご》は、ハレの日には相応しからぬとな。

「合コンでいいじゃんねえ」

姉はケタケタ笑っていた。この人を見ていると「外見に騙《だま》される」という意味が実例としてよく見える。

十代の頃《ころ》には、「まつ毛長いねって顔を覗《のぞ》き込まれるのがうっとおしい」と言って目の周りを刈《か》り込んでしまったことがあった。

僕があまりに姉と似ていないものだから、近所の頭の悪いやつらに「お前の母親がインランだから（意味はわかっていなかったと思う。周りの大人がそう言っていたんだろう）お前ら顔が違うんだろ」と言われたときには、役所から戸籍謄本《こせきとうほん》を取ってきてそいつらの眼前に突《つ》き出し、「ほうら、これが欲《ほ》しかったんだろ?」と昭和のエロ漫画《まんが》みたいなことを言いながら謄本を食わせていた。

気が強いというだけでは済まないような気がするが、そのへんは考えないようにしている。「清らかすぎて目が」なんて言うやつを思えば、杏仁豆腐《あんにんどうふ》だと思って食べたら床《ゆか》用のワックスだったというくらいのひどい話ではある。

海の町で生まれ育った僕たちは、両親の離婚《りこん》によってこの町にやってきた。海からは遠く離《はな》れた、母とは縁《えん》もゆかりもない町だった。どうしてこの町なのと聞いても、「ご縁ってそういうものよ」と母は笑うだけだった。たぶん、恋人《こいびと》がこの土地にいたんだろう。母にはいつも恋人がいた。父は真面目で優《やさ》しい人だったけど、辛抱《しんぼう》強く在るだけではだめだったらしい。

当時、姉は十五歳で僕は七歳だった。僕たちは自分の意志で母についていくことを決めた。理由なんかなかった。そんなの探したってどうにもならない。「お父さんは大丈夫な人だけどお母さんは心配だから」と、それだけを決め込んだ。姉の理由はわからない。

母は僕が中学一年生のときに失踪《しっそう》した。通帳も服も置きっぱなし、遺書もなければ遺体も上がらず、捜索願《そうさくねがい》も出したが見つからない。この町に来てからも恋を渡《わた》り歩いていた母は、そのうちの誰かとどこかへ行ったのだ。体まるごと任せられる相手と、どこかへ。僕はその相手をアラブの石油王とした。母は石油王の第七夫人あたりにおさまったのだ。

母の失踪を知った父は、海の町に戻《もど》っておいでと言った。すでに再婚していて、まもなく子どもが生まれるところだった。僕はすっかりこの町になじんでいたので、別れの痛みが来ることに怖気《おじけ》づいていた。新しい家族に融合《ゆうごう》されることも怖《こわ》かった。かといって、ここにいたいとも言えなかった。姉は先手を打つかのように、僕の背中をぱんと叩《たた》いた。

「大丈夫。二人で暮らしていこう」

姉はその二年前から働き始めていたものの、弟の保護者役を引き受けるには若かった。

二十歳そこそこだった。近所でひとしきり噂《うわさ》され、粘度《ねんど》の高い視線にさらされ、頼《たよ》れる人もおらず、すべてが不安に違いなかったのに、僕の背中をぱんと叩いた。

姉が引き受けた物事は計り知れない。十三歳の僕は気づけなかった。いや、気づくことをやめた。姉の笑顔で自分という負担のすべてを覆《おお》った。

「私、結婚しようと思う」

姉がそう言ったのは、母が失踪して三年後の秋だった。僕は高校一年生になっていた。現時点から数えれば七ヶ月くらい前のことだ。

食器の片付けを終えた姉は、穏《おだ》やかな笑みをたたえてダイニングの椅子《いす》に座った。

「妊娠《にんしん》はしてないよ。避妊《ひにん》にはこだわりがあるの」

「知らねえ」

がっくりとこうべを垂れると、姉は喉《のど》を鳴らして笑った。

「うっかりと、彼と家族になりたいと思っちゃったのよ」

この言葉がすべてだった。せめて弟が成人してから。いや卒業するまで。葛藤《かっとう》があったのはわかっている。僕を理由にして結婚を延期するのも、まして諦《あきら》めるのも違う。

彼と家族になりたい。求婚《きゅうこん》されたことなど一度や二度ではないこの人が決めたことだ。

僕の隣《となり》に、十三歳の自分が座っていた。

「おめでとう」

言いながら、身の振《ふ》り方を考えていた。選択肢は三つ浮《う》かんだ。

一つ目は卒業まで姉夫婦に世話になること。二つ目は海の町の父のもとにいくこと。三つ目は自分で自分を養うこと。

一つ目はすぐ消えた。父からは一緒《いっしょ》に暮らそうと言われていたけど、義母と異母妹との暮らしが想像できなかったし、この町や友人とも別れたくなかったので、二つ目も消えた。

学校に通いながらどこまでできるかわからなかったけど、どうしようもなくなったら退学したっていい。姉の結婚式まで一年の猶予《ゆうよ》がある。

「とにかくやってみよう」

以前からのファミレスに加え、コンビニでの早朝アルバイトと新聞配達を始めた。本当は居酒屋とかの深夜仕事がよかったんだけど、言うまでもなく高校生不可だ。年齢《ねんれい》が足りないかわりに体力だけはあったから、休まず働いた。居眠《いねむ》りが増えて成績は暴落したけど、姉は何も言わなかった。

一年生が修了《しゅうりょう》し、春休みも、二年生に進級してからも、この生活を続けた。自分がどこまでできるのか試験しているようなものだった。友人と遊ぶ時間などなく、付き合っていた彼女《かのじょ》にもフラれたけど、休む気にはならなかった。

「試験」を始めて半年経《た》った頃《ころ》には、とうにわかっていた。「健全な」アルバイトをしながら学校に通っていたのでは、自分を養うことなどできない。働ける時間は限られるし、年齢のせいで時給も下がる。「試験」の最大の成果は、いまの僕には制約が多すぎると知れたことだ。おかげで、いくらかの諦めはついた。いくらかのね。

学校生活との両立は不可能だ。「不健全な」アルバイトをしたのでは姉に殺されるので、これはもう、学校をやめて就職するしかないと思い始めていた。

ダレカによって生かされることに嫌気《いやけ》がさしていた。誰かの時間や労力を奪《うば》ってしまう幼い自分が嫌だった。誰にも迷惑《めいわく》をかけず、自分の力だけで生きられるようになりたいと強く願った。

そんなとき、僕の奇行《きこう》が始まった。

ゴールデンウイークの最終日のことだ。客の満ちたランチタイムのファミレス、体が勝手に動いているような慌《あわ》ただしさの中、僕は突然《とつぜん》意識を失った。

気づいたとき、厨房《ちゅうぼう》の外に据《す》えられた水道にいた。ホースを握《にぎ》り、頭から水をかぶっていた。自分で自分に水をかけていたのだ。

「俺《おれ》は、何を？」

店長は恐《おそ》れと怒りの混じった目で僕を見ていた。

それからたびたび意識を失うようになった。次には決まって、水に濡《ぬ》れていた。水道に手をさらしつづけていたり、川のど真ん中に立っていたり。コンビニの売り物の水を何本も飲んでしまったこともある。さいわい誰にも見られていなかったので、空のペットボトルをレジまで持っていき、会計を済ませた。腹を壊《こわ》した。

一体、何が起きているのか。恐怖《きょうふ》は日毎に増したけど、働くことは止めたくなかった。クビにされるまではとバイトを続けた。店長たちも、僕をどうするのか決めかねていた。狭い町だ。噂はすぐに広まる。ある日、風呂《ふろ》から上がった僕を捕《つか》まえ、姉は言った。

「バイトをやめなさい」

いままで黙《だま》っていた人の言葉だけに効いたが、僕は拒《こば》んだ。ここでやめたら半年間が無駄《むだ》になる。

「それがガキの頭だ」

姉は冷ややかに言い放ち、僕もまた言い返し、最後には罵《ののし》り合いになって部屋に籠《こ》もった。それがつい先日、三日前のことだ。

深夜、眠《ねむ》れなくて部屋を出ると、姉は明かりもつけずにテレビを見ていた。

「フリーダイビングの世界大会だって」

体ひとつで海に潜《もぐ》り、深度を競う競技だ。いわゆる素潜《すもぐ》りというやつだけど、深度百メートルを超《こ》す選手もいるという。水圧だって相当だろう。

エメラルドグリーンの海に船が浮かんでいる。何人かのダイバーが海から顔を出していた。全員が選手というわけではなく、サポートをする人もいるようだ。

全身をウエットスーツに包んだ男性が映った。目を閉じ、瞑想《めいそう》しているようだ。いつしか呼吸は独特のリズムに変わり、一呼吸ごとに空気が変わった。緊張感《きんちょうかん》は画面を飛び出し、僕を掴《つか》む。

「スリー・ツー・ワン、オフィシャルトップ」

選手は水の中に滑《すべ》り込んだ。ガイドロープを伝い、体をS字にしならせながら、海の底へと降りていく。足に着けたフィンが、まるでイルカの尾《お》ひれのようだ。

水深三十メートルを越えたところで体の動きはゆっくり止まり、重力とひとつになるようにしてさらなる闇《やみ》へと向かう。この選手は百五メートルの潜水《せんすい》を申請《しんせい》しているらしい。フリーダイビングは事前に深度を申請し、その深さの位置に取り付けられたプレートを持ち帰ることで記録となる。無事にプレートを手にしても、上昇《じょうしょう》している最中で意識を失ってしまうこともあるらしい。激しい水圧の変化と酸欠のせいだ。ブラックアウトすると失格となってしまう。静かで過酷《かこく》な競技だ。

体だけで百メートルもの深さを目指すなんて、僕には想像が——わかる。どうしてだろう。水圧の重み、手足の血液が肺や脳へと向かう流れ、胸と頭だけが熱くなること、スローモーションになっていく心臓の響《ひび》き、水泡《すいほう》のささやき。

海の色は刻々と変化する。やがて、地上に存在しない青色の世界が広がる。上の光は届かない。下の闇も響かない。そこにしかない、特別な青色だ。ナレーションが流れた。

グラン・ブルーです。

「海に町にいた頃は、大洋もよく潜っていたね。覚えている?」

口の中の水泡を壊さぬとでもいうような、小さな声だった。

「浜《はま》で一緒に遊んでいたはずなのに、いつのまにかいなくなっているの。お母さんがにこにこしながら沖を指す。あんたはケロッと帰ってきて、きれいだったなんて言うの」

僕はあの色を知っていた。子どもの体で潜れるはずもないのに、たしかに記憶《きおく》があった。どうしてそんなことができたのだろう。あの時僕は、海に身を任せていた。

「大洋」

姉は僕に近づき、背中をたたいた。母が失踪した時と同じように。

「あんたが頑張《がんば》ったことは、通帳に記録されているよ。結果が残るってすごいことだわ。大洋はいま、そこらの高校生のなかでいちばんのお金持ちなんだもの」

僕はしゃがみこんでしまった。姉に背中をなでられたり小突《こづ》かれたりしたけど、目を押さえたまま動けなかった。情けないのと悔《くや》しいのと絶望で、顔を上げられなかった。

どれだけそうしていただろうか。姉は僕を慰《なぐさ》めるのにも飽《あ》きたようで、おもむろに鍵《かぎ》の音をさせた。

「ドライブしようか。イチョウのところに行こう」

「こんな時間に」

車で少し行ったところに、樹齢《じゅれい》千年と言われる大イチョウがある。古代はこの地に巨樹信仰《きょじゅしんこう》があったらしく、現在でもことあるごとに人が集まっていた。夏や秋の祭りはもちろん、大イチョウの前で結婚式まで行われていたらしい。

昔、ここは河川《かせん》の氾濫《はんらん》や地すべりが多発する地域だったそうだ。厳しい条件下で生きていくためには、地域の連帯が不可欠だったのかもしれない。その灯台となっていたのが、「丘《おか》の大イチョウ」なのだ。

「さきに出てるね」

ぐずぐずしているうちに、姉はテレビとリビングの電気を消してしまった。

「ひどい」

僕はのっそりと立ち上がり、姉に続いた。

この時のことを考えると、あらためて不思議な思いがする。僕らが大イチョウの異変に遭遇《そうぐう》したのは、偶然《ぐうぜん》だったのだろうか。


姉の軽自動車で丘に向かった。目的の場所には十分とかからず着く。暗いばかりの細道を抜け、国道に出た。土地の安さをいいことにチェーン系の焼肉店や居酒屋、パチンコ店、ファミリーレストラン、スーパーマーケットが並んでいる。いまは深夜だから、コンビニの看板だけが浮かび上がっていた。山の静かな家並みの近くに、コピーペーストを繰《く》り返したような町の明かりが迫《せま》る。僕のバイト先もそこにある。

国道を横切って山に入る。道の右側は谷になっていて、巻き付くように川が流れていた。ガードレールからは桜が身を乗り出している。時期が来ると花のトンネルになってきれいなんだ。窓を開けると初夏とは思えない冷たい風が吹《ふ》き込んだ。左側は落石防護ネットと擁壁《ようへき》のねずみ色が続いている。急カーブと急傾斜《けいしゃ》をやり過ごし、神社の大鳥居の脇《わき》を抜けてしばらく行くと、広い路肩《ろかた》が現れた。この先は神社の上部にあたり、人の手で切り拓《ひら》かれた広場がある。

広場は鎮守《ちんじゅ》の杜《もり》の入り口でもあった。界隈《かいわい》の人々には「丘」と呼ばれている。路肩からすぐのところには講堂と呼ばれる寄棟造《よせむねづくり》の古い建物があった。百年くらい前は仏像が祀《まつ》られたお堂だったとかで、時々流れの僧《そう》が住み着いていたらしい。

神社の上に仏像があったってのがおおらかというか、適当というか、目に見えないものを感じていたいというような懸命《けんめい》さが残っている気がして、僕は好きだった。

講堂は改修を繰り返しながら、現在まで寄り合いの場として使われている。町中《まちなか》の各所にも集会場があるけど、大事な話し合いはここで行われていた。お酒も食事もなく、ただ話をする場所。リニア新幹線の用地についても、ここでたくさんの話がされていたようだ。

事業者との話し合いではなく、住んでいる人だけの話し合い。開通ルートにも人が住んでいる。人生の大半をそこで過ごした人がいる。畑もある。生態系を守りたい人もいる。

リニアのルートのほとんどは地下深くを通る大深度トンネルなので、立ち退きを迫られる人は少ない。しかし一部の人は車両基地のために土地を明け渡さねばならず、地域は分断されようとしていた。

山をぶち抜き、深く掘《ほ》り進めていくので、水脈は断ち切られる。この地の豊富な湧《わ》き水は、農業の土台だ。鮎《あゆ》のいる清流もある。何より僕たちが使う水道の水源だ。すでに工事が始まっている他県では、水涸《みずが》れが続出しているらしい。

工事の振動《しんどう》と騒音《そうおん》、トンネルを掘ることで発生する大量の土、なあなあで決まった発生土置き場、そこで土砂崩《どしゃくず》れが起きる可能性、生態系の変化、リニア開通後の電磁波などなど、考えることは膨大《ぼうだい》で、この町の暮らしは大きく変えられようとしていた。

僕と姉は「根なし」だったし、母がいたときも「新参者」、寄り合いの構成員は一定年齢以上の男性がほとんどだったので、どんな話し合いが行われていたかはわからない。町の集会場では定期的に婦人会みたいなものがあるらしいけど、母は参加していなかった。

根なしといっても十年暮らした町だし、僕にとっては人生の半分以上を過ごしたところだ。外から来たもんに土地をいじくられるのは気持ちのいいものではない。「外からきたもん」というセリフは僕自身がかつて点滴《てんてき》のように受け続けていたので、いまでは血肉となっているのだ。おかげさまで。

丘の静けさに触《ふ》れると、そんな事業が訪れていることなんて嘘《うそ》のようで、「肌寒《はだざむ》いねえ」なんてのんきな言葉しか出てこない。僕の友人たちもそんなやつらが多くて、リニア工事は近くで起きていることなのにどこか他人事だった。

丘は木々に囲まれている。高木は上空で層をつくるように枝を伸《の》ばし、低木は隙間《すきま》を伺《うかが》いながらしたたかに根を張っている。柔《やわ》らかな腐葉土《ふようど》の絨毯《じゅうたん》が靴《くつ》をふっくら押し返す。芽生えたばかりの若木や下草が、茶色の地面に緑色のアクセントを加えていた。いまは暗いのでよく見えないけど。

一番大きな木は、丘の奥《おく》、講堂の対角線上に立っている。鎮守の杜の入り口を示す木だ。幹にはしめ縄が巻かれている。

姉は速度を落としながら、講堂の近くに停車した。小さな建物と木の他には何もないのだからどこに停めてもよさそうなものだけど、駐車場ははっきりと決まっていた。ここから少し上がったところにも、「第二駐車場」として広いスペースが整備されている。

これは僕があとから得た知識だけど、人の足や車で土が踏《ふ》み固められると、樹木が根を伸ばせなくなって衰弱《すいじゃく》の原因になる。少し前、踏圧《とうあつ》の害が原因で丘の木々が弱った。その時、地元の庭師が筆頭となって役所に掛《か》け合い、駐車スペースの整備をした。その庭師が僕のクラスメイトの父親だったと知るのは、少し後のことになる。

よく見ると車道沿いの斜面《しゃめん》には素掘りの溝《みぞ》が掘られ、枝葉をからませた太い竹筒《たけづつ》が数メートル置きに埋まっていた。木が弱ったのは踏圧だけでなく、土が呼吸できていなかったからだ。上流にはダムがあり、山の斜面には至るところにコンクリート擁壁があるため、水と空気が動かない。素掘りの溝や竹筒が、水の動きと土の呼吸を促《うなが》すための処置だということは、そのクラスメイトが教えてくれた。

懐中電灯《かいちゅうでんとう》を持って車を降りる。今夜は月が大きいので比較的《ひかくてき》明るいけど、こんな場所は夜に来るものではない。あちこちに気配が潜《ひそ》んでいる気がする。暗闇に溶《と》け込んで、息をするともなくこちらを見ている。静電気のような圧力が僕らを包む。

僕と姉は大イチョウの下に行った。この木は国道を見下ろすように立っている。下部にある木々のあいだから、夜景とも呼べない光が散らばっていた。

イチョウは低い柵《さく》で囲われ、足場が組まれている。人がイチョウに近づくときはこの足場の上に立つ。こうすれば根の周りの土を踏み固めてしまうこともない。

大イチョウの脇には立て看板がある。この巨樹が市の天然《てんねん》記念物であること、樹高三十三メートル、幹周り十二メートル、根周り十五メートルであること、古くは子育てイチョウと呼ばれて信仰の対象になっていたこと、樹齢が千年であること。上の方で幹が分岐し、まるで鍾乳石《しょうにゅうせき》のように垂れ下がっている。

この大イチョウは、人の世界と神域の境界に立つものだった。丘の奥に広がる森は神社の真上にあたり、立ち入りが禁止されている。その森には豊かな地下水が蓄《たくわ》えられていて、暮らしの礎《いしずえ》になっていた。湧き水を守るために鎮守の杜とし、その下方に神社を置いて不可侵《ふかしん》の場所としたらしい。最近、神社の池には脂《あぶら》が浮き、水が濁《にご》るようになっていた。

姉は足場に立った。僕らは時々ここに来て、何をするでもなく過ごすことがあった。訪れるのはたいてい夜だ。あたりが暗いほうが、より静かに感じられるのだそうだ。濃《こ》い闇に安らぐなんてこの人くらいのものだろう。姉には、静寂《せいじゃく》というものが不可欠だった。水や食事と同じくらいに。

大イチョウに「会いに」行こうと言い出すのは（『会う』というのがおかしいとは思わない）いつも姉だ。僕がここに来るのは姉のためでしかない。こんな暗い場所でひとりになんかさせられない。シスコン的な意味ではない。いや僕はシスコンだけどもそれは置いといて、姉はその異様な容姿のせいで何度もトラブルに巻き込まれてきた。その面倒臭《めんどうくさ》さを知っているから、僕はガードマンにならざるを得ない。弟の心姉知らずで、この人は何時だろうが気ままに出かけたがるんだけど。

僕はイチョウから距離《きょり》を取り、しゃがんで全体を眺《なが》めた。首を大きく反らさなければ、イチョウのてっぺんを見ることはできない。

葉の一枚、樹皮の一片《いっぺん》、ひとつひとつが独立した形を持っているのに、後ろにさがって全体を見つめたときにはひとつの樹形となる。切れ目はどこにあるのだろう。イチョウと目を合わせたいと思う。どこを見れば目が合うのかなんてわからない。イチョウに目なんかないということに気づき、なぜこんなことを考えたのだろうと妙《みょう》な気分に襲《おそ》われる。

僕は膝《ひざ》に頬杖《ほおづえ》をつく。たぶん、目の錯覚《さっかく》ではない。

姉が発光している。体の内側に光源があるかのように、白く光っている。

いままでも「この人、光っているんじゃないか?」と思う時はあった。人の体が光るなんてありえないし、「ありえない」というフィルタは強力だということもあって、その現象は僕の中で無いものになっていた。うーん、目のかすみなんかじゃなかったんだなあ。

諦めにも似た心地で姉を見ていた。なぜ今日このとき、発光をみとめる気になったのか。イチョウの異変の前兆が、僕の思考の変化というかたちで現れていたのかもしれない。

光をみとめてしまえば、人魚の現身とか精霊の魂とかも近しい言葉になる。僕は幽霊《ゆうれい》も妖怪《ようかい》も見たことはないけど、丘を取り巻く静電気のような圧力は肌で知っている。みとめようがみとめまいがあるものはあるんだけど、僕は自分で「普通《ふつう》」というものを勝手に規定しており、そこから外れることには深いところで抵抗《ていこう》を覚えていた。人の体が光るなんてフツウじゃない。

突然、体が揺れた。下から激しく突き上げられる。地震《じしん》か? 慌てて立ち上がる。地面は揺れていないのに、振動が足から伝い上がる。地鳴りが聞こえる。

「姉ちゃん!」

はじき出されるように大イチョウまで走り、姉の手を掴んだ。

おかしなほど冷静だった。自分がどちらに動くべきかがわかった。火事場の馬鹿力というか、ただ直感に動かされていた。木はまもなくこちらに向かって倒《たお》れてくる。むやみに走っても間に合わない。太い枝に巻き込まれないように――倒木《とうぼく》の軌道《きどう》の予測がついた。まるで数秒先を予知するみたいに、枝と枝の隙間、二人分逃《に》げ込める場所が見えた。あそこに行くしかない。

メリメリと雷《かみなり》のような音がした。馬のように姉を引く。間をおかず地面が揺れ、僕は姉を掻《か》き抱《いだ》いた。滑り込むように伏《ふ》せる。轟音《ごうおん》のこだまが響き渡る。

目を開くと、しめ縄が間近にあった。僕らは枝と葉に囲まれていた。扇形《おうぎがた》の青い葉に、ひび割れた樹皮。柵に囲われて触れることもできなかった大イチョウの体と、いま密着している。僕と姉は、かろうじて生じた隙間にすっぽりと入り込んでいた。逃げ込む場所が少しでもずれていたら？　動くのがあと一秒遅《おそ》かったら？　汗《あせ》が吹き出た。

「イチョウが……」

大イチョウの根が、むき出しになっている。

樹齢千年の大木が、突然根返りを起こして倒れたのだ。

＊

懐《なつ》かしい夢を見た。

僕はまだ海の町に住んでいて、隣には母がいた。

僕らは神社にいた。出生した町からは少し離れたところにある、小さな神社だ。社務所の脇に甘い香りのする木があった。なんのにおい、と聞くと、クチナシねと母が言った。そのあと、何かを話した気がするけど覚えていない。姉と僕のことについて、母が何かを言っていたと思うのだけど。

境内《けいだい》では、たくさんの人が輪を作っていた。誰も中心には近づけなかった。

そこには前夜、突如《とつじょ》として倒れた御神木《ごしんぼく》が横たわっていた。樹齢千三百年とも言われる大杉《おおすぎ》だった。

近くに民家もあったのに、大杉はすべてを絶妙に避《さ》け、人的被害《ひがい》を一切出さずに倒れた。階段も、鳥居も崩れたけど、だれひとり傷つけなかった。あまりの見事さに、誰もが絶句した。どんなニヒリストでも、御神木の最後の意志だと感じただろう。

巨大《きょだい》な鉢《はち》をつくるがごとく根返りをした御神木の姿は、まるでいまにも飛び立つ龍《りゅう》のようだった。

母は僕の手を握り、呟《つぶや》いた。

「行かなくては」

＊

まだヘリコプターの音がする。倒木はテレビのニュースでも取り上げられ、上空からの映像が繰り返し流れた。大の字で寝転《ねころ》ぶような姿に、あらためて樹木の巨大さを見た。

昨夜、倒木に抱《だ》き込まれたまま、姉は婚約者《こんやくしゃ》の紘義《ひろよし》さんに連絡をした。紘義さんはすっ飛んできて、僕らを助け出してくれた。怪我《けが》はなかったけど、ふたりとも腰《こし》が抜けていた。

町内会長はじめ各方面にも紘義さんを通じて報告がされた。姉が直接連絡したっていいと思うんだけど、男がやるのが筋なんだそうだ。紘義さんは「筋だいじ」といつも面倒そうに言っている。

大イチョウの倒木は、衝撃的《しょうげきてき》なニュースとなって山の町に広がった。この町で、あの木と過ごしたことのない人間はいない。千年ものあいだ、町を見守ってきた存在がいなくなることは、大きな喪失《そうしつ》だった。

僕はアルバイトをやめた。店長たちはどことなくほっとした顔をしていた。シフトの残りは、他のメンバーで何とか回してもらえそうだった。迷惑をかけてしまった。

そこらの高校生の中でいちばんの金持ちになっていた僕は、そのほとんどを姉に渡した。突っ返されたが、一度決めると僕はしつこい。根負けした姉は「すき焼きしよか」と仏頂面で言った。翌日、見たこともないような肉が出た。

こうして「試験」を終えた僕は、捨てたはずの選択肢を拾い上げなければならなかった。一、姉夫婦を頼る。二、父とその家族と暮らす。どちらにしても誰かの世話になる。額《ひたい》の前に壁《かべ》が現れたみたいだった。「目の前」なんてもんじゃない。壁は僕の前面にぴったりくっついて、かろうじて呼吸を許している。身の振り方など考えるまでもなかった。

そして僕は、すき焼きを食べたあと、姉にこう言ったのだった。

「父さんのところに行くよ」

姉は「わかった」とだけ言った。姉の目を久しぶりに見たような気がした。学校かバイトか寝ることしかしていなかったからだ。

「一人でごはん食べていたら好き嫌《きら》いがなくなったわ。何食べても味が一緒なんだもの」

姉と過ごす時間にはリミットがあった。自分のことばかり考えて、僕はこの半年間のすべてを預金通帳に刻んでしまった。本当に、つくづく、いやになるほど、僕は子どもだ。

姉と相談し、父とも電話で話した結果、高校三年の進級とともに海の町に引っ越すことになった。十一月の結婚式から引っ越しの三月までは、姉が新居（新婚夫婦のために、相手の親が新しく家を建てている！）とこのアパートを数日置きに行き来することになった。紘義さんにも話したら、あっさり「了解《りょうかい》です」と言われた。僕が姉に決断を伝えた夜のうちに、話はまとまってしまった。僕以外はすべて準備ができていた。みんな、僕の気が済むのを待っていたんだ。恥《はじ》で死ねるならとっくにゾンビだ。

そして今日の朝、七時半。僕と姉は朝食を食べ終える。

「そろそろ出ないとね」

姉と一緒に玄関《げんかん》を出た。初夏の日差しと、湿気《しっけ》が抱き込む甘い香りが押し寄せてくる。早朝のアルバイトをしていたせいで、こうして同じ時間に家を出るのも久しぶりだった。

「やっぱりあんたは背面ハンサムね」

先に階段を降りる僕を見下ろして、姉がしみじみと言った。顔をしかめて振り向くと、姉は片頬で笑っていた。

「ほめているんだよ」

「知ってます」

いつもの会話、いつもの朝。結婚式まであと数ヶ月、先のことを考えるよりも大切なことが、あったんだよな。

*

僕の通う高校は、アパートから自転車で二十分ほど走ったところにある。この町にしては比較的開発の進んだ界隈で、通学路には新しいテナントが並んでいた。整備された赤茶色の道を走り抜け、三人の友人と合流する。おはよう、と言いながら自転車を降りた。

「大洋、バイトやめたなら今度の休みは」

「空いているよ」

「彼女にフラれたから時間あるもんな」

「そのとおりだよ」

友人と笑いながら歩くのは、温かい空気の中を行くようだ。解放感というやつかもしれない。学校に通いながら働くということ、小遣《こづか》いのためではなく、暮らしのために働くということがどれほど疲《つか》れることなのか、気張りが解けてようやくわかった。

こいつらにも、海の町に行くこと言わなきゃなあ。いまは六月。来年の三月まではあと何ヶ月あるんだっけ。

ぼんやり考えながら歩いていると、街路樹の前にひとりの女子生徒が立っているのが見えた。

クラスメイトの早野明里《はやのあかり》だ。

他の女子のように制服を着崩していないからか、違う服に見える。いや、早野が制服を着ていることが新鮮《しんせん》で、特別に見えたのかもしれない。

早野は一年の終わりから学校に来なくなっていた。なぜか毎朝、街路樹のところには立っていて、カエデに話しかけている。その時は私服なのだ。

なんなの、あてつけ？　被害妄想《もうそう》で暴走したくせに。目障《めざわ》りなんだけど。ていうか木と話すとか。

ひそひそと、しかし明瞭《めいりょう》な女子たちの声は、早野にも聞こえているはずだ。

僕は一年のときも早野と同じクラスだった。彼女は教室で絵ばかり描《か》いていた。

あの日、授業が始まっても早野は教室に来なかった。しばらくして突然駆《か》け込んでくると、壮絶《そうぜつ》な顔でこう叫《さけ》んだ。

「私はいじめられています！」

制服は乱れていた。いつも身だしなみをきちんとしていた早野だ。何らかの暴力を受けたことは明らかだった。

決死の訴《うった》えを叫び続けた早野は、担任と隣のクラスの教師に取り押さえられ、連れて行かれた。

他の女子の話によれば、早野はトイレで突然キレて女子生徒に食ってかかり、もみ合いになったあげく便器に相手のスマホを投げ込んだらしい。「器物損壊《きぶつそんかい》だよ」と覚えたばかりの言葉をひけらかすように、クラスメイトは繰り返していた。

私はいじめられています！　みんなあの訴えを聞いたのに、「早野明里の器物損壊事件」というシンプルなタイトルで片付けられていた。みんなが信じたいこと、そうであればいいと思っている物語とすり替《か》わった。

コミュ障を治そうともしないくせに、楽しそうにしている女子の集団に嫉妬《しっと》してキレた。

そういう筋書きが出来上がっていた。二年に進級してからも、早野が席に座ったことはない。まもなく退学するのではという噂が流れていた。

なのに毎朝、街路樹の前には立っている。

右に身体を傾《かたむ》けるようにして、左脚《ひだりあし》を前に出す。生まれつき、左の膝《ひざ》が曲がらないらしい。ゆっくり街路樹に近づいている。

早野の後ろを、同じ制服を着たやつらが通り過ぎていく。時々悪態をつく女子生徒を除けば、だれも早野のことを見ない。なんといっても街路樹に話しかけているあぶないヒトだ。早野自身、誰のことも見ない。十七歳にもなれば、見たくないものは見ないという技を身につけている。

黒くて長い髪に、切れ長のまなじり、赤鉛筆《あかえんぴつ》で濃淡《のうたん》をつけたみたいな唇は、ひそかに僕の目を惹いていたんだけど。

早野は上半身を屈《かが》めて木の根元をさすっている。去年、ハンドル操作を誤ったバイクが、歩道に突っ込むという事故を起こした。街路樹がなければ、生徒を巻き込んだ大惨事《だいさんじ》になっていただろう。早野は、そのときの傷をさすっている。根元の傷口はいびつに固まって、まるでケロイドのように見えた。

早野の背後にさしかかる。ちらりと横目で見ると、同時に向こうも振り向いた。バチンと音がした。かと思うくらいに目が合った。僕が固まると、早野は「あ?」と言うように目を細めた。ヤンキーか。

僕に感心などないらしく、すぐに街路樹との会話に戻ってしまった。一瞬《いっしゅん》の出来事だった。

「びっくりした……」

僕はどこかうつろになっていた。まだ脈が速い。次には意識が途切《とぎ》れていた。どん！　という衝撃とともに我に返る。自分がどこにいるのかわからなかった。背の低い木が見える。あっちにあるのはタイサンボク？　蛇口《じゃぐち》から流れ出ている水が手を濡らしている。水飲み場だ。学校の中庭だ。あれ、あいつらは？　僕は通学路を歩いていたはず。なにが、どうなっているんだ。

頭を振ると、思わぬ姿が目に飛び込んだ。

「は、早野？」

後ろに早野明里が立っていた。なんで早野が？　ますます混乱すると、早野は僕の首根っこを押さえるような声で「授業始まってるよ」と言った。

「授業？　あれ、いま何時？」

うろたえる僕を気遣う素振りもなく、早野は蛇口の水を止める。

「今日は夏至だから」

「夏至《げし》？」

「仕方ないよ」

「なにが」

「はやく教室行きなよ」

何が何だか、僕は見苦しく呻《うめ》いていたが、長年聞き続けていた「教室」という言葉は思考よりも強いらしく、足が勝手に動いた。早野の強い視線が背中を押す。そのまま走った。

教室の黒板には「自習」と書かれていた。

「大洋、トイレ長かったな。サボったのかと思った」

友人たちの様子からして、意識が途切れているあいだも僕は僕として振る舞《ま》っていたらしい。通学路から水飲み場までの記憶はない。その時の僕は誰だったのか。何が僕の意識を奪うのか。一体どうなっているんだ。手が震《ふる》えていた。

「それ」が起きたのは四時間目の最中、正午のことだった。

天気予報のとおり気温はぐんぐん上がって、みんなぼんやりしている。梅雨明けもまだなのにこの暑さだ。去年の夏、座って授業を受けているだけで熱中症《ねっちゅうしょう》になった生徒がいた。古い学校なのでクーラーがない。去年の過酷さを受けて、学校はやっと冷房《れいぼう》の設置に動き出したけど、受験を控えた三年生の教室が優先らしく、二年生の僕らに冷気の祝福《しゅくふく》はまだ来ない。せめてアイスキャンディを支給してくれ。

窓のすぐ下には夏季休業中の大きなヒーターがあって、みんなの辞書やらティッシュ箱やらが積み上がっている。壊れるぞと担任が怒《おこ》ってもおかまいなしだ。

編纂者《へんさんしゃ》の名前を読むのにも飽きて、斜《なな》め後ろを盗《ぬす》み見た。早野の席は無人だ。制服を着ていたのでもしかしてと思ったが、教室には姿を見せなかった。

朝あんなに食べたのに、腹がぐうぐう鳴っていた。節約のためにたまに弁当を作るけど、今日はパンの予定だ。購買《こうばい》は混雑するので、できる限り早く着かないといけない。チャイムが鳴ったらカバンから財布を出してあの机と机をすり抜けて廊下《ろうか》に出たらダッシュ……とシミュレーションを繰り返した。授業はまだ二十分も残っている。時計が意地悪して動きを遅くしているんじゃないか。

長針が、ピンと動いた。やっと正午か。そう思った瞬間、僕は何かに呼ばれた。

髪を引っ張られたみたいな鋭《するど》い痛みが走った。いままで感じたことがないような衝動《しょうどう》に襲われる。好物を食べたくてたまらないような、腹が痛くてトイレに駆け込みたいような、女性に触れたくてどうしようもないような。ビー玉が坂道を転がるみたいに止められなかった。

立ち上がりざま、乱暴な音を立てて椅子が倒れた。

「堀、どうした」

先生が目を丸くしていたけど、僕はそれが応えるべき相手だとは思わなかった。教室の中はすべて僕と無関係になっていた。

呼ばれる。呼ばれている。教室を飛び出した。

階段を駆け下り、玄関を抜けて校庭の方へと行き、車用通路との十字路を左に曲がる。

少し行くと山の小道のような分岐が現れ、小さな階段に突き当たる。駆け上がるとフェンスが見えた。塩素とドクダミのにおいがした。グラウンドのホイッスルが遠くに聞こえた。まるで水の中から聞いているみたいだ。駆けるいきおいのまま扉《とびら》を押す。鍵《かぎ》はかかっていなかった。僕はプールに飛び込んだ。

どのくらいそうしていただろう。立ち尽《つ》くしたまま動けなかった。寒くもないのに身体が震える。

「堀」

プールサイドから声がした。

「プール、掃除《そうじ》されたばかりでよかったね。きれいな水だね」

愉《たの》しげな声に引き寄せられ、首を動かした。早野明里が身をかがめて僕を見ている。

「そこの更衣室《こういしつ》の影《かげ》ね、いい日陰《ひかげ》なの。林に接しているおかげで、グラウンドからも校舎からも死角だし」

僕は半開きの口から息を漏《も》らすだけだった。プールに飛び込んだ自分がわからない。これは本当に僕なのか。

「プールから出て。お母さんが豚汁《とんじる》作っているから」

「豚汁とは……」

「あったかくて具だくさんの汁物」

そういうことを聞いているのではない。

「昼休みに入ったら人目が増えて面倒だし、今のうちに行こう」

伸びをしたあとで、左の膝をさすっている。

プール、早野明里、豚汁。何一つつながらない。僕は油切れのおもちゃのようにぎこちなく首を動かした。早野はしびれを切らせたように顔をしかめている。

「私もお腹空いたんだ。お昼ごはん食べに行こう」


僕はなぜ、ずぶぬれの姿でのどかな道を歩いているのだろうか。なぜ隣には早野明里が。上履《うわば》きは水を含《ふく》んで嫌な音を立てていた。体に貼《は》り付いた服が重い。強い日差しに蒸されている。コンビニでバイトしていたときのことを思い出した。売れ残った肉まんって皮がぶよぶよなんだよな。このままだと僕の皮膚《ひふ》もそうなりそうだ。

豚汁とは。改めて早野に尋ねても「体冷えたでしょ」としか言われなかった。たしかに冷えた体に豚汁は合う。合うがそれは狂《くる》ってプールに飛び込んだとき以外のことだ。僕は物理の授業を受けていたはずなのに、気づいたときには水の中にいた。いまにも腰が抜けそうだ。

早野は淡々《たんたん》と歩く。左の膝は伸びたままだ。脚と上半身を連動させ、するすると歩いていく。両脚が同じように動く僕とは軌跡《きせき》が違っていたけど、あるものをあるように使っているという点では重なっていて、アスファルトに映る影は見る角度によって姿を変えるトリックアートのようだった。早野は驚くほど早足だった。歩調が「黙ってついてこい」と言っていた。

学校の坂の下にあるバス停の前も通ったけど、時刻表を見ただけでうんざりした。数字が点在するだけの表は、途方も無い待ち時間を絵にしたみたいだった。

「バスを待っても歩いても着く時間は同じだから」

濡れた服と上履きという格好《かっこう》でバスに乗るのは勇気がいるし、何より財布がない。カバンは教室に置きっぱなしだ。宇宙に放り出された気分の僕は、早野の後をついていく他になかった。

「長く歩いて、膝は大丈夫なの」

一瞥《いちべつ》のみが返ってきた。

右側には田んぼが広がる。青い稲穂《いなほ》が伸びていて、あぜ道は未明に降った雨をたっぷりと含んでいた。勇ましく鳴く蛙《かえる》が、茂《しげ》みをぱさんぱさんと動かしている。左は草いきれの立ち上る土手で、川面は陽の光を受けて金色の小魚が跳《は》ねているように輝《かがや》いていた。

早野の頭は僕の肩の位置にある。上体の重心が左側に傾いている。金色の小魚が飛び移ったみたいに髪が光っていた。長いまつげを盗み見た。目が離せなくなった。

「もうすぐ着くから」

ふいに早野が口を開いた。僕は動揺《どうよう》を押さえるため、ぶっきらぼうに頷《うなず》いた。

後ろから車の音が近づいてきたので、道の端《はし》に寄る。白い軽トラックがゆっくり止まり、運転席の窓が開いた。助手席に、黒いフェイスタオルと財布と携帯《けいたい》が無造作に置かれているのが見えた。

「お父さん」

僕は固まった。まつ毛を盗み見したことが、後ろめたいことのように思えた。いやそれどころではない。平日の日中に制服を着た人間が外にいたら、意味するところは一つしかない。

「サボった人に見えるね」

早野のお父さんは微笑《ほほえ》んだ。髪は短く刈り込まれていて、無精髭《ぶしょうひげ》が生えている。首が太くて、精悍《せいかん》な皺《しわ》が目元や口元にはしっていた。強面《こわもて》だけど優しい声をしていた。目が早野に似ていた。

「お父さん、丘の片付けしてたんだね」

荷台には太い枝が乗っており、ロープで固定されている。葉は落とされていたけど、ごつごつした樹皮には馴染《なじ》みがあった。

「丘の、大イチョウ」

早野の身長くらいはあるだろうか。太さも立派で、僕の腕《うで》でも抱《かか》えきれないだろう。倒木の轟音が蘇《よみがえ》り、汗が滲《にじ》んだ。まだ震えがくる。この枝が僕と姉の上に落ちていたら。

「あの樹体をどうするかはこれから話し合いが必要になる。一部を保存したり、何かの形で利用しようという動きも出ている。ある程度切らないと人も車も入れないから、作業はしてきたよ。廃棄《はいき》するのもしのびないから、良さそうな枝を持ってきた。知り合いの木地師に連絡するよ。いい器にしてくれるだろう」

「原因の調査は」

「これから。研究者や樹木医も来る」

うん、と頷きつつ、早野は顔を曇《くも》らせた。

「僕も子どものころからあそこで遊んだ。明里もそうだったね。倒木した姿を見たときは言葉がなかったよ。まだ信じられない。お腹が空いていたら、ますます悲しくなるからね。今日は豚汁の日だから、次の現場に行く前に昼ごはんを食べて行こうと思ったんだ」

早野のお父さんは声の調子を上げた。早野も応えるように頬をゆるめ、小首を傾《かし》げた。

こんなふうに笑うのか。

「ああ、挨拶《あいさつ》もせず失礼しました」

早野のお父さんは僕を見た。僕は反射的に背筋を伸ばす。

「明里の父です。はじめまして」

慇懃《いんぎん》に頭を下げてくる。僕が水に濡れていることや、上履きであることや、カバンも持っていないことには頓着《とんちゃく》していないらしい。これ、気にならないのか？

「ほ、堀です」

僕もお辞儀《じぎ》した。俺、いったい何をやっているんだろうか。

「お父さん、ここに乗っていい？」

早野は軽トラックの荷台を指した。早野のお父さんは眉《まゆ》を少し上げ、運転席を降りた。ハイネックの薄手のシャツに、裾《すそ》がすぼまったズボンを履いている。ところどころが土で汚《よご》れていた。小柄《こがら》だけど、腕《うで》の筋肉は魚がまとわりついているかのように発達している。

荷台には「早野造園」と印字されていた。おじさんは側《がわ》あおりのストッパーを外し、荷台に乗ろうとする早野の体を支えた。

「そこのタイヤに足をひっかけて乗れるかな」

「僕もいいんですか」

「もちろん」

エンジンで車体が振動している。僕たちは枝の両側にそれぞれ体を収めた。

「久しぶりの違法行為《いほうこうい》だ」

おじさんはストッパーをかけ直して笑いかけ、運転席へと戻る。

違法行為ってなに、と聞くと「荷台に人乗せて走ったら怒られる」と早野は当然のように言った。

「なるほど」

会話は途切れたと思われた。遠くを見る。快晴の空の下、山と畑と草っぱらが緑の海を点描《てんびょう》する。

その鮮《あざ》やかな背景を、ジェットコースターのレールのようなものが横切っていた。まるで、空中をうねる鉄の蛇《へび》のようだ。

ベルトコンベア。リニア工事のために設置されたもので、トンネルを掘るときに出てくる大量の土を、数キロ先の発生土置き場にまで運ぶためのものだ。これのおかげで、土を運ぶ大型車両の往来を減らすことができ、騒音や振動の軽減にも繋《つな》がるらしい。だけど、ベルトコンベアはこの距離からでも相当な迫力《はくりょく》がある。近くに住む人が受ける圧迫感はどれほどのものだろう。

早野は何を思ったのか、「むかし」と言った。

「むかし、お父さんが軽トラに乗せて遊んでくれたの。家の周りをゆっくり進むだけだったけど。私を乗せるとき、『明里のためなら違法行為もエンヤコラ』って歌うの。真面目な顔だからおかしくて」

僕はちょっと気取った顔をしていた。気になる人と並んで座るときは自動的にそういう顔になる。内心は「わあ！」と叫んでいた。早野明里がこんなに話すなんてクラスの誰が知るだろう。

「軽トラに乗るのたのしかったな。遊園地に行かなくてもじゅうぶんだった」

じつは僕も、遊園地に行った記憶がない。両親の離婚前には行ったことがあるのかもしれないけど、覚えていない。母は恋人と会うことが多かったから、休日に一日中一緒にいたことなんてなかった。遊園地どころか、運動会も授業参観も、何度すっぽかされたことか。

母には、自分自身で定めた二つのルールがあった。一つ目は、僕が眠る時にはそばにいること。いろんな物語を聞かせてくれた。「塩の木のものがたり」という、自作なのかもよくわからない話もあった。

もうひとつは、必ず一緒に朝食をとること。朝が一番時間を合わせやすかったんだろう。

「ひとりでごはんを食べたらだめよ。何食べても同じ味になるから」

母の口癖《くちぐせ》だった。

「好き嫌いがなくなるのって、生きてるなかでいちばんつまらないことだわ」

母の唯一の教えと言っていいだろう。「試験」の前にどうして思い出さなかったんだろう。あやうく姉をつまらない人生に追い込むところだった。

小さなため息はこぼれたけど、落ち込みはさほど続かなかった。軽トラに乗っていたからだ。少し高い視線とエンジンの振動、かすかな心細さ。わくわくする。たしかに楽しい。

早野の肩越しにはベルトコンベアも見えず、色を分けては重なる緑、空の青、民家の壁のまばらな差し色、小さな橋や細い道路の鈍《にぶ》い反射が綾《あや》を成していた。

ゆっくり流れていく景色を眺めながら、さっきまでの混乱状態を思い返していた。思い返す今の今まで忘れていたことに気がついた。

「え」

ふいに回路が繋がって、思わず早野を見た。表情もなく見返されたが、つと興味を無くしたように山を向いてしまう。長い髪が、風にほどけていた。

僕は、知らぬ間に恐慌《きょうこう》から抜け出している。早野が、軽トラが楽しいってことを教えてくれたからだ。昔の話をして、幼い日の楽しみがここにあると教えてくれたからだ。

僕のために「違法行為」をおかしてくれたのだろうか。

まさかね。いくらなんでも都合のよすぎる解釈《かいしゃく》だ。歩き疲れたところに軽トラが通っただけだ。とは思ったけど何だか悲しくなったので、この解釈を採用することにした。現に、軽トラックの揺れにあやされている自分がいる。

ささやかに浮き立つような視界の端に、ベルトコンベアの鉄骨がそびえている。軽トラに慰められる一方で、不穏《ふおん》な気配に追いかけられているみたいだ。僕は一生、ジェットコースターには乗らないかもしれない。

「俺、遊園地に行ったことないんだ」

早野は意外そうに目を見開いた。案外顔に出るタイプらしい。

「そういうの好きそうなのに?」

ぎょっとしたように頭を振っている。いつも泰然《たいぜん》としているというか、ガラスケースの中の花みたいなイメージだったので、焦《あせ》って顔が崩れたことがちょっと嬉《うれ》しかった。

「私もない。人の多いところだと、楽しむよりも先に熱が出たから」

「いまも?」

「いまはさすがに。苦手には違いないけど」

早野が小さく笑った。笑った!

ありえないことばかりだ。平日の昼間、濡れた上履き、軽トラックの荷台に早野明里。何もかもおかしいんだ。ひとつひとつ確かめなければすべてを受け入れてしまいそうになるのだから。

服はいつしか乾《かわ》いていた。塩素のにおいが強くなったけど、悪い気分ではなかった。

早野は枝を撫《な》でている。猫の首根をマッサージしているみたいだ。枝が気持ちよさそうに見えて、僕も少し眠くなった。

「この土地の大黒柱みたいなものだった」

早野はイチョウを撫で、軽く叩き、また撫でる。

「家を建てるとき、中心になる柱があるでしょう。それと同じ。この地を支える樹木だった。マザーツリーと言ってもいい。この土地一帯の樹木は、共生する菌糸《きんし》と水脈のネットワークで繋がっている。マザーツリーはまるで血管みたいに張り巡《めぐ》らされたネットワークる木を使って、各所の情報を得る。生きるべき木が弱っているのを知れば、自分の養分を届けることもある。情報や養分の往来そのものが、大地の脈。その動きが、土中を涵養《かんよう》し、ほかの生物も育む」

早野は顔を上げ、ベルトコンベアを見つめた。

「イチョウは土地の異変を感じ取っていたのかもしれない。私たちに何かを伝えたくて、倒れたのかもしれない」

泣いているように見えて慌てた。目は静かなままだった。

「命はいつか尽きる。そこに意味を求めることはもしかしたら」

言葉を選ぶようにしばらく黙った。

「失礼な、ことなのかもしれないけれど」

自分の言葉に不服であるかのように、眉間《みけん》にしわを寄せている。

「残されたほうは、何か意味を求めて動かないと喪失を乗り越えられそうにない」

早野は上半身をかがめ、枝に頬をつけた。

「さみしくなるよ」

ささやくような声は、僕の中でリピートしていた倒木の映像を停止してくれた。おかげで僕もやっと、丘に見事な枝を広げていたイチョウがもういないのだ、ということに思いを馳《は》せることができた。

「さみしいね」

小さな集会場の脇を通り、古い美容院の前を過ぎる。強い薬品のにおいがした。昭和からの看板が滋養強壮《じようきょうそう》をハツラツとうたっている。短く急な坂道を上り、公道なのかもわからない道を抜けた。なぜわからないのかといえば、堂々と植木鉢が並んでいるからだ。道路が、庭の延長のようになっている。継ぎ目に草の生えている石の橋を渡った。

途中《とちゅう》、塀《へい》に囲まれた平屋の前を通った。家というよりは御殿《ごてん》と言ったほうがいい。僕はここに来たことがある。姉の結婚が決まった頃、招待された。「両家顔合わせ」のためだ。テーブルマナーなんて知らないからびくびくしていたけど、その日はバーベキューだった。寒い季節だったけど、ダンスホールみたいなサンルームがあったので問題なかった。テラスがうちの居住スペースより広かった。スケールが違いすぎて笑うしかなかった。

紘義さんのお父さんは岩のように大柄で、頭には髪が一本もなかった。目も口も大きくて、むかし絵本で見た妖怪つるべおとしを彷彿《ほうふつ》とさせた。朗《ほが》らかに笑う人で、僕にも優しく話しかけてくれた。紘義さんのお母さんはモデルのように背が高く、年齢不詳《ふしょう》だった。目が細くて頬骨が高く、黙っていると蛇のような迫力があったけど、ハキハキと話す気持ちのいい人だった。

岩と蛇の間からウサギの紘義さんが生まれたと思うと、じつに興味深い。この中に、人魚の現身と言われた姉が入る。あらためて思い返すとすごい絵面だ。姉が人魚ならば、あの人たちは土着の神様一家とでもいおうか。

「姉が、この家の息子さんと結婚するんだ。早野と同じ町内だったんだな」

紘義さんと？　早野は調子外れの声を上げた。

「隣町の人とは聞いていたけど、堀のお姉さんだったんだ」

「狭い世界だよな」

「土地の男と結婚しろって死んだおばあちゃんが言っていた。女が流出したら町が廃《すた》れるからって」

丸暗記でもしているような、抑揚《よくよう》のない口調だった。

「おばあちゃんのことは好きだったけど、ひとつの価値観を本当のことみたいに言われるのは好きじゃなかった」

早野はハッと息を呑み、慌てたように手を振った。

「堀のお姉さんのことを何か言っているわけではなくて」

「わかってるよ」

顔が真っ赤だ。色白で無表情の顔しか知らなかったので、得した気分になった。

山の中の小さな町は、斜面に突き刺《さ》さるようにして家が建ち並んでいる。一等の場所にある岡島家は別として、隣家に行くにしても坂や階段の上り下りがつきまとう。足が不自由な早野にしてみたら、快適な町とはいえないのではないか。という僕の先入観は、やはりトリックアートの一側面でしかないようだ。いまの早野は、教室にいたときとは違う人みたいだった。力みがとれて、円《まろ》やかで、枝を撫でていたときと同じ優しさで目に映るものをとらえていた。

家と家のあいだを埋めるように簡素な畑があり、手製の鳥よけがカラカラと鳴っている。エンジンが唸《うな》った。車体が傾いたので、僕らは荷台の縁《ふち》につかまった。急斜面を上っているのだ。舗装《ほそう》の雑な斜面だからか、車体が荒《あら》く揺れた。なんだこれ、楽しいぞ。

早野の家は、急な坂を登りきった先にあった。

車庫の脇には森のような庭が広がっていた。塀も生け垣《がき》もなくて、どこからが敷地《しきち》なのかわからない。庭の奥はそのまま裏山に繋がっていた。

その裏山を眺めるようにして、ひとりの男が立っていた。紘義さんと同年代くらいの、若い男だ。背が高く、短い髪は流行りの形に整えられている。ノーネクタイだったけど、体の形に合った半袖《はんそで》シャツにしわのないスラックスという格好だ。外回りのサラリーマンという風体で、気楽な感じではなかった。

「今日はお約束がないはずですが」

軽トラの窓を開けて、早野のお父さんが声をかけた。穏やかではあるけれど、警戒《けいかい》を込めた声だった。

男はかすかに肩をびくつかせると、「申し訳ありません。用地の様子を見ていこうかと」

とトラックに道を譲《ゆず》るように後ずさった。

「ここは用地にはなりませんよ」

「はい、しかし、工事は進んでおりまして」

気弱そうなのに、強引《ごういん》に話を進めようとしている感じもして、ちぐはぐな印象を受けた。

用地。この町で、それが何を示すのかは説明されなくてもわかる。

「連絡もなしに来るのは不躾《ぶしつけ》ですよ」

「通りかかるのもいけませんか」

なにこの人。やはり気が弱いように見せかけてちょっと違う。

「通りかかっただけの人が、他人の敷地をじっと見つめますか。不愉快《ふゆかい》です」

はっきり言わないと埒《らち》が明かないと思ったのか、おじさんも語気を強めた。

「失礼しました」

男は軽く頭を下げると、道の脇に停めてあった車に向かって歩いていった。

「この裏山もぶち抜きたいんだって」

早野はようやく息ができるというように深くため息をついた。

「リニア本線のルートは、ほとんどが地下四十メートルよりも深い大深度トンネルの中に作られる。この町内では、家を移転する人もいない」

「だけどあの人、用地って」

「うん。地形の関係なのか、うちの裏山を通るトンネルは、他の場所よりもかなり地表に近いところを通るのだって。だから『区分地上権』というやつを設定する必要があるらしい。トンネルに必要な幅《はば》の分、地下の空間を使うための権利みたいな。お父さんもお母さんも、事業者の人たちと何度も話をしている。半分、喧嘩《けんか》みたいに。この真下に大きな熱と力が通ったとき、水も木も土もいままでどおりいられるのか。この先も普通に暮らせるのか。わからないから」

遠ざかっていく車を見つめている。

「あの人、隣町の出身なんだって。用地取得の交渉《こうしょう》なんて、たいへんな仕事だよね。一方からは地元の発展のためにリニア開通に尽力《じんりょく》しろと言われ、もう一方からは、生まれ育った土地を破壊《はかい》するのかと責められる。私なら気が狂う。交渉の話を聞くのはきつい。申し訳ないけどあの人が来るとき私はいつも家を出ていた。イチョウのところに行っていた」

早野は愛おしそうにイチョウの枝を撫でた。

「もう逃げてちゃいけないってことかな」

庭と裏山との境目あたりに早野家とは別の平屋が建っていて、「早野造園」という看板が掲《かか》げられていた。乗用車やバイクが停まっているが、人影がない。六人の従業員がいて、それぞれ現場に出ているらしい。移動は会社の車を使うのだそうだ。

おじさんが駐車場に軽トラを停めた。僕らは荷台を降りる。

玄関まで道案内するみたいに飛び石が埋め込まれ、脇に灌木《かんぼく》が並んでいた。いろんな種類の木や花が、前に奥とひしめいている。

早野家は、古くて小さな二階建ての家だった。土壁がひんやりして見えた。新参者の僕でもほっとさせてくれるような雰囲気《ふんいき》がある。玄関の脇にも木があって、日差しを遮《さえぎ》っていた。

「コナラ。この木のおかげで夏はとても涼《すず》しいの。冬は葉が落ちるから、陽も届く」

玄関を開けるなり、早野のお母さんにタオルを渡され、風呂に入るようにと言われた。穏やかながらも有無を言わさぬ勢いに戸惑《とまど》っているうち、気がつけば食卓《しょくたく》に座っていた。居間と続きになっている台所には、くすんだ花柄のフロアタイルが敷《し》き詰められている。台所の右側に、風呂場に続く磨《す》りガラスの戸があり、いま僕はそこから出てきた。気の置けまくるクラスメイトの家の風呂に入るというのは相当な経験だった。そしてお父さんのTシャツとハーフパンツを着ている。もう考えまい。制服は、洗濯機《せんたくき》の中で回っていた。

「ちょっと小さいけど、お父さんの服で間に合ったわね」

おばさんは早野造園の経理事務を担当していて、今日は有休を取ったのだと言った。豚汁を作るために。

「召《め》し上がれ」

豚汁が置かれた。湯気の中で具がひしめきあっている。テーブルにはらっきょうやぬか漬けの鉢もあった。

「七味はここね」

おばさんは明るい人だった。ショートヘアに、浅黒い肌と黒目の大きな瞳《ひとみ》、筋肉質の引き締《し》まった体をしている。何かスポーツをやっているのかもしれない。

斜向《はすむか》いに座る早野が、豚汁を食べ始めている。おじさんはテーブルの短辺に座っていて、「おいしそうだね」なんて言っている。

「白ごはん」

早野がテーブルの中央に置かれた土鍋の蓋《ふた》を開けた。甘い湯気の中から、大粒に輝く炊《た》きたてご飯が現れる。腹が派手に鳴った。

「すみません」

早野は二つの茶碗《ちゃわん》に白飯を盛って、ひとつを僕の前に置いた。おじさんにも山盛りの量をつけている。

三合じゃ足りないかな、とおばさんは腰に手を当てて笑った。おじさんは僕とお椀を交互《こうご》に見ながら、「どうぞ」と手のひらを差し向ける。

「いただきます」

味噌《みそ》の味がひいたあと、ほんのりと甘みが残る。ネギがたくさん入っていた。豆腐、こんにゃく、里芋《さといも》、人参《にんじん》、大根、ごぼう、豚肉。体の力が抜けていく。

「おかわりはいかが」

二回もしてしまった。つま先までが脈打っていた。生き返るってこういうことかなあ。息をついたところでここが慣れない家だったと思い出し、慌てて姿勢を正した。

「すみません。ごちそうさまでした」

「はい、どうも」

おばさんは満足そうに笑った。早野はお茶を淹《い》れている。

「それで……あの」

聞きたいことはたくさんあるのに、言葉が出てこない。理解できないことばかりで、質問がほどけてしまう。

「今日は、夏至でしょう」

おばさんは湯呑に口をつけた。

「私の母……明里の祖母は、毎年夏至に豚汁を作ったの。おしるこのときもあったみたいだけど」

僕は締まらぬ顔で相槌《あいづち》を打つ。

「何でもいいから体の温まるものを用意しておくってことね。温かい食べ物は心を落ち着かせてくれる。おばあちゃんも、おばあちゃんの母親からそう言われていたらしいわ。その母親も、その母親も。大洋くんのような子は、昔からいるということよ」

僕のような子？

「大洋くんのように、夏至の日に『傾く子』はね」

かたむく、と口が動いていた。

「おばあちゃんが亡くなってからは、私が毎年豚汁を作った。いままで駆け込んでくる子はいなかったけどね。昔に比べて、そういう子は減ったみたい。それでも寸胴《ずんどう》いっぱいに作るから、私たちは夏至からしばらく豚汁生活なのよ」

おばさんはコンロの上の寸胴を振り向き、肩をすくめた。

「おいしいには違いないんだけど、最後のほうはコロッケの具にしたり、むりやりグラタンに仕立てたりして、何とか食べきるの。今年は担々麺《たんたんめん》にもアレンジしようかと」

話題がズレてきた。そのズレが、僕の状態が少しも深刻じゃないと言ってくれた気がして、固結びしていた緊張に緩《ゆる》みができる。相変わらず、自分に何が起きたのかはさっぱりだけど。

「途中で申し訳ないが、そろそろ次の現場に行くよ」

おじさんが席を立った。時間が迫っているというよりは、この話に立ち入るまいとしているように見えた。

「イチョウのところに寄ってから行こうかな。さっき見たばかりだけど」

「そうね。できる限り一緒にいたいものね」

おばさんが頷いた。少し話を聞けば、早野のお父さんこそ、大イチョウを保護してきた庭師だったのだと知れた。これがただの偶然ではない気がして、でもそこに驚くのは何かが違う気がして、僕は「あの」と声を出した。

「イチョウは、僕たちの目の前で倒木したんです」

おじさんとおばさんは顔を見合わせる。早野の椅子が、カタンと鳴った。

「僕と姉の前で、突然倒れたんです」

昨日の記憶が体感として蘇り、一気に喉が干上がった。いま思えば、あの地鳴りは倒木の前兆だったのだろうか。地面が震えるようなことがあるのだろうか？

「イチョウは、なぜ倒れたのでしょうか」

「これから、調査が入るよ。何かわかったらきみにも伝える」

おじさんはつとめて明るい声を出しているように思えた。

「ありがとうございました。着替えお借りします」

立ち上がって頭を下げると、おじさんは微笑んで車の鍵を手に取り、玄関を出ていった。

早野が少し疲れたように、小さなため息をついた。

「さてと。続きを話さなくてはね」

おばさんはテーブルの水滴《すいてき》に向かって布巾《ふきん》を滑らせる。

「私は語《かた》り部《べ》。古い記憶を物語に変えて受け継いでいる。語ることは大切なこと。自分が何者なのかをわからずに生きていける者は少ない」

おばさんは姿勢を正すように体を左右に揺らした。微笑んではいたけれど、その顔が少し変わっていることに気づく。どことなく姉に似ている。造作ではなく。

顔が、左右対称だ。人の顔には左右のずれがあって、そのひずみが豊かな感情を伝える。さっきまでは朗らかな女性だったのに、いまのおばさんは絵画の中の人のようだ。静謐《せいひつ》な、整った佇《たたず》まいをしている。

おばさんは目を閉じ、すぐに開いた。そうして語り始めたのは、僕のよく知る物語だった。

「かつてこの山には、塩の木という不思議なものがありました」

なぜこの人が、母と同じ物語を語るのか。おばさんの口から出てくるのは、幼い僕が眠る前に、母から聞かされていた物語だった。一言一句が一致《いっち》しているわけではなかったけど、間違いなく同じものだった。

塩の木の樹液を煮詰めると、塩が取れた。都から来た人々によって道が開かれ、鉄がもたらされた。塩の製造と販売《はんばい》が盛んになったが、樹液を採りすぎたせいで塩の木が枯れた。

エナという女性が、製塩の制限を呼びかけた。塩によって豊かになっていた山の暮らしは、もう後に引くことができなくなっていた。塩の木をめぐった争いが起きた。

エナは争いを止めるため、山に伺いを立てた。翌朝目覚めると、腹が大きく膨れていた。そして地割れが起きた。夫が止めるのも聞かず、エナは裂け目に飛び込んだ。たちまち木の芽が生え、みるみる育って山全体を覆った。夫はエナの墓碑《ぼひ》として木を植えた。

聞き慣れていた物語だったからだろうか。僕はいつしか、鬱蒼《うっそう》とした森の中に立っているような幻覚《げんかく》を見ていた。

「今も、どこかに塩の木があるのかもしれませんが、誰にも見つけることはできません」

おばさんは指を横に倒した。家の外を指していた。

「塩の木は、この裏山にある。私たちは塩樹《エンジュ》と呼んでいる」

塩の木が、裏山にある?

「塩の木のものがたりは、約千四百年前、律令《りつりょう》時代に起きた出来事なの。この山は独自の生態系と文化を持っていたけれど、律令国家の道路事業をきっかけに変化がもたらされた。当時、七道駅路《しちどうえきろ》という七本の幹線道路を整備する事業が進められていたの。東海道とか、東山道《とうさんどう》とかね。道の原型はその前からあったんだけど、律令制が進む頃に、整備も本格化した。本格的に、大地をひとつにまとめるために動き始めたの。そのための道路に、この山も開かれた。道路の幅は最大で十二メートル、最短距離で中央と地方を結ぶため、形状は直線であることが優先された。地形の起伏《きふく》も水場も制して」

首都と地方を最短で結ぶ直線の道。いまも同じものが作られている。リニアもひたすら直線の線路を走るらしい。

「広くて真っ直ぐな道を作った理由は数々あった。権力を示すため。情報を携《たずさ》えた伝令が全速力で駆け抜けるため。戦争に必要な大軍を動かすため。東北支配に係る大量の移民を送るため。税を運ぶため。律令国家の権力を行き渡らせる血管として、巨大直線道路は作られた」

たくさんの人や物を最短距離で動かすための事業。千年以上前から、やっていることは同じなんだな。そうやってまとめられてきたことで、いまの暮らしがある。

「長い間変わらなかった山の暮らしに、他の地域の文化が流れ込んだ。混ざり合って新しいものが生まれた。消えるものもあった。塩の木は、隠されたというほうが正しいけれど」

おばさんがうつむき加減に微笑んだとき、僕は唐突に、「塩の木」という言葉が嫌になった。樹液から塩が採れるなんてありえない。なのに、こんな得体《えたい》の知れないものを、当然のように受け入れつつあることに気づいたからだ。語り部の言葉に侵食されているみたいだった。それの正体を咀嚼《そしゃく》できたと自分自身が認めないうちは、その単語を口にしたくなかった。

「この物語には、前章がある」

顔を上げたおばさんから笑みは消えていた。

「かなり古くまで遡《さかのぼ》る。私たちが精霊と暮らしていた頃の話」

「精霊？」

塩の木というものさえ納得《なっとく》できない僕の中に、さらに詰め物が押し込まれる。

「その前提として、さらに古い話をしなければならない。この場所が海だった頃のこと」

「海、だった？」

この山の町は、海から遠く離れている。車を数時間走らせなければ、海岸には行けない。

ふいに、テーブルの上に青い光の玉が現れた。ひとつ、ふたつと増えていく。ピンポン玉くらいのものもあれば、バレーボールくらいのものもある。光の玉は淡《あわ》く輝きながら、僕のまわりを舞い始める。一体、何が起きているんだ。

早野がおもむろに立ち上がった。小さな音に、体が揺れる。光の玉もフッと消えた。

早野は水切りカゴからグラスを取り、冷凍庫《れいとうこ》を開けて氷を詰め、冷蔵庫から麦茶を出して注いだ。僕の前に置く。グラスの汗がひとしずく伝い落ちた。

「へいき？」

頷いて、麦茶を飲んだ。冷たさが体に落ちる。

「語り部の声は時々、幻覚を見せる」

おばさんが気遣わしげな顔をした。あの光の玉は幻覚？　さっき、森の中にいるような感覚に襲われたのも、そのせいだったのだろうか。

「この町が、化石発掘《はっくつ》の名所であることは知っているでしょう。新生代新第三期中新世。約二千万年前から千五百万年前に形成された地層——この町の名前がついた層群から、海の生物の化石がわんさか出る。魚や貝はもちろん、海棲哺乳類《かいせいほにゅうるい》といわれるデスモスチルスや、最近はクジラの化石も発見された。ここはかつて海だった。その海には、精霊もいた。もちろん陸にもいたけれど。人魚もそのひとつ。正しくは精霊と動物のあいだ。うごめく自然の大意と、あるべき形にさだめられた動物とのあいだに在ったもの。ふたつのあいだをつなぐもの。精霊とも動物とも違う、唯一無二の存在とも言えるかもしれない」

「人……魚」

僕がその言葉を違和感《いわかん》として飲み込むには、馴染みがありすぎた。姉はそう言われていた。人魚の現身だと。

「なぜ人魚の化石が発見されないか。人魚は死ぬと細かい粒子《りゅうし》になって水に溶けるから。土中に栄養を与えながらゆっくりと地下に降りていき、最終的には、鉱物の集まりである岩石や、地下水とともにしなやかな地層をつくる。そのおかげで、この土地からは状態のいい化石が出る」

小学生の頃、授業で化石掘りをした。この界隈の子どもなら一度はやっている。僕はビカリアという巻き貝の化石をクラスでいちばんに掘り出した。

ビカリアを握り、川原に立って、不思議な感慨《かんがい》を持って景色を見つめていた。ここはかつて海だった。僕はあの時、記憶の中の海で泳いでいた。郷愁《きょうしゅう》で息ができなくなって、思わず川に飛び込みそうになった。あまりに真摯《しんし》な衝動だったので、飛び込んだときにはふざけたふりもできないことはわかっていた。帰りたくて、さみしくて、大泣きしてしまう。

クラスのみんなの前でそんなことをしたら、変人決定だ。僕はへらへらと笑って、ビカリアをみんなに自慢《じまん》して回りながら、郷愁を体の奥へと押し込んだ。この気持ちは二度と見つめないと誓《ちか》った。誰にも見られていないのをたしかめて、ビカリアを川に投げ捨てた。

「数百万年の地球の変動とともに、この地域は陸になった。海の精霊も海退に従って去った。このあとも時は流れ、しばらくして人類の祖先が登場する」

おばさんは区切るように、手の平の側面を軽くテーブルに打ち付けた。

「ここから話すのは、約一万五千年前のこと。中新世を思えば、つい最近のことのように感じない？　人類はすでに暮らしを営んでいる」

僕は麦茶を飲む。早野が小さく頷く。冷たい氷が僕をここにとどめてくれる。目眩《めまい》と動悸《どうき》を押さえ、話に耳を傾ける気力をくれる。おばさんは淡々と話すのに、僕の体の内側が熱くなっていた。あの時押し込めた郷愁が、抵抗をあざ笑うみたいに蘇ってくる。

「この頃、人の暮らしは遊動の生活から定住の生活に切り替わった。それまでは一時的に滞在したり、同じ季節に戻ってくる場所はあったとしても、ひとつの場所に住み続けることはなかったの。言ってしまえば、動物の一種としての暮らしだった。人類は獣《けもの》や植物と同格の、自然の秩序《ちつじょ》の一要素だった。私たちは定住によってその秩序から抜け出した」

おばさんは「私たち」と言った。その響《ひび》きは強烈《きょうれつ》だった。まるでねじ伏せられるみたいだ。僕は、これが自分に繋がる話なのだと、諦めるしかなかった。

「定住は、人間としての新しい世界の始まりだった。他の動植物との差異を自覚し、自然を切り取り、区別した。空間を確保し、衣食住をそこに集めた。老人は置き去りにされることなく、乳児は安定して育つようになった。人は少しずつ増えていった」

おばさんの顔はさらに引き締まり、さっき玄関で僕を迎《むか》えた人とは別人のようになっていた。声までもが、変わっていた。すべてを知る老婆《ろうば》のように。

「最終氷期が終わり、温暖化に差し掛かった頃、海面が上昇し始めた。最も高くなった頃のことを縄文海進と呼んでいる。ここは海なし県だけど、実は海にまつわる地名がたくさんあるの。実際の海は言われているよりも内陸まで進んでいて、倒木した大イチョウがある丘のあたりまでが海岸だった。海の侵攻《しんこう》は至るところで起きていて、人が暮らせる場所は少なくなっていた。その頃の気候は、冬でも寒すぎず、夏も暑すぎない快適なものだった。定住の効果と暮らしやすい気候が合わさって、人口密度はかなり高くなっていた」

そして、おばさんは語り始める。

「昔むかし。精霊が身近にいらっしゃった頃のことです。海はいまよりずっと広く、陸地は狭くありました。人はますます生まれくる時期でありましたので、陸地は手狭でした。食べるものは海から与えられていました。住む場所も、窮屈ですが工夫すれば作れました。水は陸の木々が蓄えておりました。必要なものを必要なだけ得たのならば、十分に暮らしていけました。

ある者が、あるとき不安に駆られました。このまま人が増えたら。このまま海が進行したら。その者は恐ろしさで眠れなくなりました。不安は伝播《でんぱ》し、広がっていきました。ある者が、人魚を見て思いました。人魚は海のあらわれ。人魚が減れば海が退くのではないか。試しに人魚を捕《と》らえて殺しました。海の水など引きません。ひとつふたつで効果が出るわけがない。もっと殺せ。誰かが力強い声で言えば、真実のように聞こえるのです。

精霊が身近にいらっしゃる頃のことですので、かの方々と恋に落ちる者もおりました。人魚の男と結ばれた女もおりました。女は、子を宿しました。

人魚の妻は、人魚狩《が》りが止まるよう祈《いの》りました。毎日、強く祈りました。

人魚は動物と精霊のあいだに在るもの。人魚が動物でなくなるように。精霊としてのみ在れるようにと祈りました。そして人間に、精霊が見えなくなりますようにと祈りました。自分の胸だけでなく、鳥や風に託《たく》して天を覆うよう頼み、虫や動物には地に広がるようにと願いました。祈りは雨となって降り注ぎ、地の水脈にも溶け込みました。

人魚は水の中で泳ぎます。祈りを全身に浴び、動物としての姿を喪《うしな》いました。水を飲まない人間はおりません。女の祈りはみなの体に染み渡り、人は精霊が見えなくなりました。見えぬものを殺すことはできません。人魚狩りは終わりました。

人魚の妻も、人間でしたので、夫の姿が見えなくなりました。存在を感じることはできました。目に見えなくなっても、夫を忘れることはありませんでした。大半の者は、見えぬもののことを忘れていきました。

人魚の妻と同じように、精霊を忘れぬ者が幾人《いくにん》もおりました。人間の中には、他人の祈りなど意に介さぬ者がいるのです。何を言われようと、何をされようと、おのれの在《あ》るが儘《まま》を生き切る者です。精霊を見る目があるおのれの儘を、他人の祈りには明け渡さない者です。

そのような我儘者《わがままもの》には水を飲んでも祈りなど染みないのです。

見えぬものを見る我儘者は、異形者《いぎょうもの》、異端者《いたんもの》、けがれある者として人の里から弾《はじ》かれました。あるいは神威《しんい》ある者として隔離《かくり》されました。忘却《ぼうきゃく》した大多数の者とは分け隔《へだ》てられました。

それでも、在るものは在るのです。我儘者の中には、精霊と恋に落ちる者がおりました。あるいは、忘却した人間の女の中にもぐりこむ、精霊の無邪気《むじゃき》な魂もおりました。たいていは祈りの力により、出生時に胞衣《エナ》とともに精霊の魂も抜け落ちます。まぎれもない人間の子として産声をあげるのです。けれどもまれに、胞衣をかぶったまま生まれる子がおりました。そういった子は精霊の魂が宿ったままとなり、境子《さかご》と呼ばれました。

境子のかぶっていた胞衣は、なぜだか火をつけても燃えず、土に埋めてもほどけません。ときにはひどいにおいを発し病を呼びました。ときには複数の胞衣が融合して巨大な柱となり、雷を呼びました。ときには液体となって蒸発し、上空に厚い雲をつくりました。大雨を降らせ、洪水《こうずい》を起こし、再び蒸発して雲をつくるということを繰り返しました。忘却した人間の目に、境子は異様に映ります。皮膚に鱗《うろこ》や斑点《はんてん》を持つ者。手足の数が四本以外である者。人の言葉を一切覚えぬ者。水の中や山の中、ときには炎の中に行こうとする者。自然の秩序のみを敬い、人の世の掟《おきて》が理解できぬ者。

その上、胞衣が災いをもたらすのです。人の里で受け入れられるはずもありません。人魚の妻はそのような者を放っておけませんでした。すでに年老いておりましたので、自分の娘《むすめ》に、我儘者たちとともに境子を保護するように頼みました。娘の名は、エナといいました。

エナは、荒ぶる胞衣を深樹に還《かえ》すことからはじめました。

深樹とは、海の奥深くにある巨大な樹木です。樹幹《じゅかん》はどれだけ行っても一回りできないほどに太く、枝葉は終わりが見通せないほど茂っています。精霊の命の出発点です。

エナは海に潜りました。人魚の血を引くエナは、長く深く泳ぐことができたのです。一月《ひとつき》ほど潜り続けましたが、深樹の樹幹にたどり着くことはできませんでした。枝の先に触れることはできましたので、そこに口づけ、樹液を含みました。

陸地に戻ったエナは、山の土をこねて土器を作り、深樹の樹液を中に入れて火にかけました。樹液を煎熬し、塩を作ったのです。この塩は、陸と海のあいだからできたもの。ふたつの間に立つ、調和の媒《なかだち》。

かつて動物と精霊のあいだに在った人魚と同じはたらきをするものでした。

エナは穴を掘って塩を撒《ま》き、胞衣を埋めました。すると、木の芽が顔を出しました。境子の胞衣は、樹木となったのです。陸地で生きるための新たな形を得た胞衣は、人の世に対して無害化しました。

胞衣から芽生えた木は、塩樹と呼ばれました。樹液には濃い塩分が含まれており、煮詰めれば塩が取れたのです。深樹に繋がっているという証でした。塩樹は、目には見えぬ生命の紐帯《ちゅうたい》――へその緒《お》を伸ばして水脈をたどり、深樹と繋がっていたのです。還る場所があると知れた胞衣は鎮《しず》まり、樹木として地に根を張ったのです。

エナは、さまよう精霊の魂が塩樹にとまるところを見ました。塩樹は、肉体を持たぬ精霊の居場所ともなりました。

荒ぶる胞衣の問題は解決しました。あとは、排除《はいじょ》される境子の命を守らねばなりません。境子は絶えず生まれておりましたので、エナひとりの手には負えませんでした。

エナは我儘者らとともに各地を訪れ、境子を保護しました。

不思議なことに、境子は、自分が何者かを教えられると落ち着き、自分の在り方で人の世と馴染めるように工夫をし始めるのです。おのれが何者かわからず、虐《しいた》げられ、排除され、孤独《こどく》であるかぎり、何もできずに胞衣と同じく荒ぶっていくのです。

話し、語り、居場所をつくる。エナは境子をそのように守りながら、人生を終えました。エナは必要があるときに転生し、『塩作りの女』として現れるようになりました」

おばさんはふっと息を吐《は》いた。

「『塩の木のものがたり』は、人魚の娘であるエナが、律令時代に転生したときのお話。エナは塩樹を隠すため、種を孕《はら》んで地の割れ目に飛び込んだ」

湯呑に口をつける。お茶が喉を通ると、少しだけ顔の対称性が崩れた。

「当時の状況《じょうきょう》をレポートするものではない。時と人を経由すれば物語は変化する。語りの言葉も、すぐに死語になっていく。なぜこれが太古に起きた物事だといえるのか。語り部は生まれながらに固定された記憶を持っているから。固定された記憶は、語り部の言葉というフィルタを通して外に出る。同じものを見ていても、語り部によって紡《つむ》ぎ出される言葉は違う。不安定なものかもしれない。それでも語り部は何かを語り継いできた。何かを残そうとしてきた。言葉で紡いできたから、我儘物は我の儘でいいと知り、境子を守れることも知る。境子もまた、境子のままでいいのだと知る。塩樹がまだひっそりと、でも確実に生き続けていることが、それを表している」

おばさんはテーブルに指を滑らせ、円を描いた。

「どうして、境子を守るのですか」

耐《た》えきれず、僕は問いを口にした。

「子を守るのに理由が必要になったのなんて、つい最近のことよ」

秒針の音が大きく聞こえた。

今日は夏至、とおばさんは声のトーンを上げた。

「夏至は、一年でいちばん日が長い。今日は、私たちが一年でいちばん太陽と接する日。あなたはタイヨウくんというのよね。名は体を表すだわね」

笑った顔には生身の温度があった。

「天体や自然のリズムにも強く影響《えいきょう》を受けるような、柔らかい子。境子」

おばさんは中指と人差し指の関節で顎《あご》を軽く撫でた。整った爪《つめ》が見えた。

「今日、あなたは大きく『傾いた』。太陽の時間に連動して、あなたのバランスが傾いた。少し前から兆候があったのではないかしら。体調が悪かったりとか」

僕が意識を失うようになったのは、およそ一ヶ月前からだ。

「あなたの違和感は、日の長さに比例していた。日が長くなるにつれ、それは大きくなっていった。天秤《てんびん》の片皿に、分銅を少しずつ乗せるように。そして今日、夏至という日に、天秤は完全に傾いた。いまは、テレビやインターネットが活発だし、本の流通も凄《すさ》まじいし、電話もメールもあってとにかく情報量が多いから、たとえ境子であっても、情報の地層の最基部にある魂の記憶が出てくることは滅多《めった》にないのだけど」

その時僕は、幼い頃のことを思い出していた。

海辺で、姉と二人で砂遊びをしていた。遠くで母が、日傘《ひがさ》を差していた。砂の城に飾《かざ》る貝殻《かいがら》を取るために波打ち際に立ったとき、僕は小さな青い光を見た。ホタルイカが放つ光を彷彿とさせた。なんの光なのだろう。興味を惹かれるまま海に入った。波に身を任せているうち、外海に出ていた。水深はとうに身長を超えていたけど、怖くはなかった。海は不思議なほどに澄《す》んでいて、陽の光がゆらゆらと網目模様《あみめもよう》を描いていた。下を見ると、深い闇の中で大きな何かが揺れていた。巨大な樹木だった。その周りを、青い光が舞っていた。まるで足元に銀河が広がっているようだった。

枝で休憩《きゅうけい》しようと思い、海底の巨樹を目指して潜った。体をしならせ、引き寄せられるまま降りていった。海の銀河を突っ切ると、光の玉が遊ぶようにまとわりついた。

手足から血液が引き、脳と肺が熱くなる。脈はゆったり打っていた。命を守るための本能というよりは、海で快適に過ごすための順応といえた。呼吸のことなど考えていなかった。苦しくなかったからだ。いま思えば、あの青い光はグランブルーの色だった。

「今日、大洋くんは水に飛び込んでしまったわけだけど」

おばさんの声で我に返った。

「これは怖いことではない。あなたが異常なわけでもない。魂の記憶が少し外に出てきただけ。そう思ってみて。簡単なことではないかもしれないけれど」

いつしかおばさんの顔から対称性は消えていた。豚汁を明るくふるまう、早野のお母さんがそこにいる。人間特有の、豊かな表情を作り出すゆがみが、明るさや優しさを表すものとして力強く機能している。

「どうして、僕のことがわかったんですか」

二度言い直してようやく声が出るようになった。早野が、僕をここまで連れてきたのだ。

「木と水は仲良しだから」

「木？」

「うん、堀にとっての水が、私にとっての樹木……って、ちょっと違うか。でもまあ、いまは、そう思っといてくれれば」

おいおい、説明がめんどくさいのか。

「前から思っていたの。この人は傾くかもしれないって。そうだとしたら夏至だから」

早野は気づかないところで僕を見ていた。目なんて合ったこともないのに。僕の混乱はちょっとした高揚《こうよう》に引きずられ、身の丈《たけ》にまで収まった。言葉として尋ねられる程度には。

「僕はこれから、どうしたら」

いま聞いた話が僕に繋がるものなのだとしても、どう消化したらいいのかは、さっぱりわからなかった。

「何も変わらない」

内側から肋骨《ろっこつ》を殴《なぐ》られたみたいに、脈が打った。

「堀は堀のまま。怖くない。これは知識。知識は心を守ってくれる。魂が自然現象に影響されやすいと知ったのだから、対策もできる。二至二分《にしにぶん》や、新月や満月、流星群、台風、そういうときを把握《はあく》しておけばいい。少し変な感じがしたら、気をつければいい。どうしたらいいのかわからなかったら、うちにくればいい。私も、味噌汁くらいなら作れる」

ゆっくりと、考えながら、言葉を選んで早野は話した。その声は僕にとって、暗闇から垂れてきた蜘蛛《くも》の糸のようだった。

乾燥機《かんそうき》が止まる音がした。おばさんが椅子を立った。

「制服乾いたみたいね。大洋くん、疲れたでしょう。畳《たたみ》で横になる？　頃合いを見て家まで送るわ」

「歩いて、帰ります」

上履きだけど仕方ない。

「隣町でしょう？　かなりかかるわよ」

「平気です」

頭が割れるように痛む。体を動かせば、少しはマシになるかもしれない。

昨日の姉が思い出された。大イチョウの下で、姉は白く光っていた。いや、そんなことはどうでもいい。

僕はもう、姉に心配をかけたくない。迷惑をかけたくない。動揺を読み取られたくない。

姉の前では、昨日と同じ僕のままでいたい。プールに飛び込み、学校をサボって豚汁を食べたことなんて絶対知られたくない。帰ったらすぐ上履きを洗ってベランダの隅《すみ》に干して翌朝見つからないように取り込む。頭の中で段取りをつけた。姉が仕事から帰ってくるまでに、この熱を治めなければいけない。

「こっち」

早野がバス停まで送ってくれることになった。そこまで出れば、帰り道の見当もつく。

「こっち？」

早野が指したのは、帰り道とは逆方向の裏山だった。

「話を聞いたからって、すぐに受け入れられるものではないよね」

庭を横切って山の中に入っていく。

「今日は、大変だったね」

早野が僕に向かって言葉を発するということが、いまだに信じられない。その声には都度発見があって、細かに驚いてしまう。

「なんなの」

早野は心底嫌そうな顔をした。

「人が何か言うたび変な顔して」

「いや、いちいち新鮮というか」

「はあ?」

「なんでもないです」

小川の音がする。清流の粒子は居所が明確で、左半身だけがひんやりと涼んだ。日没《にちぼっ》にはまだ時間があるけど、闇が満ち始めている。イチョウの丘でも感じたような、静電気に似た圧力があった。

いくつかの木の根元に、何かが置いてあることに気づく。

「あれは」

「樹液を採っているの。私たちはここを塩樹林《えんじゅりん》と呼んでいる」

「塩の、木……」

「見た目はブナに似ているんだ。塩樹は常緑樹だけど」

僕は息をするのも忘れて、辺りを見渡した。

「塩樹……ほんとうに、あった」

「あるよ」

塩樹を見つめる早野の顔は、まるで灯籠《とうろう》の明かりのように淡く、優しかった。

「むかしからずっとあるよ」

幹には採取口が取り付けられている。その下に、木の桶《おけ》が置かれていた。虫が入らないように蓋がされている。早野は少し蓋を開け、指を入れてなめて見せた。促され、僕も同じようにする。強烈な塩気に身震いがした。苦いといったほうが近い。

「樹液には海水よりも何倍も濃い塩分が含まれてるんだ」

「はやく言ってよ」

「あはは、ごめん。樹液には十五パーセントから二十パーセントの塩分が含まれている。濃縮作業をしなくても煎熬できるの。毎年、夏至の前後にお父さんが煮るんだ」

「土の器で?」

早野はゆるく首を振った。なにかいけないことを聞いてしまったのか、眉が曇る。

「早野造園の駐車場のあたりに火を焚《た》いて、大きなお鍋で煮詰めるの。出来上がるのは十キロ前後ってところかな。昔に比べたら大した量ではないんだろうけど、ウチで使うだけなら十分だから。さっき食べたぬか漬けやらっきょうも、塩樹の塩で漬けたんだよ」

早野はつま先で軽く土をつついた。

「木はすべて不思議だけど、塩樹も不思議。樹液に濃い塩分が含まれているのに、塩害が起きることはない。塩分は塩樹の中だけを行き来して、土には影響《えいきょう》しない」

背の高い木々が立ち並び、緑の屋根をつくっている。雑木林のようにも見えるけど、よく観察すると、森が二重の構造をしていることに気づいた。

「塩樹林の周りを、森が囲っている?」

早野は目を見開いた。

「すごい。よくわかったね」

「すごいっていうか……見ればわかるっていうか……」

なんでもない顔をしつつも、早野に褒《ほ》められて鼻の穴が広がりそうだった。

「木は、単独で生きるものではないから」

早野は近くの塩樹と遠くの木を順繰りに見つめている。

「いろんな種類の木や草が、競争したり共生したりしながら、森というものを形づくって動いている。ほんとうは無作為《むさくい》に胞衣を埋めていくほうが、塩樹も森の一部になれていいのかもしれない。だけどやっぱり、境子の胞衣は、人にとっては『鎮めるもの』だったから。一箇所《いっかしょ》に集めて、管理する必要があった。管理……っていうのも少し違うけど、どこに塩樹があるのか、知る必要があった。だから、森にスペースをつくって、集中的に境子の胞衣を埋めた。それが塩樹林の由来。ここは、胞衣の埋め場だった」

「埋め場、かあ」

そうには違いないんだろうけど、その言葉はなんだか味気ないように思った。

「というよりは、寝床《ねどこ》？　塩樹が精霊の寝床なら、この森の土は胞衣の寝床みたいな」

早野は樹木から僕に視線を移した。揺れる目をしていたので、「俺が勝手に思っただけだけど」と慌てて言った。

早野の頭が上下に動いた。頷いたらしい。悪いことを言ったわけではなさそうだ。

塩樹林にはよく育った立派な木が多く、若い木はほとんど見られなかった。

「最近は、胞衣が埋められることってないの?」

「ほとんどね」

早野は、塩樹林の端と思われるところにまで歩を進めた。境界線などないけれど、この先は樹木の種類が増えている。低い木も高い木も、草も花もそれぞれ空間に張り出して、自分の場所を確保しながら森を形作っている。塩樹林を包む繭《まゆ》のようにも見えた。

「この木がいちばん若い」

早野は細い塩樹を撫でた。

「私が生まれたときの塩樹」

その時、僕の中でコトンと音がした。ラムネのビー玉が落ちたみたいな音だった。塩樹の由来はまだ僕の中で不思議なものとして揺らめいていたけど、早野の胞衣から芽生えた塩樹に触れたとき、長い時間の結果がいまここにある、ということだけはわかった。

その理解が引っ張り上げてきたのは、さっき「用地」を見に来ていた男の顔だった。

この土の下に、リニア本線が通る。

「塩樹が消えたら、どうなるの」

縁起《えんぎ》でもないことを言ってしまったと思ったが、早野の顔は変わらなかった。

「塩樹の存在を知っている人間がわずかなんだから、消えたところで困る人間もわずかだよ。塩が採れなくなったらスーパーで買えばいい」

「茶化すなよ」と口を尖《とが》らせると、早野は笑った。

「消えていい木なんてない。多様性が喪われるということ。一年二年で影響が出ることはないかもしれないけど、そのひずみはいつか現れる。私たちの予測できない形で。それに」

早野は塩樹の樹幹を撫でた。

「いまこのときも、塩樹は精霊の寝床になっているのかもしれない。私の目には見えないけど、その葉に何かが寝ているのかもしれない。トンネル工事で山が削《けず》られて、絶滅危惧種《ぜつめつきぐしゅ》のミゾゴイがいられなくなるみたいに、塩樹林がなくなったら、行き場をなくしてしまうものがいるのかもしれない」

早野は腕を伸ばし、小さな枝を指ではじいた。

「塩樹は、胞衣のあらわれであるから、自力では繁殖《はんしょく》しない。種子はつけない。かといって挿《さ》し木苗《ぎなえ》を作ろうとしてもできない。土に挿すだけでは枯れてしまう。海が必要なの」

「海？」

「この木は、本当は、陸上では生きられない。呼吸や光合成はしているけれど、本当に必要なものがここにはない。海の音。海の振動。海の水。塩樹は、目には見えないエネルギー体を伸ばして深樹に繋がっている」

目には見えぬ生命の紐帯。へその緒。頭の中で、おばさんの話を反芻《はんすう》した。

「塩樹と深樹はへその緒で繋がっている。だから塩がとれる。根付かせるためには、土に、海までの道筋をつけてやらなければならない。へその緒が海に行くための道を。方法はわからない。まさか数百キロも根を伸ばしているわけがないし。たとえ夢の技術みたいなもので海までパイプを通したところで、塩樹は枯れてしまうんじゃないかな。自然が当然のようにやっていることが、私たちの手では再現できない。境子の胞衣を埋めれば発芽はするけど、全国回って探すわけにもいかない。そんなの繁殖とは言えないし、意味もない」

「そうだよなあ。胞衣なんてそんなに都合よく手に入らないもんな」

早野はぽかんと僕の顔をみた。「どうしたの？」と聞くと、くくくと笑い始める。何かがツボに入ってしまったようで、腹を抱えて身をよじっていた。

「境子とか胞衣とか塩樹とか、なんで私、クラスメイトとフツウに会話してるんだろ」

「いま？」

「ふっとね、おかしいなと思ったらおかしくなってしまって」

しばらく声を上げて笑っていた。早野がこんなに笑う人だったとは。

「繁殖ができないということは、この塩樹林が消えたら二度と戻らないということ」

早野は目尻《めじり》の涙《なみだ》を拭《ぬぐ》い、咳払《せきばら》いした。笑顔は残っていたけれど、どこかさみしげに見えた。

「塩樹だって、この土地本来の植生には違いない。特別なものだとせず、他の木と同じように生きて枯れていけるようにしたい。土を整え、塩樹の苗を植えて育てて、多様な森をつくりたい。木の時間は人間の時間とは違う。私が生きているあいだにできることは限られている。それでも、始めないことには始まらないから」

そこまで言ったところで、早野は恥じるように指で口を押さえ、「話しすぎてしまった」と呟いた。僕としてはもっと聞いていたかった。

「私は、塩樹を他の森の中に移したいと思っているの。リニアの影響のない森の中に」

「そんな場所、あるの？」

まだわからない、と早野は首を横に振った。

「両親はいま、測量を拒否しているけれど、いつまでもつかわからない。楽観視なんてできない。この下にリニアが通ったら、たぶん塩樹は枯れる。水脈は遮断《しゃだん》され、電磁波で混乱して海とも繋がれなくなる。その前に、安全な場所を見つけて移したい」

早野の横顔は凛々《りり》しかった。「楽観視」の対義語は、「悲観視」ではなくて「現実視」なのかもしれない。

「移植の方法もわからない。さっきも言ったとおり、ただ土に植えるだけでは根付かない。単純に移植したのでは枯れてしまう」

「エナは塩を作って土に撒いて、胞衣を埋めたんだよね。この木は胞衣から芽生えているんだから、同じようにしたら苗作りもできるんじゃないの？　この樹液から塩を作ったあと、それを土に撒いて、挿し木してみるとか」

「そうだね」

早野は薄く笑った。そんなことはとっくにわかっている、という顔だった。釈迦《しゃか》に説法してしまったようで、ひどく恥《は》ずかしくなった。

「帰ろうか」

山を出ると、シルクのような風が吹いてきた。僕らは並んで歩く。左右非対称の脚が独特の足音を奏《かな》でていた。古い橋にさしかかった。下を流れる細い川から、青臭さが立ち上っている。もう夏だな。

「私が毎朝、街路樹に話しかけているのはね」

「通学路のカエデ?」

「うん。あの木の中に、バイクが突っ込んだときの衝撃が残っているからなの。去年起きた交通事故の。衝撃というか、その時の恐怖が木の中に入り込んでいると言ったほうが近い。運転者や目撃者《もくげきしゃ》の恐怖がね。登校時間だったから、人も多かったし。その恐怖が根元のあたりでしこりみたいになって、水分や養分の通路をふさいでいるの」

「恐怖がふさぐ」

「酸素や水素って目には見えないしにおいもないけど作用があるでしょう。それと同じ。恐怖の衝撃には、はたらきがある」

早野の声は心地いいな。理解力が疲弊《ひへい》していた僕は、その声音と抑揚にただ聞き入った。

「樹木はたくさんの自己防衛手段を持っているから、ちょっとやそっとじゃ枯れたりしないんだけど、手助けをしたほうがいい時はある。私は木のなかのしこりに話しかけるの。事故は終わっていますよ、怖いものはもうないですよって。根気よく続けていくうち、少しずつほどけていく。これが毎日の日課。ヤバいやつでしょう」

早野はにやりとして僕を見た。僕は慌てて夢心地を散らす。

「だから毎朝、街路樹の前にいたんだな」

「みんなのいない時間にできたらいいんだけど。手当てしてやるなら事故と同じ時間のほうがいいから。わざわざ人目にさらされてなにやってんだろって思うけど、カエデのためと思えば気にならない。もう少しうまくやれたらいいんだけど」

早野は首をすくめた。

「私も変な人間だけど、両親もあんなふうだから、いままで混乱せずに生きてこられた。あの人たちもおかしな人だけど、そこをうまく転がして生きている。見習わなきゃと思うんだけど、なかなかね」

早野のいう「おかしな」が、塩の木の話を受け入れることや、街路樹に手当てをすることだとしたら、その言葉はふさわしくない。

「人と話すよりも木といるほうがラク。そういうのを矯正《きょうせい》も否定もしなかった両親には感謝している。私は、ほかの人とは体の使い方がちがうかもしれないけど、思うように動かすことができている。脳が体の使い方をわかっているから。脳という私が体という私をそのまま認めているから。それができるのは両親がそうしてくれたから。私は私がしてもらったとおりのことを自分自身にしてあげることができる。それに気づいたのは最近のことだけど」

のろけるでもなく、むしろ戒《いまし》めるような口調だった。

「私は、甘やかされているの」

その境遇《きょうぐう》を鵜《う》呑《の》みにすまいというように背筋を伸ばし、厳しい顔つきで進行方向を見据えている。学校生活だけでもだいぶハードだったのに、さらに自分に厳しくするのか。僕はあえて歩調をゆるめた。左側にまっすぐ傾いた、芯《しん》のとおった背中が見えた。

「堀はこんなふうに突然変化が起きて、大変だったと思う」

早野が僕を確かめるように振り返る。僕は早野の横に並び直した。

「うん、大変……というか」

どうやら、僕への思いやりを示そうとしているらしい。軽トラしかり、街路樹のことを話してくれたのも、優しさからだろう。早野は僕のことを、見知らぬ世界に放り出された迷子のように思っているようだ。

実は、僕の戸惑いは成りをひそめていた。早野が僕に対してどんなことをしてくれるのか、見てみたい気分になっていた。性悪《しょうわる》だとはわかっている。

早野は少しの沈黙《ちんもく》を落とし、息継ぎをした。

「私の膝には、種がある」

早野を見下ろした。きれいなつむじが見えた。僕の真横にいるせいで、曲がらない膝はよく見えない。

「私は生まれつき、膝の中に種を持っている。種は膝蓋骨《しつがいこつ》のあたりにある。だから私の膝は曲がらない。痛みはない。生活に支障はない」

早野の目には緊張が滲んでいた。見知らぬ世界で孤独であるはずの僕に寄り添《そ》おうとしているのかもしれない。僕がひとりではないのだと教えようとしているのかもしれない。

私の膝には、種がある。

何か言わなければ。何か言わなければ。何か、返さなければ。

「エナは、自分のお腹に何が入っているのかわかっていました」

僕の沈黙をどうとったのか、早野は困ったように笑いながら物語の一節を口にした。

「私はお腹の中じゃなくて、膝に一粒」

たくさんの木の芽が顔を出し、みるみる育ったかと思うと、一晩にして深い森をつくり、塩の木を隠してしまいました。

「樹木や花や草は、たくさんの実をつけて種をつくり、地面に落とす。普通、そこから発芽するものはわずかだけど、それらがすべて一気に芽生え、生長するとしたら？　この山の姿は一変する。家も道もすべて植物に覆われる」

塩の木のありかがわからなくなった人々は、二度と塩を作ることができなくなりました。

「この膝の種は、この地のすべての種を発芽させるスイッチ」

エナは必要があるときに転生し、「塩作りの女」として現れるようになりました。

「エナの名残というか、生まれ変わりの証というか」

早野は右の人差し指を立てて、西日にかざした。

「塩樹林が用地になって喪われる可能性があるのなら、いまのうちに苗木をつくって、安全な場所を探し、移植と植樹を進めよう。何回も考えた」

右の手は下がり、体の脇に戻る。

「同じ回数ためらって、いまに至る。土器を作って、塩を作って、苗をつくったら、私がエナであることが決まってしまう気がして。なぜ私は種を持って生まれたのだろう。いつか発芽するのだろうか。その時私は、どうなるのだろうか」

「私を土に埋めてください」


「自分の中に役目みたいなものがあるのを認めるのは、ちょっと怖かった。エナの記憶が鮮明《せんめい》にあるわけではないの。時々デジャヴみたいに『どうして私はこんなこと知っているんだろう？』って思うことはあって。それが前世の記憶に基づいているんだと思う」

早野は僕を見上げた
「プールに堀が飛び込むのを見たとき、ああやっぱりほんとうのことなんだって思ったの。語り部の物語を疑っていたわけではない。私もソラで言えるくらいに馴染んでいる。だけどあのとき、過去にそういうことがあって、いまに繋がっていて、いまもまだ動いているものがあるんだってことが腑《ふ》に落ちた」

堀のおかげ。早野はからりと笑った。その目の奥には緊張がとどまっていた。

「そうだね。私は塩樹の苗をつくる。安全な場所を探して、植樹をする。もう十七だし。進路決めるし。リニアの工事は進んでいるから時間もない。堀がプールに飛び込んでくれたおかげでハラが決まった。ありがとう。それから」

早野は小さく頭を下げた。

「塩樹林を、胞衣の寝床だと言ってくれたことも」

何も言えなかった。無理にでも言おうと思えばできた。相槌を打つんでもいい。そうしてしまったら、いま早野が差し出してくれたものを分裂《ぶんれつ》させてしまう気がした。

僕らはただ前を見ていた。集会場の脇を通ればまもなくバス停だ。

「現在地もわかったし、たぶん帰れる。おじさんとおばさんに、よろしくお伝えください」

返事もなく、早野は足を踏み出した。まだ僕と歩くつもりなのだろうか？

「そこの川まで、行く」

早野は振り向いた。西日を背負っているせいで影が濃くなり、木版画のように見えた。正面から向き合ったとき、僕は早野と出会い直した気がした。

左膝は曲がらない。中には種がある。異様といえばそうかもしれない。事実はいつしか脇を通過していて、「そういえば」とでもいうような後ろ姿でしかなかった。

草いきれが立ち上る。川は澄んだ音を立て、青い稲穂は大型犬の背中のように揺れていた。山は遠近重なりあい、遠くの鉄塔《てっとう》はそこに刺さった小枝のようだ。

「ここで」

早野は土手の階段を指した。

「また明日」

軽快な足どりで階段を降りていく。川原は草を刈られたばかりのようで、集め残しが甘いにおいを撒いていた。この川は夏の間、子どもたちの遊び場になるんだろう。

早野は川べりに立った。風にそそけた髪を直すこともしなかった。スニーカーと靴下を脱《ぬ》ぎ、スカートの裾を少しつまんで川の中に入っていく。浅い川とはいえ、石はぬかるむし、不自由な脚では危ない。僕も階段を駆け降りたが、早野はなんなく川の真ん中まで進み、流れを分けている大きな石に腰掛けた。

土手の上よりも涼しい空気と、木琴《もっきん》みたいにかしましい川音が、皮膚を通り抜けていく。

これはなんだ。

早野の前に、小さな男の子が立っている。

水の上に、立っている。

男の子は「待ちきれない」とでもいうように対岸の林に向かって駆け出した。暗い杉林だ。僕が小学生だったら、間違いなく探検の場に選んだような。

僕も裸足《はだし》になってズボンのすそを巻き上げ、水に入った。早野は黙って見ていたが、体をずらす素振りも見せなかったので、石の半周を回って座らなければならなかった。川底が滑る。膝の不自由な早野が、よく行けたな。

石の冷たさが尻に染みた。空の青地に切り絵を貼るように、葉の影が広がっていた。

「さっき、プールでね」

早野は右脚を動かした。近くで見ると、ほっそりした左脚に比べて筋肉が発達している。がっしりした右脚につられて水の流れが変わり、すぐに戻った。

「堀からこぼれた水が一滴、私の膝にくっついたの。タオルで拭《ふ》いても取れないし、水道で流しても離れない。いつまでたっても乾かないから、ここに連れてきた」

早野は左の膝を指した。その指が、杉林を向く。

「あのときは混乱していたもの。覚えていなくても仕方がない。プールから上がるとき、堀は泣いていたんだよ」

「え、俺、泣いた」

「その涙が一滴、私の膝に飛んだの」

林ががさがさと鳴った。さっきの男の子が水の上を飛び跳ねながら戻ってくる。小動物みたいだ。男の子は早野の前に立った。僕のことは見ない。照れてるんだね、と早野は緩慢《かんまん》なまばたきをして見せた。

「堀に見られてはずかしいのかな。堀の中にいたのにね」

男の子は手を前に組んで、肩をすくめた。

「楽しかった?」

男の子はうなづいた。

「ひとりで遊ぶのが好きなんだって」

男の子は笑みを深めた。代弁してもらえて嬉しいとでもいうように。

「この子、ほんとうは、行きたいところがあるんだって」

この子はだれだ。

「この川から、海に帰れるよ。川底の孔《あな》から水脈に入ってね。かなり深いところにいかなきゃいけない箇所もあるけど、ちゃんとつながっているからね」

早野が水面に指先を向けると、男の子の姿は消えた。

「さよなら」

川面に小さな波紋《はもん》が生まれた。

「さあ、帰ろう」

早野はスカートの裾を持って立ち上がった。危なっかしく見えたので、消えた男の子に対して呆然《ぼうぜん》としている頭を無理やり切り替え、歩ける？　と聞いた。

うん、と早野は一歩を踏み出そうとしたが、怪訝《けげん》な顔をして動きを止める。

「そっか。さっきは水滴くんがいたから」

歩きそびれた格好のまま、固まっている。

「さっきは水滴くんがついていたから、川の中でも歩けたんだ。あの子はもう帰っちゃったから」

「歩けないと」

早野は背中を丸めて僕を見た。本気で焦っていたので、思わず笑ってしまった。

「岸まで連れて行ってもらえませんか」

決まりが悪いのか、硬《かた》い声だった。僕は早野の後ろに回り、両肩を支えた。

「右側にいてもらえると助かります」

僕が少し横にずれると、早野は足を踏み出した。よろけるたび、体重をあずけてくる。頭が近い。同じ石鹸《せっけん》のにおいがした。この川が揚子江《ようすこう》くらいでもよかったな。


「ホタテ缶《かん》もらった」

姉は帰るなり、ダイニングテーブルにホタテの缶詰を二つ置いた。そういうわけで夕飯の一品はホタテと大根のサラダになった。細切りにした大根の上に缶詰のホタテと刻み海苔《のり》を乗せ、市販のごまドレッシングをかけただけのものに、姉は目がない。

「ってことを、職場の人たちから聞いたらしいのよ。私がこれ好きだって」

ダイニングテーブルで海苔を切っていた僕は、ぎょっとして手を止めた。姉は冷蔵庫から鮭《しゃけ》としめじを出している。バター焼きにするらしい。あとは味噌汁とたくあんだ。

「誰が?」

「あの建設会社の社長の息子」

調理バサミを落としかけ、慌てて受け止めた。

母が失踪直前まで付き合っていた恋人は、建設業を営む隣町の男だった。母は妻帯者と交際をすることもたびたびだった。町内の婦人会に顔が出せなかったことや、僕と姉が似ていないことがインランのせいだと言われるのもそのためだ。

僕はその息子とやらを見たことがないが、姉の話によると年齢は三十歳で、いわゆる建設コンサル業をしている会社に勤めているらしい。ある程度外で修行してから、父親の会社を継ぐということなのだろうか。姉の職場の社長は、母の元恋人の友人らしい。その息子のこともかわいがっているようだ。息子は外回り仕事の合間に、ふらりと姉の職場の事務所に入ってきて、茶飲み休憩がてら談笑していくことがあるのだとか。そのときに姉を見初めたのだろうか。

「外回り仕事って?」

「リニアの用地取得の交渉」

おふ、とげっぷのような息が出てしまった。

「リニア建設の事業者から、用地取得について委託《いたく》をされている会社らしいわ」

「社会人のことよくわかんないけど他の会社に用事なく行ってお茶飲むとかいいの?」

「私だったらしないわね。地元の強い会社の社長の息子なら別なのかもね。そういう人だから、職場の人も、私のことを聞かれてなんとなくいろいろ教えてしまっているみたい」

「なんとなくいろいろって、個人情報含まれてないよな?」

「缶詰持ってくるくらいなんだから、かわいい聞き込みしかしてないでしょ。好きな食べ物とか、好きな色とか」

「幼稚園《ようちえん》のとき隣のクラスのなっちゃんから同じこと聞かれたな」

「個人情報掴んでたら缶詰もこのアパートに送ってるよ。ホタテ缶重いんだから」

母が失踪してから、僕らは二度引っ越している。母の元恋人であっても、ここの住所は知らないはずだ。

「重いって、缶詰二つじゃないか。好きな人に缶詰って。それじゃただのおすそわけだよ」

「違うよ。大きなダンボールにみっちり入れて持ってきたの」

「え、もう理解できない。こわい」

「おすそわけしたのは私。職場のみんなに配って残った分を持ってきたの」

「ちゃっかり二つ確保してきたってほうが正しいのか……」

「ホタテ缶に罪はないからね。おいしくいただきましょう」

姉の図太さのおかげで、今夜のおかずが確保できたわけか。ホタテ缶はいいお値段なので、普段はなかなか手が出せないのだ。

「結婚中止はまだ間に合います、だって」

姉は漬物鉢をテーブルに置いた。冷え冷えとした顔をしている。

「たいそう引き締まった顔で言うのよ。善意と使命感から出来上がった純粋《じゅんすい》な顔で。『いつも父に言われていました。あの女は日陰者だったから、その娘だけでも救い出してやれって。僕はあなたを守る。日の当たる場所に連れて行ってあげられる。僕は次期社長です。社長夫人になれば、あなたはこの土地でいちばん強い女になれる』。この短い言葉だけでも私の血管が切れたところが四つある。わかる」

「ひとの母親を『あの女』呼ばわり」

「正解」

「日陰者とか人に向かって言う言葉かよアッタマ悪りぃな」

「言い過ぎだけど正解」

「救い出すとか、あげられるとか、神様か」

「正解」

「勝手にかわいそうだと決めるな。お前の作った物語ん中の登場人物に入れんな。うちは貧乏だけど日なたで心豊かに暮らしております！」

「あんたのほうが怒ってる」

姉はくすくすと笑った。

「ほうが……って、姉ちゃん、ホタテさんに同じようなこと言ったの」

「人目のないところでね。せめて恥はかかせないようにと思って」

この姉だ、思い切りストレートに言ったに違いない。

「誰かの女におさまらなければならない世界なんて願い下げ。私は紘義さんの女になるわけじゃない。だけど、自立って、ひとりで生きていくことではないでしょう。私は誰かと一緒に生きていたかった。愛するひとは探さないと現れなかった」

姉はいつも同じことを言う。ともに生きていく相手が欲しかった。誰でもいいわけではなかった。紘義さんが好きなんだ。

「私の人生にホタテさんの入る余地はない。わかってもらう必要があった」

「わかってくれたの」

「馬鹿な女だと言われた」

「襲撃《しゅうげき》しにいこうかな」

「冗談《じょうだん》でもそういうことを言うんじゃない」

額をはたかれた。

「ホタテさんにはわからないのね。特権を持っていると思っている。お山の大将なのに、お父様の言うことがすべて正しいと思っている。裸《はだか》の王様なのね。あの人の世界ではお父様が王様だろうから、裸の若様か。幼稚園児みたいな質問しかできない若様。ひとをばかにしていることもわからないかわいそうな人。向こうは私のことをかわいそうだと思っているけれど。間違った男と結婚寸前の、生い立ちの哀《あわ》れな女」

「なにひとつ合ってないな」

「私は紘義さんのことが大好きで、この町のことも好きで、自分で望んでここにいるのにね」

ほつれた髪を耳にかける。その前腕《ぜんわん》に、ミミズ腫《ば》れが走っていた。

「傷、できちゃってるね」

姉は僕の視線をたどり、あら、と目を見開いた。

「ほんとだ」

たまに、気づかないうちに傷やアザができていることがある。姉にはそれが頻繁《ひんぱん》に起きる。引っかき傷程度なら「どこでやったのかな？」くらいで済むが、姉の場合は焼けた鉄を押し当てられたくらいの太い傷になる。痛みはなく、怪我をした心当たりもない。母も同じ体質だった。あのひとはこの現象を、食あたりならぬ空気あたりと呼んでいた。

「不毛なことを考えている人に会うとね、ときどきこういう傷ができるのよ。体質。雰囲気とかオーラとかいう言葉で表されるような、その人を取り巻く空気みたいなものってあるでしょ。あれが歪《ゆが》んでいると、私にとっては刃物《はもの》みたいになるの」

母は、背中や腹に大きな傷を抱えて帰ってくることがあった。暴力を受けているわけではなかった。あのひとは一見ふわふわしていたが、好き嫌いははっきりしていて、情と利害は完全に割り切られていた。相手のことがどれだけ好きでも、傷つけられたり支配的なふるまいをされた日にはスッパリと関係を切ってしまう。言うまでもないが愛人業をしていたわけではないので、経済的に依存《いぞん》していなかったのは大きかったと思う。

悲しみはいつか癒《い》える。癒えないのは痛みがもたらす記憶。母はいつも言っていた。痛みは誇《ほこ》りを潰《つぶ》しにかかる。誇りは何からも傷つけられることはないのに、痛みはそれを知らないの。潰しに来られればうっとおしいし、そこに付き合う時間はない。人生は有限だもの。大切なものを大切にするだけで精一杯《せいいっぱい》。だから私は悲しみを取って痛みを捨てるの。誰かから与えられる痛みをね。自分で選んだ痛みなら、まだ抱きしめることができるから。

久しぶりに母のことを思い出してしまった。母の記憶は置いといても、姉にも同じような現象が起きるので、本当に体質であるとしか言いようがなかった。

「若様の毒に当たったんだな」

「若様は頭の中で私を殴り倒していたかもしれない」

これまで、姉に狂わされてきた男を何人も見てきた。姉が手練手管《てれんてくだ》を使うわけではない。相手が勝手に狂うのだ。家に押しかけられたこともあるし、警察を呼んだことも一度や二度ではない。

そんな面倒事が、紘義さんと付き合ってからはぱたりと消えた。姉にまとわりつく男たちは一掃《いっそう》された。その時に見たウサギ男の奇怪《きかい》な圧力については考えないようにしている。

空気あたりしかり、姉の発光しかり、暮らしの中で平然と受け入れているものの中には、捉《とら》え直さないといけないものがあるのかもしれない。気づきたくないから気づかなかった。いちいち考えていては身がもたなかった。

母はなぜ、空気あたりをしてまで、男たちと付き合っていたのだろうか。親の恋愛事情なんて怖気《おぞけ》を震うものだし、母も逐一《ちくいち》話してくることなんてなかった。だけどなぜかあのひとは、自分の恋人の職業だけは、毎度知らせてきた。僕が知るかぎりでは、新聞記者、大学教授、議員、地方創生コーディネータなんてのもいたような。

目の前が暗くなる。貧血か？　なったことないけど。思考を一時停止して、再び海苔を切り始めた。

「切りすぎじゃない」

気づいたら、細切りの海苔がテーブルの上で山になっていた。

「いつの間に」

姉は黒山の海苔だかりに指を突っ込みながら、「明日はざるうどんだわね」と言った。

「海苔でかき揚《あ》げ作ったらうまそう」

「平日に揚げ物なんて嫌だよ。大洋がやるならいいけど」

「粉に混ぜてチヂミっぽく焼くとか」

「大洋がやるならね」

言いながら姉は、十センチほどの長さに切った大根とスライサーをテーブルに置いた。次の作業に移る前に、テーブルを片付けなければ。海苔の破片《はへん》が散らばっている。

手を動かしながら浮かんでくるのは、早野の姿だった。早野は僕に秘密を話した。僕を信用しているわけではなくて、同情から話したというのが近いんだろう。秘密を共有して、僕の混乱をなだめようとしてくれたんだろう。

早野にそういう一面があるのは意外だった。自分の持っているものを差し出して、相手に寄り添おうとするようなヤサシサ。滅私《めっし》のような感じがして好きじゃない。悔しくもあった。どうせなら、僕を信用に足る人間だと認めて秘密を話してほしいじゃないか。

なんて、こんなふうに思えるのは、僕が進行形で救われているからだ。余裕《よゆう》があるから、反芻もできるし、悔しいとかも思えるんだ。

意識を失って水に飛び込む僕のことを、おかしくはないと言ってくれる人たちがいた。異常ではない。それが自然なのだと。あの人たちは僕を一秒も孤独にしなかった。早野は水に飛び込む前から僕のそばにいてくれた。おじさんとおばさんは温かいものを作って待っていてくれた。そして、話をしてくれた。

豚汁にはじまるレスキューの仕組みに、過去どれだけの人が救われてきたのだろうか。今日、僕が一人ぼっちだったら、どうなっていたのだろうか。少なくとも、海苔を刻むことはできなかった。僕は、早野と、早野の両親に助けられた。あの声が何度も響く。

——私の膝には種がある。

＊

昨日、授業中に飛び出してそのまま学校をサボったことへの事後処理は思いのほかラクだった。誰もが僕の気持ちを「察して」くれたからだ。担任には一応絞られたけど、若気の至りと青春の苦しみということで勝手にまとめてくれた。多感な時期に母親が失踪し、親代わりだった姉の結婚が決まり、来年は海の町に引っ越して父親の新しい家族と暮らす。この事実がそのまま、教室を飛び出し授業をサボタージュするという行為にはまってくれた。この設定、見る人から見ればめちゃくちゃかわいそうなんだよな。

暮らしは続いていた。早野は毎朝、街路樹を撫でている。制服ではなく、ジーンズとTシャツというような私服姿だ。背中から「話しかけるな」という空気が出ていた。挨拶を交《か》わすこともできないまま、一ヶ月近くが過ぎてしまった。

あれから意識を失うことは一度もなかった。「知識」を得たからか、それとも夏至を過ぎて少しずつ日が短くなっているからか。

明日から夏休みだ。終業式も終わり、SHR《ショートホームルーム》での担任の話は右から左に流れている。昼を過ぎて空腹が限界に来ていることと、午後からの予定のせいで、みんなの頭はとっくに教室を飛び出していた。

高校二年生の夏休みは、自分自身に気づかぬふりができる最後のタームだ。秋からは、じわじわと「進路」という言葉を聞く回数が増えていく。そういうものを目前にした、最後のお気楽期間だ。とっくに志望校を決めているやつもいるけど、僕はできるだけ何もしないと決めていた。バイト三昧《ざんまい》のせいでガタ落ちした成績を挽回《ばんかい》することとか、不義理していた友人たちへの埋め合わせとか、やることはたくさんあるはずなのに、動く気が起きない。

生まれ故郷の海は頭に何度も浮かんでいたけど、すぐに打ち消していた。姉と一緒にいられる残り時間のこと、父や新しい家族のこと、ためらう理由はたっぷりある。

学校の時間は閉じられ、僕らは夏休みに放たれた。帰り際、友人たちから遊びに出ようと誘《さそ》われたけど、断った。アパートに帰っても暇《ひま》なんだけど、騒《さわ》ぐ気にはなれなかった。

自転車を引きながら校門を出たところで、夏至の時に早野と歩いたあたりを改めて見てみようと思い立った。毎日暮らしている場所の周りにも、知らないところはたくさんある。夏休みといえば探検の旅だ。

腹のあたりがぐうっと動いた。まるで日なたにいる虫のようだ。空はからりとして、日差しは強く、風は香ばしい。ひとりで遊ぶの好きだったな。石の下のだんごむしを探したり、二つとして同じ色のない草の緑を眺めたり、ぬかるみに指を刺したりするだけで時間は満たされた。小川の魚が体をくゆらせているところも、ずっと見ていられた。

購買で買ったパンを片手に自転車に乗り、いつもと逆方向に曲がった。木陰がパラパラ漫画のように体を滑る。車道の真ん中を走り、坂道を下った。

「俺、ひとりで遊ぶの好きだったなあ」

そうだよ、と小さな声が聞こえた気がした。

「ごめんな」

気づくとそう言っていた。忘れててごめんな。

川沿いの道に出て、自転車を降りた。岸に人影が見える。ゆったりとした緑色のTシャツに、やわらかそうな素材の白いスカート。

人影が振り向いた。目が合う。息が止まりそうになったが、早野は「ヨッ」とでもいうように手を上げた。

「堀ー。なにしてんのー」

拍子抜《ひょうしぬ》けした。平然とした感じが何となく悔しかった。久しぶりに会えて動揺しているのは僕だけか。不機嫌《ふきげん》を装いながら道の脇に自転車を置き、土手の階段から下へと降りる。

早野は立ったまま、小さなスケッチブックに川と木の絵を描きつけていた。写実的というわけではなかったけど、丁寧《ていねい》な線が重なり合っていた。

「一年の時からよく絵を描いていたよね」

早野の隣に立ったら、不機嫌なフリは五秒ともたなかった。

「うまくはないけどね」

早野は照れるでもなく、淡々と鉛筆を動かしている。

「水の感じとか木の感じとか、たくさん描かないとわからない。下手なりに伝えたいから」

「美大目指しているの？」

「まさか」

黒い髪が、風にいたずらされるままになっている。

「あれ？　もしかして俺、ジャマ？」

早野が吹き出した。

「ちっとも」

社交辞令のようなものかもしれないけど、邪険《じゃけん》にされなかったのでちょっと浮かれた。浮かれついでに終業式とＳＨＲのダイジェストを話した。特に内容はなかった。

「そうか、今日から夏休みかあ」

早野が虚脱《きょだつ》したように見えた。学校の話題は出さないほうが良かったのかもしれない。

「そうだ、苗づくりはやってみたの？」

話題を変えると、早野の顔が動いた。目の中に虚があるように見えた。

「夏至の次の日、塩樹林に行ったら、樹液を貯めていた木桶がひっくり返されていた。木は、刃物みたいなもので傷つけられていた。山の動物の仕業かもしれないけど」

早野は薄い可能性を口にして、ため息をついた。

「樹液はすべてこぼれてしまった。塩害が出るかと思ったけど、樹液は海水とも違うんだね。

森に被害はなかった。樹液を何度も採ると、塩樹を疲れさせてしまう。今年はもう、塩作りができない」

私は塩樹の苗をつくる。安全な場所を探して、植樹をする。決意の滲んだ声を、僕ははっきり覚えている。

一体、誰がそんなことを。動物や、山遊びをしていた子どもの仕業とは思えない。

「うちが山を渡そうとしないから、苛立《いらだ》っている人もいる。その人たちのせいだと断定はできないけど。こういうときは、みんなが疑わしく思えてくる。いやだね」

骨がきしむほど腹が立ったが、ここで僕の怒りを早野に伝えても救いにはならないだろう。怒りが増幅《ぞうふく》するだけで、不毛だ。

「みんなってことは、俺も疑わしい？」

早野が顔を上げた。

「ねえねえ、俺も？」

僕がにやにやしながら鼻を指すと、早野は眉間に指をやって皺をのばすような仕草をした。ちょっとかわいかった。

「裏山も安全な場所ではない。はやく塩樹を移してあげたい。どこに移したらいいのかも、まだわからないけれど」

水のひだに陽の火花が散り、川が輝いている。金色の大蛇《だいじゃ》が巣から出てきたみたいだ。

「塩樹は、ただ土を掘って埋めるだけでは根付かない。塩がなければ枯れてしまう。製塩土器は、この山の土から作られる。山の土と、海につながる樹液のあいだから、塩が生まれる。その塩は、地上と海とを取り持つものになる。塩樹一本あたり、ひとつかみくらいの塩。塩は水脈に溶け込んで、へその緒を海まで案内する。その塩を作るための樹液は、こぼされてしまった。去年の塩はもうない。いまは移植も苗づくりもできない。もしいまこのとき、なにかが起きて塩樹が喪われたら？」

力なく笑った早野の横顔に、うつろになっている理由を悟った。

「だとしても早野のせいじゃないだろ」

強い声が出た。早野はうつむいたまま、肩をわずかに上げた。怯《おび》えたような仕草に、「早野のせいじゃない」ともう一度言い直した。

早野の膝には種があり、記憶の中にも「らしき」ものがある。生まれ変わりとか生まれ持った役目とかはよくわからないけど、早野は早野だ。人から人へ紡がれてきた膨大な時間の端っこにいまの僕らがいるとしても、雪だるま式に膨れていく過去に対して誰か一人が責任を持つなんておかしいだろう。そんなのただの押し付けだ。

「塩樹のことみんなが知ればいいのに」

「ね」

湿気を含んだ風がすり抜けていく。木の影が透明《とうめい》な水を介して川底に映り込む。

「『ありえないこと』に対して厳しい時代が長かった。樹液から塩が採れるなんてありえない。海底に巨大な樹木があるなんてありえない。胎盤から木の芽が出るなんてありえない。木の根からエネルギー体が伸びて海に繋がっているなんて話、あたまのおかしいやつでもしない。そもそも精霊なんてありえない。見えるなんていうやつはペテンだ」

早野は淡々と話す。

「そういうものに対して注意深く振る舞いながら、塩樹も残す。そういう方針で長い間来たから、隠すことに重きを置くことになった。誰も知らないから、各地にあった塩樹林は消えていった。見えないものは無いものだから」

在るものをありえないとしてきた流れを、僕は批判することができない。姉の発光しかり、海への郷愁しかり、そうしてきたのはこの僕だ。

早野は僕を見上げた。

「塩樹の存在を、みんなが知るというのは、どういうことなんだろう。事故で傷ついた街路樹を撫でるだけで、変な人間になるのに。だから、絵本を作ろうと思っているの。『塩の木のものがたり』を」

聞き返す言葉もなくまばたきしていると、早野は悪だくみをするように笑った。

「絵本を作って、高校の図書館に置いてもらう。司書の先生に聞いたことがあるの。手作りの本でも置いてもらえるのかって。卒業生や教員の書いたものを蔵書として受け入れることはあるって教えてくれた。だから、やってみようかなって。いつか誰かが見つけて、手に取ってくれるように」

静かに佇む早野の中に、驚くような強さを見た。何をどうすればいいのかわからない中でも、思いつくかぎりのことをやろうとしている。ゴールも答えも見えない中で足を踏み出すのは、とても怖いことなのに。

「いままでこの物語は、文字にされることはなかった」

早野は鉛筆でスケッチブックをトントンと叩いた。

「わかる人にだけ、必要な人にだけ、伝えられる物語だった。それではもうだめなのかもしれない。塩樹を取り巻く環境《かんきょう》は年々厳しくなっている。限られた人だけでは手に負えない。だからといって、無防備に広げていいものでもない。長いあいだ、大切に守られてきたものだから。私がなにかを変えられるなんて思っていない。これは、種まきのようなものなのかもしれない。図書館に紛《まぎ》れ込ませて、見つけてくれる人がいて、読んでくれて、何かを感じてくれることを祈る。消極的な種まき」

「そんなに何枚もスケッチしているのに？」

早野は絵と僕を交互に見て顔を赤らめた。

「そうか、堀に絵を見られた……」

慌ててスケッチブックを閉じたので、「遅っ」と笑ってしまった。

「いっぱい描いて、丁寧に描いて、たくさんの人ではなくても、読んでくれた人にちゃんと伝えようとしている。消極的なわけがない」

　早野の耳が一気に赤くなった。顔の熱を散らすように、川べりに立つ。

「絵本を描くこと、母に言ったら『やってみたら』って。学校行かなくなって、しばらく抜け殻みたいになってた私がやりたいって言ったことだからかもしれない。私が何かやることで、生きる目的ができるのなら。伝統とか長い時間変わらなかったことの意味よりも、私が一分でも一秒でも生きる希望と意味を見出してくれれば。たぶん、そう思っている。親には迷惑と心配をかけつづけている。情けない」

　早野はスケッチブックを胸に抱きしめた。

「いま、家には用地のことで業者の人が来ている。部屋で耳を塞いでいても声は聞こえてくる。逃げてきてしまった。どこにいけばいいのかもわからなかったけど、なんとなく、ここかな、って」

　僕はおもむろに裸足になって、ズボンの裾をたくし上げた。

「痛い、石ふむの痛い」

「なにしてんの」

「早野、早く」

　たたらを踏みながら、手を差し出す。早野はぼんやりと僕の手を見ていた。

「川の中。今日は水滴くんのかわりに俺が連れて行くよ」

何度かせっつくと、ようやく早野の目に色が戻った。僕が痛みに呻いているので、待たせてはいけないと思ったのだろうか、そこからは躊躇《ちゅうちょ》せず裸足になっていた。

「そんなに痛いかな」

早野はゆっくりと石を踏みしめている。

「俺の足の裏が不健康なんだろ、はやく」

「ふふ、不健康。おじさんみたい」

早野は眉を八の字にした。僕はそれだけで満足してしまった。細い手に握られてから後悔《こうかい》した。心構えもせずかっこつけるものじゃなかった。

早野の体を右側から支えて、流れを分ける大きな石の上に連れて行く。頭上の木々が腕を伸ばして影を作り、僕らを守るように包んでいた。早野を座らせ、僕も隣に腰を降ろす。左半身に体温が伝わる。脳天から心臓にかけて痛みが降りた。ワカサギ釣《つ》りするときに氷に穴を開けるドリルみたいなやつが頭の上でキリキリ回っている。全力で冷静を装った。

早野は白い足を何度か上下させた。陽の光がくだけた。

「川の中、入りたかったんだ。ありがとう」

僕は内心ガッツポーズをしたが、顔はすましたまま「うん」とだけ言った。早野がずっと川面を見つめていたから、そんな気がしていたんだ。

「今日、イチョウ弔《とむら》いの火祭りがあるの知ってる？」

町の人間が、倒木したイチョウに別れを告げる日だ。丘で夜通し火を焚き、そこにイチョウのかけらを投げ入れる。もう始まっているはずだ。

「そこに行くための勇気がほしくて、川に来たというのもある」

早野はまた少し、虚脱したような顔をした。

紘義さんの話だと、イチョウの樹体をどうするかということについては、山の町の中でも意見が割れているらしい。紘義さんのお父さんが倒木対応会議の取りまとめ役をしていて、早野のお父さんや紘義さんも参加しているので、僕のところにも情報が入ってくるのだ。

枝の一部はすでに挿し木苗として育てられている。後継《こうけい》として同じ場所に植えようという案が出ているようだ。樹体は彫刻《ちょうこく》作品や食器、家具や建具として利用したり、根の一部は処理を施《ほどこ》して役所のホールに展示しようという案もある。会の意向としては、可能な限り保存をして後世に伝えていこうとしているが、具体的な案はまとまっていなかった。

それだけ、イチョウに対する個々の思い入れが強いということだった。人の数だけイチョウとの思い出があり、繋がりがある。

丘は、人々が集まる場所だった。講堂はまだあるし、場所も広く認知されているし、祭りや催《もよお》しの集合場所としてはこれからも使われていくだろう。

しかしイチョウが無くなったことで、「なぜあそこに集まっていたか」という理由もすっぽりと抜け落ちてしまった。当たり前に集まっていた人たちは、そこに自分たちの集中点があったことを、改めて知った。

イチョウの後継樹を植えて次世代の町のシンボルにしようという人もいれば、執着《しゅうちゃく》せず静かに眠らせてやろうという人もいる。文化財として大部分の保護を訴える人もいれば、完全に解体し、活用できるものを利用して次の姿に変えてやろうという人もいる。

イチョウへの向き合い方は、その人が生きる上で大切にしている物事が浮き彫りになることでもあった。それを各々が否定し合うという事態だけは避けねばならず、紘義さんのお父さんも苦心しているらしい。

今後、丘をどのように活用していくか、樹体をどうするかということについて、皆《みな》が納得できないままに進めてしまえば、町が分裂する恐れもあった。

話がまとまらないことで、樹体の腐食《ふしょく》が進んでしまう心配もあったけど、早野のおじさんやその仲間の樹木医の見立てで、ぎりぎりまで慌てず議論を進めようということになったらしい。

そんな話し合いがされる中、「活用や丘の修復ばかりを考え、弔いの気持ちはないのか？」という意見が出た。

まずはそこか。と会議のメンバーもハッとした（という紘義さんの話）。

そういうわけで、弔いの火祭りが行われることになった。

「私はいつも、あの大イチョウに会いに行っていた」

視線は川面に落ちていたけど、頭の中であの木を見ているのだろう。

「小さい時は両親に頼んで連れて行ってもらった。ひとりでバスに乗れるようになってからは、思い立ったときにふらりと行った。時々、本を読んでやるの。図書館で当てずっぽうに本を選んで、丘に持っていく。考えずに選んだ本は、なんとなくイチョウが読みたいもののような気がして」

「最近はなにか読んでやったの」

「みどりのゆび」

「その本、知ってる」

母が、寝る前の物語としてよく読んでくれた。短い話ではないので、一章ずつ。僕は続きが気になって、次も読んでくれとよくせがんだ。

「おやゆびで種を触るだけで発芽させることができる男の子の話だよね。道の上とか壁の隙間とか、街中に潜んだ種をあっという間に生長させて、武器の町を緑や花でいっぱいにしてしまうんだ。争いまで止め――」

口が、止まってしまった。早野はコクリと首を動かした。

「発芽のスイッチ。エナの種みたいだよね。あちこちに潜む、発芽するはずもなかった何千何億という種を目覚めさせる。みどりのゆびの子は、平和に使っていたけれど。私の膝の種は、どうやって、この地の種を一斉《いっせい》に目覚めさせるんだろう。ホルモンのようなものを出すのだろうか。私もどうしてそんな本を選んだのか……。あてずっぽうだったのに。その本が、イチョウに聞かせる最後の本になってしまった。イチョウが聞きたいと思ったのかな。だとしたら余計に」

早野は「考えまい」というように膝を撫でた。

「俺も、よくイチョウに会いに行っていたよ」

話題を逸《そ》らす意味もあり、無駄に明るい声を上げた。早野は聞き直すように僕を見た。

「夜に行くのがほとんどだったから、顔を合わせることはなかったね。俺たち、けっこう前から同じ場所が気に入りだったんだな」

膝が目に入る。種が入っているというその膝。夏至の日、僕に教えてくれた早野の秘密を。

「早野、連絡先教えてよ。普段何使ってる?」

今度は、僕が彼女に寄り添う番なのではないだろうか。

「メアドでも。SMSでも。使いやすいやつ教えて」

なんとなく、通話アプリやSNSを使いこなしているイメージではなかった。気を利かせたつもりだった。川に入りたいときはいつでも呼んで、とおどけて見せる。

「携帯とか持ってない」

間髪《かんはつ》入れぬ返事がきた。断り文句でもなく単なる事実を告げられただけなのに、死ぬほど恥ずかしくなった。

「携帯なくて生きていけるの?」

結果、めちゃくちゃ感じ悪くなってしまった。いけるよ、と早野は気を悪くするでもなく答える。

「大学うかって家を出ることになったら、持つんだろうけど」

「家を出るの」

「志望校はぜんぶ他県にするつもりだから」

私は甘やかされているの。夏至の日、早野はそう言っていた。

志望校とかいう現実的な単語が出てきたとき、僕はようやく早野をクラスメイトとしても認識したのかもしれない。今のいままで、もっと特別なひとに見えていた。僕もほかのやつらと同じく、早野を浮いた存在として見ていたってことか。自分の状態なんて自分がいちばんわかってない。早野を平等に、対等に見ているつもりだったけど、そう意識している時点で傲慢《ごうまん》だ。

「というか」

僕の中の台風(別名『穴があったら入りたい』)には気づく素振りもなく、早野は足にまとわりつく水草をもてあそんでいる。

「大昔の通信手段は木だったから。いざとなったらそれを使えばいいんだよ」

僕は眉をひそめた。早野はおもしろがるように口の端を上げた。

「電話がない時代、手紙すらすぐ届かなかった時代。そんな昔は木を通じて声を送り合っていたんだよ。木を通せば、どんなに遠くにいる人とだって会話ができる。木は大地っていう『一枚布』の上に立っているから、地面のある場所にならどこにでも声を伝えることができる。木に声を預けると、根に運ばれ、菌糸を介して土に降りる。声は土中の水脈を移動し、相手のもとにある木がそれを吸い上げる。水脈といっても土の中にパイプが通っているわけじゃない。水と空気の動くラインが、毛細血管みたいに広がっているの。木に預けた声は、その道を通る。電話番号も住所もなくても、必要な声が、必要な人のところに届く。あっという間の出来事だよ。海を隔てていても問題ない。海の底にも地面はあるから。とても古いやり方。でも確実なやり方。嘘じゃないよ。こんどためしてみなよ」

「そんなの、聞いたことない」

「いまは水脈を遮断するものがたくさんあるからね、コンクリートであちこち堰《せき》がつくられているし、溝はU字溝《こう》で塞がれているし、地面は固まっているから水は染みない。それでも深いところではつながっている。声は届くよ。木が使われなくなったいちばんの理由はみんな電話を持っているからだけど」

早野はスマホサイズに右の手のひらを広げ、握る仕草をした。

「木を通して声を送る必要なんてないでしょ。静かなものだよ」

この気持ちは「狐《きつね》につままれた」というんで正解だろうか。

「静かになってやっと、聞こえるものもあるのだろうけど」

早野は川の先に目をやった。

「夏至の時、水滴くんも言っていた。ひとりで遊ぶのが好きなんだって。みんなと騒ぐのも好きだけど、静かなのも好きなんだって。そっちのほうが、いろんな声が聞こえるから。さみしくないいんだって」

「水滴くんには迷惑かけたなあ」

間延びした声を作ると、早野は小さく笑った。僕の耳には、「そうだよ」という小さな声が響いていた。喉には、ごめんな、と言った声が残っていた。

「その節は、小さい俺が、ご面倒をおかけしました」

妙な言い方になってしまったが、頭を下げた。

「いいえ、とんでもない」

水滴くんに向けたときみたいな優しいものではなかったけど、朝顔が秒速で開いたみたいな、何かがほどけるような笑顔だった。

「私の方こそ」

早野の頭が軽く上下した。

「ちょっと、らくになった」

早野は、人の目をまっすぐに見てくる。こっちがうろたえるくらいに。その目が僕を、川底で呼吸する土の中へと連れて行く。海へと続く、やわらかな布の中に。

「この勢いで、火祭り行こうかな」

早野が背筋を伸ばした。遠慮《えんりょ》がちに僕を見る。

「岸まで、連れて行ってもらえますか」

なんで手助けを頼むときは敬語になるんだろうか。もどかしいな。

立ち上がり、早野に手を差し出した。

「火祭り、俺も行く」

土手の上に自転車があることを思い出した。なんで自転車で来たかなあ、俺。いや、下校ついでに来たからだけど。早野と一緒にバスに乗れないじゃないか。

僕はどうしても早野と火祭りに行きたかったので、ダッシュで家に帰り、自転車を駐輪場に置いてアパートの前のバス停に向かった。

川の近くとアパート前のバス停は同じ路線だ。このまま待っていれば、早野の乗るバスがやってくる。バスの本数の少ない田舎町であることに今だけ感謝した。おかげで家まで戻る時間ができた。

息を切らせてバス停に立ち、時間を確かめた。バスの到着《とうきゃく》までまだ数分ある。

「ん？　自転車の後ろに早野を乗せてここまで来て、そっから一緒にバスに乗ればよかったんじゃ……？」

とは思ったけど、想像しただけでそわそわした。

火祭りに一緒に行くとは言えるのに、自転車の後ろに乗ってとは言えない。このへんの意味不明な機微《きび》が出てくるのは、僕の中では本気で誰かに惹かれているサインだった。

「まずい」

離れるとわかっている場所で誰かを好きになってどうする。

早野のいるバスに無事乗車できた。『講堂前』というバス停で降りる。焚き火のにおいがした。車道を横切って歩道に入った。上空が木に覆われているせいで、日中でも薄暗い。炎の色が見えてくる。木で作られた正方形の囲いの中で火が焚かれ、周りに人が集まっていた。講堂の脇に出された長机に、飲み物やちょっとした菓子《かし》が置いてある。

七夕飾りのような短冊もあった。イチョウへのメッセージを書くらしい。丘の下の神社から持ってきたのか、背の低いおみくじ掛けが置いてあり、短冊が結ばれていた。子どもの拙《つたな》い字、達筆な字、丸い文字、角張った文字、それぞれの手でメッセージが書いてある。

長い間この町を見守ってくれてありがとう。子どもの遊び場になってくれてありがとう。あなたのことは忘れません。あなたの見てきた歴史は必ず残します。美しい紅葉が楽しみでした。さみしいよ！　どうか安らかに。

町内会の人から木片《もくへん》を受け取る。僕らはそれぞれ焚き火の中に投げ入れた。

「お父さんが言っていた。大イチョウは、この奥にある鎮守の杜の門番なんだって」

早野は踊《おど》る炎《ほのお》を見つめている。

「数年前、丘の木々が弱ってしまったことがあった。イチョウだけじゃなくて、周りの木たちも。樹木自身に病気があるのではなく、土に問題があった。人の足や車で地面が踏み固められると、根の生長が阻害《そがい》されて木が弱ることがある」

早野は小さく足踏みをした。すでに撤去《てっきょ》されているが、イチョウの周りには踏圧防止柵と足場があった。車が通るルートや駐車場もきちんと決められ、整備されている。どちらも、早野のおじさん先導で作られたものだった。

「それだけではなくて、水脈が圧迫されて、空気のとおりが悪くなっていた。近くにはダムもあるし」

「ダム？　ここからちょっと離れてるけど。影響あるの」

言うそばから、自分の中に答えが浮かんでいた。大地は一枚布。すべては地下水脈でつながっている。

「上流にはダムという重量構造物。丘のまわりにはコンクリート連積みの擁壁。ちょっと想像してみて。胸の上にコンクリブロックを置かれて、顔面にみっちりモルタルパテでもなまじ想像力があるだけに、どこから呼吸していいのかわからなくなった。

塗《ぬ》られるところ」

「く、くるしい」

早野が笑った。それだけで嬉しくなるんだよなあ。顔が曇ったときには、いつでも笑わせたい。だけどそういう、「してあげたい」みたいなことっていうのは、自分の中にしこりや荷物があるときには、相手に重く思わせる。相手が何も知らなくても、空気とか振る舞いで、恩着せがましく感じさせたり、下心があるように思わせる。早野に良く思われたいという意味では下心は思いっきりあるけど。僕の前では笑わなきゃ、なんて思わせたくはない。

僕には、やらなければいけないことがある。先延ばしにしていることがある。

「土も同じこと。重いものを乗せられ、表面を固められたら呼吸できない。呼吸っていうのはもちろん比喩《ひゆ》で、木の根や菌糸のはたらきで健康な土壌が育まれ、そこに根の浸透圧《しんとうあつ》や土中の毛細管現象が噛《か》み合ったときの、水と空気の動きという意味。ただ染みていくのではなく、出たり入ったりしながら土の中を動いていくの。その動きの中で水は濾過《ろか》され、土中は涵養され、多くの生き物を生かす」

早野は丘の入り口を指した。

「父は、丘の整備をするときに、車道沿いには素掘りの溝を掘り、枝葉を絡《から》ませた竹筒を数メートル置きに差し込んだ。水と空気の流れを促すため」

「丘に来るたび、土から竹筒が顔を出しているのは何だろうって思っていたんだ。土の呼吸のためだったのか」

「適切な処置をすれば、木たちは自分の力で回復する。土が呼吸していれば、大雨が降っても、簡単には土砂崩れも起きない。人と木と両方の力で、この丘は維持《いじ》されてきた」

木片が燃えていく。勢いよく煙《けむり》が立ち上るけれど、誰の目も傷めなかった。煙は不思議と人々のいる方には回らず、上の方で霧散《むさん》していく。イチョウの魂がそうしてくれているのだろうか。と思うのは、感情移入しすぎだろうか。

「イチョウは、鎮守の杜の門番。その姿をもって土の中で何が起きているのかを教えてくれた。鎮守の杜に影響が出る前に、対処すべきことを教えてくれた。杜は膨大な水をたくわえている。この湧き水が土地を涵養している。生活用水にもなっている。ここが滅《ほろ》べばすべてが弱る。この場所を守るために、丘の奥を鎮守の杜と定め、下方には神社をつくって不可侵の場所とした。父は言っていた。神域というのは、実用的なものなんだ。僕らに直結するから、僕らは守る」

早野は杜の奥に目をやり、たどるように丘全体を見渡した。

「トンネル工事で山が掘り進められる。残土が谷を埋める。土は呼吸ができなくなる。掘った下から、私たちにとって有害なものも出てくる。土の中にいるあいだはおとなしく眠っているものが。イチョウはこの一帯のマザーツリーだった。菌糸と水脈のネットワークに繋がり、ここからかなり離れたところの情報も得る。そして異変を最初に知らせる。炭鉱《たんこう》のカナリア」

呟いたあと、首を振った。

「炭鉱のカナリアなんて、嫌な言い方。取り消す」

切り替えるように歩き出し、イチョウを説明する立て看板の前に来た。看板の脇には、ごっそり根返りしたせいで大きく空いた穴がある。穴に接するように根がそびえていた。巨木の根の下を見るなんてなかなかないだろう。「毛羽立った巨石」とでもいうような迫力があった。

イチョウが元気だった頃の情報を示す看板が佇んでいるのは、それがすでに過去なのだと明示されているみたいでやりきれない。

早野は看板を小さな声で読み上げると、「樹齢千年、いってないんじゃないかな」と苦笑した。

「イチョウは日本原産ではないんだって。千三百年代には文献《ぶんけん》に記録があるらしいけど、伝来の詳《くわ》しい時期はわかっていない。そういう意味でも、樹齢が千年というのは、考えづらい。行って五百年くらいの気がする」

「半分じゃないか。立派は立派だけどなあ」

「イチョウは、良い場所で生長すると巨大になりやすい。樹齢が過大に見当をつけられても仕方がない」

「いい場所だったってことか」

「うん。ここは、すごくいい場所だった」

「そっか。よかったなあ」

　僕は腰を反らせて根を見上げた。早野は意外な言葉を聞いたというように目を見開いた。

「ごめん、イチョウが倒れたのによかったなんて、違うよな」

　早野は首を振る。目に涙が溜《た》まっていたので、ますます慌ててしまった。

「ごめん。ここがいい場所だったって思ったらなんだか誇らしくなったっていうか」

　言いながら、僕は改めて実感した。土地と自分は繫がっている。良い場所であるなら僕の内にも誇りが満ちる。去ることになったり、奪われたり、知っている場所が知らない場所に変わってしまったとき、身の内はえぐられ、穴が空く。

「よかったなあ……」

　吐息まじりの早野の声が、木の爆《は》ぜる音に重なった。

「よかったなあって言う堀がそばにいてくれて、よかった。悔しいとか悲しいとかいう気持ちでいっぱいにならずに済んだ」

　子どもたちが走り回っている。大人たちが談笑している。ときおり、横たわっている巨大な樹体に目をやり、さみしげに微笑む。火祭りは夜通し行われる。入れ替わり人がやってくる。イチョウはこの町の灯台だった。人々はここに集まり、祭りをし、話し合いをした。イチョウによって結束していた。

早野の頬を涙が伝い落ちていた。

「ありがとう」

顔を上げた早野は何を見たのか息を呑み、突然駆け出した。視線の方から、同じクラスのカップルが歩いて来る。早野は人から人に隠れるように移動していく。

講堂の影で追いついた。早野は重心を傾けながら右膝を曲げ、両膝を伸ばした状態で落ち葉の上に座った。

「一緒にいるとこ、クラスの人に見られないほうがいい。私と一緒にいたら、堀までへんな人にされる」

固い表情だったけど、怯えているわけでもなく、本当に僕を気遣ったように見えた。なんだよそれ。

怒りが湧いた。だけど僕は、かつては早野と同じ教室にいて、早野がどんな仕打ちを受けていたか知っていた。知っていて、何もしなかった。

「ごめん」

僕は早野の前に座り、頭を下げた。

「境子や塩樹のことより先に、まず早野に謝《あやま》らなければいけなかったんだ。ごめんなさい。早野が苦しんでいるときに何もしなかった。声を上げることさえしなかった」

早野は僕の言葉が理解できないというように、眉間に皺を寄せていた。

「知っていたのに、何もしなかった。ごめんなさい」

もう一度頭を下げた。早野の小さな息遣いが聞こえた。顔を上げると、腕を噛みながらぼたぼたと涙を流す視線とぶつかった。獰猛《どうもう》な目をしていた。僕に対しての怒りもあったかもしれない。あの頃の記憶が怒りとなって噴《ふ》き出しているようにも見えた。

意味不明の上下関係と権力構造、声が大きい、弁が立つ、外見が人目を惹く、腕力がある、そういう頼りない条件に依拠《いきょ》した万能感が、僕らの中から対等という言葉を消す。無視され、嘲《あざけ》られ、汚《きたな》い言葉を浴びせられ、暴力を受けていい人などいないのに。野蛮《やばん》な万能感は、僕ら全員教室から出れば、丈足らずの子どもなのだということを忘れさせる。

「どうしたら、早野は楽になるかな」

「私に聞かないで」

「俺のこと殴っても」

「それで楽になるのは、堀だけでしょう」

バカなことを言った。早野から溢《あふ》れる溶岩《ようがん》のような涙に、僕なんかが触れられるはずもなかった。なんでいじめなんか起きるんだろう。いじめなんてマヌケな響きは、一人の人間を徹底的《てっていてき》に否定する行為にまったくそぐわない。

嗚咽《おえつ》を殺すためか、早野はさらに強く自分の腕を噛んだ。その姿だけは見たくなくて、早野の手首を掴んだ。

「噛むなら俺のにして」

早野は力任せに僕の腕をはねのけ、両手で顔を覆った。

しばらく苦しげに息をしていたが、次第に落ち着きを取り戻し、気まずそうに顔から手を外した。

「あの人たち、帰ったか見てきてくれない」

「いてもいなくてもどっちでもいい。一緒にいるとこ見られてそれがなんなの」

早野は泣き腫らした目を見開いた。また涙がぽろりとこぼれた。

「あ、そうか。早野が会いたくないよな。見てくるよ」

「集団生活始まって以来、私はこんなだった」

立ち上がろうとしたとき、早野が言った。涙のかわりに声が出ようとしている。僕は浮かしかけた腰を再び落ち葉の上に落ち着けた。

「初めは歩き方をからかわれた。次には木に話しかけているところを笑われた。そのたび怒って、訂正《ていせい》を求めていくうちに、煙たがられるようになった。冗談の通じないヤツ。孤立《こりつ》するのも自業自得だって。私は、自分の真実と違う扱《あつか》いをされることに我慢《がまん》ができなかった。左膝は曲がらないけどこれが私の姿なの。木に話しかけることは私にとって大切なことなの。私はブスではないし汚くはないしバカではない。誰かに言われたとおりに心の中身を作り変えたり、自分への認識を変えるなんてできなかった。自分は滑稽《こっけい》で醜《みにく》いのだと素直に思い込んでそのとおりに振る舞ったところで、あの人たちを増長させるだけだし。なにより私が私を許さない。小学校も中学校も戦い続けた。私は私の真実を言い続けた。バカではないしブスではないし汚くはないし学校に通う権利を奪われるいわれはない。この私の真実を主張するたびなぜか『偉《えら》そう』と言われた。何様だよ、って。私はバカではないしブスではないし汚くはない。持ち物を奪われたり隠されたり壊されていいわけない。主張すればするほど相手は私を憎悪《ぞうお》した。お前はバカでブスで汚いのだと言った。ぜったい従うものかと決めていた。高校は、中学の子が誰もいないところに行くという選択肢もあった。でもこの町には高校自体が少ないし、誰も知らないところに行くならかなり遠くの学校にしなければならない。なぜ私が逃げるようなことをしなければならないの。唯一無二の魅力的《みりょくてき》な学校があるというならどんなに遠くたって行くけど。残念ながらそんな情報は得られなかった。私が、欲していなかったから。いまの高校には、同じ中学の子もたくさんいる。私の扱いは高校生活にも引き継がれ、ご新規の面々にも伝播した」

一気に話したところで、早野は僕を見た。鋭利《えいり》な視線ではあったけれど、不安げにも見えた。自分について話をすることに慣れていないのだろうか。

「聞きたい。早野が辛《つら》くないなら」

早野は短いため息をいくつかこぼした。

「休み時間はいつも絵を描いていた。練習用のスケッチブック。盗まれてもダメージが少ないように。だけど、練習用でも大切なもの。誰かに雑に扱われていいものではない。あるとき、スケッチブックを奪われた。中身をけなしながら、あの人たちは私を人気《ひとけ》のないトイレに誘導《ゆうどう》した。そこで、制服を――」

僕は突発的に、「言わなくてもいい」と言っていた。

早野は軽く咳払いをし、「制服を脱がされた」と言った。

そこに涙はなく、かといってマグマのような怒りもなく、小さな光のような、誇りがあった。誇りが早野を守り、事実を淡々と口に出させる。

「三人がかりで押さえつけられ、スマホで写真を撮《と》られそうになった。私を押さえている子の中には、『やりすぎだ』と思っている子もいたみたい。拘束《こうそく》する力が弱かった。私に、ふりほどいてほしいと思っているみたいだった。『甘いんだよ。人を傷つける覚悟《かくご》もないくせに』。私はそう思っていた。いままでにないくらいの怒りを覚えた。怒りすぎて、たぶん笑っていた。火事場の馬鹿力ってやつかな。三人の腕を振りほどいて、写真を撮ろうとしていた人に突進《とっしん》して、スマホを奪って床に叩きつけた。壊れた様子もなかったから、トイレに投げ込んだ。シャッターを押す前だったから私の画像はない。それでもね」

淡々と話しながらも、早野は腕をさすっていた。

「チャイムが鳴って、あの人たちは教室に戻っていった。スマホが壊れたことには怒り狂いながらも、チャイムの音には抗《あらが》えなかったみたい。トイレにひとり残された私は、制服を着ながらふと鏡を見た。一瞬、誰だかわからなかった。鬼《おに》みたいな顔が映っていた。暗い目をした、恐ろしい顔が。このひどい顔が私のものだとわかったとたん、体が破裂《はれつ》したみたいに揺れた。私は駆け出して、教室のドアを開け、授業中にもかまわず叫んだ」

早野は乱れた姿で「私はいじめられています！」と叫んだ。それ以来、学校に来ない。

「自分自身の真実を叫び続けたなれの果てがあの顔だと思ったら」

学校の中では、早野が他の女子生徒が楽しそうにしていることに嫉妬してスマホを壊し、被害妄想によりいじめられていると叫んだというストーリーが出来上がっている。

「戦ってはいけないものがあるってことが、やっとわかった。学校に行くことや勉強することをどうして手放さなきゃいけないのって思っていたけど、それを私だけが考えるって状況がまずフェアじゃない。私が学校の仕組みを変えることに人生を捧《ささ》げるかといえば、たぶん違うから」

早野は指で地面に線を書いた。

「学校で騒ぎになった日の夜、ノートに、自分の好きなものを思いつく限り書き出した。大イチョウ、塩樹、庭、川、本、絵、両親、あたたかいお茶、小さなときから使っている毛布、炊《た》きたてごはん、豚汁、部屋の窓から見える山――。私には、好きなものがたくさんある。好きなものを好きでいるためには、心に余白が必要だった。苦しみや悲しみに貸すスペースはなかった。私は両親に、もう学校には行かないと言った。両親は私の意志を尊重してくれた」

ひとりで抱え込まない早野の勇気に、僕は敬意を抱いた。おじさんもおばさんも、早野の判断を信頼《しんらい》しているんだろう。心配していることには違いないんだろうけど。

「俺は、早野を苦しめたクラスメイトのひとりなのに、おじさんもおばさんも、夏至の日に、あんなに親切にしてくれたんだな」

「関係者のすみずみまでを憎《にく》んでいたら、身がもたない」

早野は微笑んでいた。「すみ」だと言われた気がして少しつまらなく思った。ということは絶対悟られまいとかき消した。

「堀くんはいい子だねって母が言っていたよ。何かあったらまた来てねって」

いたたまれなくなった。責められたほうがまだマシかもしれない。

「私は今年中に退学する。いま描いている絵本を完成させて、司書の先生に渡したら」

もう涙はなかった。声にも涼やかさが戻っていた。

「なんだかスッキリした。いままでね、学校の子がいない平日の昼間しか外を歩けないって思っていたの。うちの裏山か、庭で過ごすしかないなって。でも、そんなのどうでもよくなった。毎朝、街路樹を撫でているときには、どれだけ見られたって平気なんだもの。私は街路樹にとって必要なことをしている。大事な役目がある。そういう自信があるから、そこにいられる。これからも、そうすればいいんだよね」

早野は右膝を曲げ、体を傾けながら立ち上がった。

「もう大丈夫。驚かせてごめんなさい。帰ろう」

うん、と伸びをしている。早野が遠くに感じた。こうして話しているあいだに、彼女が先に進んだ気がした。

ここから出た先、早野とゆっくり会う機会はあるだろうか。街路樹を撫でる姿を見つめるだけの日々に戻るのだろうか。早野は携帯も持っていない。こんなふうに話せるチャンスはもうないのかもしれない。

早野のことがもっと知りたい。だけどまた会いたいとは言えなかった。自分自身と向き合って、先へと進もうとしている早野の隣に立つには、僕にはひとつ、片付けなければいけないことがあった。

死ぬほどおっくうだけど、この夏にひとつ、やらなければならないことがあった。

＊

「おかえり」

玄関で僕を出迎えたのは紘義さんだった。幅広の二重まぶたにまるい鼻、前歯は大きく、背は低い。ウサギである。

「焚き火のにおいだ。火祭りに行ってきたんだね。僕らもさっき行ってきたんだよ。入れ違いだったね」

「ども。シャワー浴びてきます」

着替えてリビングに戻ると、姉はコンロの前にいて、紘義さんは食卓に食器を並べていた。僕はお邪魔《じゃま》しないようにソファでテレビを見始める。

ぼんやりニュースを眺めているうち、これは早めに言っておいたほうがいいかな、という気がしてきた。先延ばしにすると、だらだらとしてしまうし。胸を刺す小さな針が増えていくだけだし。

姉ちゃん、とソファから呼びかけた。姉は紘義さんとの会話を止め、笑顔のままでこちらを見る。

「俺、海の町に行ってくるわ」

結婚式までの残り少ない時間を、凝りもせず自分のために使う。姉は、可能性とエネルギーに満ちた二十代前半を、僕のために使ってくれたというのに。

「一週間くらいかな」

たったの一週間だ。大げさだろうか。いや、僕には太い針だ。「試験」のあいだこの人をひとりにした。僕はまた外に出ようとしている。姉を再びひとりにしようとしている。

「父さんに会ってくるよ」

紘義さんも僕を見ていた。この人はおもしろい顔をしているけれど、姉と並ぶと不思議としっくりくる。小粒なのに、どっしりしている。

「新しい家族にも挨拶しなきゃいけないしね」

「そう。わかった」

僕はにっかりと笑って見せた。姉も笑顔のままで炊事《すいじ》に戻った。

僕は父のことが嫌いなわけじゃない。経済的援助《えんじょ》もしてくれていたし、たまには電話もしていたから、断絶していたわけでもない。

長い間会っていなかったのと、離婚のときに母を選んだということが、なんとなく石ころみたいになって他人行儀《たにんぎょうぎ》にさせているところはあった。僕はもういちどあの人との距離を取り直さなければならない。

見慣れない場所、新しい家族。初めて行く場所は遠く感じる。行くことが億劫《おっくう》になる。そこが未知の存在である限り、憂鬱《ゆううつ》の種になる。

僕はわずかでも鬱屈《うっくつ》を抱えて早野の隣に立ちたくなかった。

「大洋くん。小巻ちゃんのことは心配しないで」

紘義さんはいつもそう言う。僕と姉の分離をできるだけ穏やかにするかのように、優しく言う。まるでオデキの切除をする医者みたいだ。僕と姉のあいだにある空気は、傍目《はため》から見ればそういう気遣いを抱かせるようなものなのだろう。

たしかに僕はシスコンだが、わきまえたシスコンだと自負している。

「よろしくおねがいします」

その言葉以外にはない。本心でもある。

「大洋、私たちごはん食べたらちょっと出てくるわ」

姉は料理の皿をテーブルに運んでいる。僕がテレビに目を戻しつつ「へい」と答えると、

「小巻ちゃんは行かなくていいんだ」と紘義さんが憂鬱そうに言った。

「小巻ちゃんのところにこんなメールが来てね。——ちょっと借りるよ」

どうぞ、と姉は手を拭きふき、スマホのロックを解除する。

紘義さんは姉の電話を持って僕の隣に座った。画面に、暗い写真が表示されている。なにやら壮大《そうだい》な建造物が見えた。

「ダムですね」

「添付《てんぷ》の二枚目がコレ」

紘義さんがスクロールした。スマホのインカメラで撮ったのだろう、画面の端に男の顔が写り込んでいる。鼻から下は切れているので、顔つきの手かがりは目だけだ。それすら

暗くてよくわからないけど、細い目が睨《にら》みつけているのを見ると、食欲も萎《な》えた。

　生きる気力を喪いました。僕は死にます。メールの文章を目で追うと、下唇が勝手に出た。

「このひと、ホタテ缶の人？」

「やっぱりきつく言いすぎたかな」

「なんでメールアドレス知られてんの。個人情報つかまれてたじゃん！」

「職場のメールに送られてきたのを、私が自分で転送したの。まあ仕事のメールアドレスも個人情報だけど。教えた人がいたのね。うちの社長かも」

「彼、小巻ちゃんが行くまで引くに引けないだろうからねえ」

　紘義さんはソファに背中を預け、スマホを伏せた。そういうことを知りながら、楽しげに食事の支度をしている二人である。

「顔の写った画像も送ってくれてよかったよ。本当に死ぬかどうか、判断できるからね。小巻ちゃんが来るのをひたすら待ってる」

　紘義さんはテレビをつまらなそうに眺めた。直感とかいうのではなく、本当にホタテさんの意志を読み取っているように聞こえた。

「図々し……不器用な人だ」

　俺の女に面倒かけるんじゃねえ、と聞こえた。もちろん、姉を所有しているなんて露《つゆ》ほども思っていない。あたかも所有しているかのようにふるまわなければ守れないものがあることは、なんとなく僕にもわかる。そう思いたくなるほど、守りたい相手がいることも。

死なないとわかっているからには急ぐ必要もないわけで、迎えにいこうとしているあたり優しいと言えるのかもしれない。言えませんかね。大人のことはボクにはわかりません。

「ごはんにしましょう」

里芋とイカの煮物《にもの》に豆腐とわかめの味噌汁、アスパラの豚肉巻きに小松菜と油揚げの煮浸し。いつもよりちょっと品数が多い。食卓には二人分の椅子しかないので、僕は自分の部屋から勉強用のを持ってきた。

「ごめんね使ってしまって」

「座高が高いんで平気です」

この会話も何度したかわからない。僕らは平和だ。

今日の里芋はねっとりと甘かった。アスパラは細かったけど歯ごたえがあって、二十本はいけそうだった。

近くの山では姉の迎えを待っている人がいるわけだが、それはそれ。食事を楽しむことはたやすい。妙な慣れ方をしているとは思うけど、こうすることが僕と姉の防御《ぼうぎょ》だった。日常を絶対に崩さないこと。暮らしに恐怖心や不安を持ち込まないこと。

紘義さんが現れてから僕らは心から安らげるようになった。家の中に大人の男性がいてくれるのは、なんて頼もしいんだろう。その存在だけである種のバリアがあるのかもしれない。

紘義さんは以前にも、姉につきまとう男を追い払ってくれたことがあった。男はいつもアパートの駐車場で待ち伏せをしていて、僕らの部屋をじっと見つめては帰っていった。何をされるわけでもなかったけど、とにかく気味が悪かった。

ある時紘義さんが男の車に乗り込んで話をつけることになった。何かあったら困るので、姉を部屋に残して僕もついていった。いつでも通報できるように、一一〇を打ち込んだスマホを握っていた。僕らが近づいてくるのを見て男は車を急発進させようとしたけど、紘義さんが睨みつけただけで止まってしまった。

ドアを開けさせた紘義さんは、身を屈めて体半分だけ車内に入り、ハンドルを握った。男の目を見据え、姉がどれだけ迷惑しているかを話した。声を荒げることは一切なかった。

いつしか僕まで脂汗《あぶらあせ》をかいていた。あれは殺気だった。重厚とか荘厳《そうごん》とか、そういう言い方が近いようにも思えた。威圧感だけで相手の気力を根こそぎ抜き去る。車内の暗闇がうごめいているように見えた。闇は紘義さんの声に耳を傾けている。一声命じるだけで、男を食い殺すだろう。僕は逃げ出したくなっていた。男も、一刻も早く立ち去りたいという素振りを見せていた。紘義さんは気づかないふりをして、ゆっくりゆっくり言葉を出していた。闇を以て闇を制すとでもいうようなやり方だった。人間の暴力とはまた違う、重低音のような力。以来、男はアパートに姿を見せない。

紘義さんは敵に回さないほうがいい。姉を守るのにこれほどふさわしい人はいない。あのときの紘義さんが、いま煮浸しを食べているお兄さんと同じ人とはいまだに思えないんだけど。

「ダム、俺も行っていい？」

どう？　と姉はあっさり紘義さんに振った。紘義さんは「いいよ」と頷いた。緊迫感《きんぱくかん》ゼロだ。やっぱりこの人たち、異様なんだろうな。

「小巻ちゃんは家にいてね」

「うん、わかってる」

僕にとっても日常のことなので人よりは免疫《めんえき》が……というよりは異様を異様と感じるセンサーが壊れているんだろうけど、それでも紘義さんの闇っぷりをもう一度見ておきたかった。僕がこの町を去ったあとも姉のそばにいる人だ。小巻ちゃんをおまかせする人なのだ。僕はシスコンであるからして。

この界隈の山は険峻《けんしゅん》というわけでもなく、なだらかな線が連なっている。大イチョウの丘に行くまでの道を緩慢に延長させた先に、ダムはある。『講堂前』のバス停を通り過ぎ、さらに真っ暗な道を抜けると、ダムの中空を突っ切る橋が現れた。付近には道の駅もあるので、天気のいい日はちょっとした観光スポットになっている。いまはただ深い闇が落ちているだけだ。

とぼしい明かりの中、欄干《らんかん》にもたれている人影が見えた。近くに車の影がないところを見ると、タクシーでも使って来たのだろう。

紘義さんのセダンが歩道に乗り付ける。車から降り、ホタテさんの顔を見て、あやうく叫びそうになった。夏至の日、早野家の裏山を見ていた男。あの山を「用地」と呼んだ男だ。

身なりはきちんとしているけれど、憔悴《しょうすい》していて、まるで幽霊のように見えた。

「ここにいて」

紘義さんが小声で言った。僕は足を止める。

「お迎えにあがりましたよ」

うつろな顔をしていたホタテさんは、紘義さんの顔を見るなり奇声を上げて欄干にのぼった。なんでお前が来るんだとか、お前に殺されたように見せて死んでやるとか叫んでいる。紘義さんはベルトをつかんで引きずり下ろした。片手だ。小柄な体のどこに、そんな怪力がひそんでいるのか。地面に倒れたホタテさんを、紘義さんは見下ろした。

「小巻は僕の恋人です。ちょっかいを出すのはやめてください」

「俺はこの町ででかい仕事をする」

「何の話です」

「リニアを通す。この町が首都圏《しゅとけん》になる。雇用が増える。過疎《かそ》化も少子化も解消する」

ホタテさんは荒い息まじりにまくし立てた。街灯が、飛び散る唾《つば》を浮かびあげている。

正気ではないことは僕にもわかった。目的という名の亡霊に支配されている。でかい仕事をするという目的。たぶん、その目的の根には本当の目的がある。

「俺が三十まで独身だったのは俺に見合う女がいなかったからだ。彼女はきれいだ。この土地でいちばんきれいだ。俺は美しい妻を手に入れて、会社の跡継《あとつ》ぎをつくり、用地買収も進める」

僕は化石から大海をイメージできるほどには想像力がある。気質として人どころか猫から石まで共感を伸ばしてしまう。猫が石の上でひなたぼっこしていたら僕まで暖かくなってくるし、石に思いを馳せれば毛並みの柔らかさとちょっとした重みが感覚となって来る。

ホタテさんを前にしたらただの呆《あき》れた人とだけ思うことはできなかった。この人の目的の根っこが、なんとなく僕自身の中に浮かび上がってくる。過剰《かじょう》な共感は、健康的とは言えないんだけど。

「もう無能な二代目なんて言わせない」

目的の根っこ。みんなに認めてほしいって目的。すごいって言われなきゃ自分には価値がないと思ってる。その「すごい」の根拠が、仕事の成功とか美人の妻とか跡継ぎとかであるというのは悲しいことのような気がした。

「いつの時代に生きてんだよ」

紘義さんの顔が萎えきったように凪《な》いだ。

「自分のことしか考えていませんね。小巻がどれだけ迷惑を被ったかおわかりですか」

「迷惑？　俺の妻になれば誰も彼女を馬鹿にはしない」

紘義さんの手がうなりを上げる。殴るかと思ったが、胸ぐらをつかむにとどまった。

「いつだれが小巻を馬鹿にした。そんなやつはいない。お前と、お前に『理想像』を吹き込んだやつ以外は。彼女を卑《いや》しい目で見ているのはお前だ」

紘義さんはホタテさんの耳に口を近づけ、言葉をねじ込む。

「二度と変な幻想《げんそう》をぶつけるな。次に変なことをしてきたら、この山がお前を食いつぶす。死体も見つからないだろう。これを神隠しといいます」

「いかれてる」

「闇になにが潜んでいるかもわからないから、あなたの頭がいかれるんですよ」

静かで暗い場所であることも手伝い、共感力全開になっていた僕は、ホタテさんの怒りが沸騰したのを見た。この勢いで紘義さんに唾でも吐きかけたら、本当に殺されかねない。

「紘義さ――」

「なんだい」

紘義さんはホタテさんの首のうしろをぺんとたたいた。ホタテさんは気絶してしまった。

「大洋くん。すまない、来てくれないか」

紘義さんが手招きした。気を失ったホタテさんは、口を半開きにして眠っている。体育の救命講習のときに出てきた、人工呼吸の練習人形みたいだった。

「なんの術ですか」

術、と紘義さんは苦笑した。

「ほんとうはね、この土地に生まれた男なら誰でも使えるものなんだよ」

説明する気はないらしい。ホタテさんへの共感が残っていた僕には、そのもったいぶった感じが鼻についた。紘義さんに、この不可解の答えを乞《こ》いたくなかった。質問者と回答者のあいだにできる立ち位置の高低差を味わうよりは、無言のほうがマシだった。

「このひと車に運ぶの手伝ってくれないかな」

僕がホタテさんを抱き起こすのを見ながら、紘義さんは苦々しく腰に手を当てた。

「小巻を欲しがる男はたくさんいる」

「ですね」

よいしょ、とホタテさんを背負った。

「結婚指輪と婚姻届《こんいんとどけ》と結婚式という名の周知機能で、だいぶマシになるとは思うんだけど」

紘義さんは辟易《へきえき》したように眉尻を下げた。殺気は消えて、いつものお兄さんに戻っていた。

「周囲に宣言するんだ。堀小巻という女は、岡島紘義という男のものになったってね」

自分の言葉に怒っているとでもいうように、首に手を当てた。

「狭い町で女の取り合い。ヘドが出る」

その手を目の前に持ってきて、握ったり閉じたりしている。

「したくないと思っても、気づけば小巻の争奪戦《そうだつせん》に参加している。小巻を大事にしようとすればするほど、彼女を所有物のように言わなければならない。いっそこの町を出ようと思うこともあるけど」

紘義さんは暗いダムに目を向け、微笑んだ。

「どこに行ったって僕は僕、小巻は小巻だ。自分自身からは逃げられない。それに彼女は、この町の山や川の美しさを愛しているから」

確かにどこにいても姉は姉で、住む場所を変えても大変さは変わらない。海の町にいるときもそうだった。大変なことが起きるたびに逃げていたら、根無し草になってしまう。その暮らしを好む人もいるかもしれないけど、姉は違う。あの人の願いはいつだって小さな幸せで、ひとつの場所で愛する人とごはんを食べることだけなのだ。なのに周りが、静かにしてくれなかった。

姉の『美しさ』は、高嶺《たかね》の花とかいうものではなく、おとぎ話の盗賊《とうぞく》を魅了《みりょう》する宝石のようなもので、一部の人間には独占《どくせん》したいという欲求を抱かせる。

待ち伏せや変な手紙はしょっちゅうで、中学の担任に監禁《かんきん》されたり、クラスメイトが姉の名前をルーズリーフに書き付けて自殺未遂《みすい》したり、とんでもないことがたくさん起きた。

姉が監禁されたのは僕が小学生になる前のことだった。はっきりとは覚えていないけど、警察沙汰《ざた》にはならなかった。母が担任と話をつけたらしい。

——話をつける？　って、なんだ？

父が母との離婚を決めたのは、この直後だった。

直後？

ふいに記憶が繋がりかけ、頭を振ったが遅かった。あの頃わからなかったことが、十七歳という時点で得ている語彙《ごい》と経験と見聞によってひとつにまとめられていく。

母は、中学生を監禁するほど狂っていた男をどう諫《いさ》めた。どうやって。

父はそのことに、耐えきれなかった。たとえ娘を救い出すためだとしても。

吐き気がこみ上げて、あやうくホタテさんを落としそうになった。

「大洋くん？」

紘義さんが、後部座席のドアを開ける。平然を装ってホタテさんをシートに寝かせ、助手席に乗り込んだ。車が動き出してからは、黙って外の景色を眺めていた。ホタテさんへの共感はすでに遠のき、僕がここに来た本来の目的に帰っていた。確かめたいことがあったから、ここに来たんだ。

「以前に、アパートで待ち伏せしていた男を追い払ってくれたことがありましたよね。あのときもそうでした。紘義さんの迫力って、何なのですか」

「迫力ね」

　紘義さんは笑った。

「なんていうんだろう。怪談話《かいだんばなし》で、髪が伸びる人形とかあるよね、怨霊《おんりょう》の依代《よりしろ》みたいな。あんなかんじかな」

「あんなかんじと言われても」

　紘義さんは運転席と後部座席の窓を少し開けた。車の空気が抜けていく。

「大洋くんも知っているとおり、僕の家は昔、この地域一帯のまとめ役をしていた。村の住人とお上の間に立つ、中間管理職みたいな役目。だけどそれは表向きというか。本当の役目は、ざっくり言えば、『記憶』の維持ってとこかな、みんなが忘れてしまっても、在るものは在る。それを記憶する者。忘却を拒否した我儘者」

「我儘者」

　僕はこぶしを握りしめた。これ以上問い返すのは、堪《こ》らえようと決めた。この人が気遣いもなしに、一般的ではない使い方で言葉を選んでいるのは、すでに僕が知っていることを知っているからだ。「小巻ちゃん」の足元の小石にまで注意するような態度とは違い、「ついてこれるならついといで」とでもいうような雑さがあった。見方を変えれば、僕を対等に見ているということでもあるかもしれない。質問者と回答者の立ち位置の高さを、できるだけ平坦《へいたん》にするような。

カーブに差し掛かって車が揺れた。後部座席を確認すると、ホタテさんの体が骨なしに揺れていた。

「我儘者は各地を渡って境子を保護しながら、連携を取って『記憶』を維持した。祈りはいまこのときも広がり、染み続けている。忘却は進んでいる。我儘者も水を飲む。ポテンシャルだけで『記憶』を保つことは不可能だ。努力しなければ祈りに浸食されていく」

努力、とこぼした紘義さんは、解説を手繰り寄せるように一瞬だけ上を向いた。

「『記憶』の維持には、我儘者同士の交流、伝承の継承《けいしょう》、そういうものが不可欠だ。我儘者の遺伝子を持つ者は流浪《るろう》の人生になることが多い。最近はかなり減ったけど、古くは木地師や鋳物師《いものし》というような職人、遊女や白拍子《しらびょうし》、猟師《りょうし》、僧侶《そうりょ》……職名を挙げればキリがないけど、旅をする職能人となって各地を周り、境子を守ったんだ。岡島家はそういう我儘者に休息の場を提供する宿であり、情報の中継点《ちゅうけいてん》でもあった。我儘者のステーション。そういうわけで、僕のところには情報が集まる。きみが『傾いた』ということも、夏至の頃には聞いていた。黙っていてすまなかった」

そして紘義さんは、「塩の木のものがたり」を語り始めた。

この山には塩の木があったこと。塩の木をめぐって争いが起きたこと。エナが身を挺《てい》して塩の木を隠したこと。

「エナには夫がいた」

夫はエナの墓碑として、妻が飛び込んだ地の割れ目に木を植えた。

もしかして、丘の大イチョウがその墓碑なのか。いや、イチョウの樹齢は五百年前後だと早野が言っていた。塩の木のものがたりは律令時代の話だという。大イチョウをエナの墓碑とするには数百年のひらきがある。

「あの丘の木は、おそらく後継だろうね」

「後継？」

「生きているものはいつか朽《く》ちる。倒れたり、枯れたり。かつてあそこに大きな木があって、喪われてしまったのなら、また後継を植えたくなるんじゃないかな。当時、イチョウは珍《めずら》しい樹種だったのかもしれない。黄金色《こがねいろ》の葉をつける美しい木。気根が乳のように垂れ下がり、まるで子育てを守護する樹木のようにも見えた。丘の大イチョウは、あたらしい願いを込めて、あそこに植えられたものだったのかもしれない。エナの墓碑はすでにないけれど、同じ場所に、新しい木が」

紘義さんは中指の関節で小さく窓を叩いた。何かを合図しているようにも見えたし、挨拶のようにも見えた。

「墓碑でなくても、この山の中には、エナの体から発芽した木がまだ残っている。たった千数百年前の話だからね。そうでなくても、この山の木はすべて、エナから発芽した樹木の子孫だ。遡ればエナにたどりつく」

エナは山の意志を悟り、割れ目に飛び込みました。するとあちこちからたくさんの木の芽が顔を出し、みるみる育ったかと思うと、一晩にして深い森をつくり、塩の木を隠してしまいました。

肌が一気に粟立《あわだ》った。自分の体が小さくなって、誰かの体内に飲み込まれていくかのようだった。一人の女の胎《はら》の中に。

「まあ、こんな暗いところでエナや夫の話をするのは、ろうそく灯《とも》して百物語するようなものなんだけど」

「どういうことです」

「寄ってくる」

「なにがですか！　俺あんまりそういうの得意じゃないんですけど」

シートの上に膝を曲げて縮こまると、紘義さんは声を上げて笑った。

「夫は納得できなかった。なぜエナは死ななければならなかったのか。たったひとり身を捧げて、不毛な争いを止めなければならなかったのか。愛した女を喪い、男は怒りを燃やし続けた。死して土に還ると、怒りは土地の記憶となった。ここに生まれた男で、多少でも感受性の強い者であれば、土地の記憶を汲《く》み上げる。ひとりの肉体が依《よ》り代《しろ》になるには強すぎるから、男たちが手分けして引き受けるんだ。無意識レベルの連帯というか。『土地柄』って言葉で片付けてしまえばそれだけなんだけど」

僕は腕をさすっていた。鳥肌が治まらない。

「エナの」とまで言って、声が出なくなった。

川原に立って、金色に輝く水面を見つめていた姿が、僕の中に浮かび上がる。

紘義さんは僕の言いたいことを悟ったように、「生まれ変わりがいるね」と頷いた。

「エナの夫の怒りを汲み上げる男たちが、明里ちゃんに執着してもおかしくないね」

紘義さんは、あえてその名を出したかのように見えた。僕も諦めて頷いた。

しかし早野の周りにそのような喧騒《けんそう》はない。この土地の男たちは、姉に執着を見せる。

尋常《じんじょう》ではない容姿と、体内に光源を持つ姉に。

「エナを守ろうとする意志の働きがあることは否《いな》めない」

聞いたとたん、目の中で火花が散った。

「意志。誰の」

紘義さんに怒っても仕方ないのに、睨む先がそこしかなかった。姉の婚約者は僕の視線を静かに受け止めている。

行かなくては、と母の声がする。どれだけ消したくても、ことあるごとに現れる。

両親が離婚をしたとき、姉は迷わず母についていくと決めた。その理由を聞いたことはない。

姉の『光り輝くうつくしさ』は人々の目を惹き付ける。光が強いほど、周りの影は濃くなる。影は闇でもある。それは忌《い》むべきものではなく、眠りと安らぎのために必要な空間だ。大切なものを守り包んで隠すものでもある。

姉と早野に直接の接点はないはずだ。それでも、姉の光は、自ずと何かを隠していたのだろうか。

――私は、甘やかされているの。

僕はどこからどこまでを知り、何から何までを知らずにいるのだろうか。

『塩の木のものがたり』は、かつて確かに起きた出来事だが、土地の記憶も、それを汲み上げる男たちも、過去を再生しようとしているわけではない。しかし在るものは在る。夫はエナを喪った。そして、エナから無数の樹木が発芽したことで、この山の暮らしは一変した。暮らしを一から作り直さなければならなかった。愛する者と暮らしを一度に奪われた怒りは、千年経っても消えない。弔わなければ、荒ぶる。あまりに強い怨念を、『土地柄』という形で表現することで、弔っているようなものなのかもしれない。この土地の男は一度怒ると深く根に持つ。人間関係をコントロールしたいという欲望が強い。愛した者を簡単には手放さない。山の外から来た者に対して、すぐには警戒を解かない。岡島家の男は遺伝的に依代の才能があるというか、肉体を乗っ取られずに共存できるというか。つまりは土地の記憶を意識的に使うことができる。実際に神隠しを起こしたことはまだないけど。やろうと思えばできるよ。山の闇は人一人くらい簡単に食い殺す」

僕は肌で知っていた。夜の丘にはそこかしこに気配が潜んでいる。得体《えたい》の知れない圧迫感があった。姉は、その暗闇に安らぎを見出していた。

「姉と出会ったのって合コンですよね」

「そうそう。僕の同僚と小巻ちゃんの同僚が知り合いで」

後部座席で寝ている若様と同じように、岡島紘義という人の家も、地主の家系だ。この土地は、じいさんの時代のヒエラルキーが孫のスクールカーストに影響するくらいに空気の抜けが悪い。姉という宝石がいるという情報を得ることや、その姉と接触《せっしょく》する機会をつくることくらいどうにでもなる。

「何か意図があったんですか」

「そんな怖い顔しないでよ。偶然だよ。ほんとうに。僕の一目惚《ひとめぼ》れ。小巻ちゃんはね」

紘義さんはバックミラーをちらりと見た。車ひとつ走らない、暗い山道が映る鏡を。

「僕が自分の所有欲に自覚的だったから、付き合ってもいいかと思ったんだって。そのあと、ちゃんと人柄にも恋したって言ってくれたよ。これノロケね」

「わざわざ言わなくていいです」

僕はこの土地に十年住んではいるけれど「外からきたもん」なので、土地の記憶が体に入り込んでいることもないんだろう。それでも、身近な人がパートナーと一緒に新しい暮らしを始めるということに対して、喜びだけではない暗い気持ちがあるのは感じていた。

姉が家族を求めているのはわかっていた。わがままで気が強い人ではあるけど、自分の容姿に人が寄ってくることや、それによって引き起こされる面倒事、面倒の一言では済まされない恐ろしさや悲しみ、容姿が整いすぎているという理由ゆえにまわりからは理解されにくいこと。僕がそばにいてガードマンになろうとはしたけど、非力な子どもには難しいことだったし、僕がいつまでもあの人のそばにいるわけにはいかない。

姉は、強い男性を探していたのだと思う。自分ひとりではどうにもならない危機への対処には、誰かを頼らざるを得ない。

所有されることなく身の安全を得て、心穏やかに幸せに生きる。

たった数十文字で表すことのできる願いごとは、どうしてこんなにも難しいのだろうか。

「僕は近々、海の町に行きます。そのあいだ、姉をよろしくお願いします。って、こうやっていうのも、あの人を子ども扱いっていうか、非力な何かみたいに言っているみたいでいやなんですけど」

「わかるよ」

「姉に腕力はないので暴力に暴力で返すことはできないし、たったひとりで欲望先行した人間の暴走に対処する力もないしする必要もない。あなたが面倒事を引き受けてください。

俺が海の町に行っている間だけじゃなくてこの先一生の話です。よろしくお願いします」

顔が怖いって、と紘義さんはバックミラーの角度を少し直した。

「偏《かたよ》った価値観につきまとわれるのは、この町に生まれた人間の嫌な宿命だ。結婚できなければ欠陥品《けっかんひん》とみなされる。なぜか土地の者と結婚したほうが褒《ほ》められる。男はこう教えられる。限りある女の中から、できるだけいい女を――」

紘義さんは唐突にクラクションを鳴らした。

「なんです⁉」

「いや、自分で言って嫌すぎて、かき消そうと思ったらクラクション鳴らしてた」

「しょうもな……じゃなくて、しょうがないですよ。外からきたもんが嫌いな町ですから」

「きみもだいぶ、嫌な思いをしてきたみたいだね」

「姉ほどではないです」

赤信号で車が止まった。

「頭なでたら怒る？」

むかついたので「どうぞ」と頭を差し出した。紘義さんはごめんと笑い、降参のサインのように両手を上げた。

「『外から来たもん』を警戒するのは、この土地に守らなければならないものがあるという意志の名残でもあるんだけど」

「塩樹林ですか」

「それもある」

何か含みがあったけど、間もなくホタテさんの家である建設会社に着いてしまう。僕が一番聞きたいことはそれではなかった。

「姉は、このことを知っているんですか。塩樹のことや、土地の男の話」

たぶん、知っている。紘義さんが何も言っていないとしても、母が寝物語にしていた塩の木のものがたりを、姉も聞いていたのだから。

僕と姉は、自分自身に関わることに対して、ずいぶん「知らないふり」をしてきた。フツウの暮らし、フツウの日常を維持することに、必死になっていた。

窓の外を見る。丘の前を通り過ぎ、神社の前も横切って、光の灯る国道沿いへと降りていく。どれだけ踏ん張っても、僕がこの町にいられるのは、あと数ヶ月だ。僕は、本腰を入れて離れる準備をしなければいけない。

「大洋くん」

紘義さんはカーオーディオのスイッチを押した。軽快なポップスが流れ始める。

「小巻ちゃんのことは、心配しないで」

この時、僕らはホタテさんのことを忘れていた。弱さを突き、幼い頃から培《つちか》われた信条を否定し、ねじ伏せて意識を奪うような真似が、解決の道を作るわけがないということを忘れていた。

意識を失うことと、眠りは違う。眠りは回復を与えてくれるけれど、意識が切れることは、一続きであるはずの時の流れに暗黒の切れ目を入れる。まるで命綱《いのちづな》が切れてしまったかのように思わせる。

夏至の頃、僕も何度も意識を喪っていたから、わかる。時間をぶった切られた直後の所在なさは、そのとき自分が抱いていたもっとも強い感情を増幅させる。僕の場合は恐怖心だった。ホタテさんは？

塩樹林が放火されたのは、その深夜のことだった。

＊

紘義さんから連絡が来るや、僕は自転車に飛び乗った。

夜中、やけにサイレンが聞こえると思ったけれど、まさか早野のところだったなんて。

早朝、放水で湿《しめ》った空気の中、早野は塩樹林——だった場所に立ち尽くしていた。早野造園の事務所も住居部分も無事だった。建物の周りは防火力の強い樹種が多く、たっぷりと水を含んだ健康な木ばかりだったので、延焼が食い止められたらしい。

一部はガソリンがかけられたようで、裏山の森は、大きく開けていた。

早野は気丈に背筋を伸ばし、細い木を見つめていた。周りは焼けていたけれど、その木だけがまるで周りに守られたかのように、無傷だった。

早野の胞衣から芽生えた塩樹だけが、生き残った。

「すぐに逮捕《たいほ》されたね」

早野の目はうつろだった。

「当たり前だよね。現場の前で笑っていたんだから。『俺の仕事を邪魔するやつが悪い』って」

前夜、僕と紘義さんはホタテさんを建設会社の入り口に寝かせて去った。あのあと意識を取り戻したホタテさんは、犯行に及《およ》んだ。

「人ではないもののようだった。生きている森を感じる心があれば、こんなことはできない。それとも、生きていると知って、殺しに来たのかな。笑い声が、耳から離れない」

小巻ちゃんを守るために牽制《けんせい》しに行くはずだったのに、逆に凶行《きょうこう》へと向けさせてしまった。紘義さんは言った。闘争心《とうそうしん》に闘争心で返したら、もっともむごい形で、かけがえのないものが喪われてしまった。

紘義さんのせいではないし僕も姉もそう言ったけど、ひどく自分を責めていた。

ホタテさんの「仕事」である用地取得は難行し、「あの女を得よ」というミッションも失敗した。誰かに認められたい、というか父親に認められたいという願いがすべての動機になっていたのなら、認めてほしい人から認めてもらえないというのは、ある人にとっては世界の崩壊《ほうかい》に等しいものなのかもしれない。百かゼロかしかない世界で生きていたのだとしたら、失敗したときの逃げ道とか疲れたときの寝床とか、そういうものを自分自身に用意していなかったのかもしれない。

早野はホタテさんのことなど知らない。ホタテさんの生活、人生になにがあって、どう作用していたのかなど知らない。

「俺を馬鹿にしやがって」

早野はぽつんと言った。言ったあとで身震いをした。

「この森があの人に何をしたのだというのだろう」

僕は早野の隣に立ち、生き残った塩樹に手を置いた。伸びやかな音が聞こえた気がした。若い塩樹に、水が通っている。

この木は生きている。

この瞬間、僕はホタテさんを殺そうと思った。喪失に値する苦痛を、どうしたら与えてやれるだろうか。

「もう、作ることができない」

波が砂を噛むように、僕の中を早野の声が行き来する。僕は目を閉じ、深呼吸をした。わかっている。あいつを殺したところで、塩樹林は戻ってこない。

「塩を、作ることができない。この一本の木だけでは十分な樹液が採れない。塩がないことには、移植もできない。こんなむき出しのところに、置いておきたくはない。この木が育つまで、私が守らなければ」

早野は塩樹を抱きしめた。幹が細いので、自分ごと抱きしめる形になっていた。

「私が守る。ずっとそばにいるよ」

志望校はぜんぶ他県にするつもりだから。私は甘やかされているの。今年中に退学する。

早野はいつでも「いま」を直視し、もがいて、戦って、踏み出そうとしていた。甘やかされない世界、守られるばかりではない世界、新しく広がる世界へ。

状況は一変した。膝に種を持つ早野が、エナとしての使命を果たそうとしている。僕にはそれが、どうしても善きことだとは思えなかった。悲しみと勢いと義務感は、決意を真実だと思わせるけど、本当の望みはそれが引いたあとに残る。僕が長い間、水滴くんを無視していたように。本当の願いの声は小さく、ひっそりとうずくまって、大きな声にすぐに埋もれる。けれど何より強くて、決して消えない。泥《どろ》の中にある一粒の真珠《しんじゅ》みたいに。

「早野」

早野はびくりと体を揺らした。

「現実の直視とか、これからのことは、ゆっくり考えるとして」

こちらを振り向くことはない。肩が震えている。

「とりあえず、泣こ。いっぱい泣こ。俺がいたら気が散るなら、向こうに行ってるし」

よほど鈍い心がなければ、真珠を埋もれさせたまま生きることなんてできない。真珠を直視することは時々ひどくつらいけれど。いずれ掻《か》き出すことになるなら、初めから埋もれさせないほうがいい。泥を掻き出す作業なんて時間の無駄だ。人生は有限だもの、と母も言っていた。

「い」

小さな声がした。僕は耳を傾けた。

「いて、ください」

細い背中が痙攣《けいれん》した。

「いてください」

早野は、自分自身の頼みとなると敬語になるんだよな。

「私が泣き止むまで動くなよくらいのこと言ってくれてもいいんだけど」

地面にあぐらをかく。水を含んだ土が尻を濡らしたけど、構わなかった。

叫ぶような泣き声が、焼け跡に響いた。

＊

海の町のとある新興住宅地に父とその家族は暮らしている。父は通信設備を作ったりメンテナンスをする会社にいて、昔は各所の電柱に上っていた。昇進を機に内勤に変わったようだ。おかげで太ったらしい。

父もその妻も、僕の訪れに合わせて仕事の夏休みを取ってくれた。

森のような入り江《え》、薄いガラスのように行き来する波、海沿いに並ぶ民宿の看板。断片的《だんぺんてき》な記憶の合間に、改装された駅舎やコンビニのファサードが差し込まれていく。

駅のロータリーに紺色《こんいろ》のミニバンが止まっていた。父がその脇に立っている。会うのは十年ぶりだが懐かしいとも思わなかった。電話で聞いたとおり少し太っていたし、髪も薄くなっていたけど、そんな変化は僕に何の感慨《かんがい》ももたらさなかった。父が孤独な一人暮らしだったらもう少し違っていたかもしれない。

気の合う女性と再婚していて、小さな娘もいる。父にみなぎる張り合いが、僕に一滴の切なさももたらさなかった。父は満たされている。時々、本当に幸せそうな人に出会うと胸がすうっとすることがあるけれど、いままさにそんな感じだ。父は僕に、「お前は確かに大事だが我が人生のすべてではない」と姿で告げた。僕はそのメッセージを受け取った。道中抱き続けていた不安は消えた。

僕は父に包括《ほうかつ》されているわけではない。いまさら細胞間《さいぼうかん》の癒着《ゆちゃく》もない。近づくのにも、離れるのにも、痛みはない。父は自分の人生で忙《いそが》しいから、息子になんの期待もしていない。その安らぎを僕に教えたなんて、この人は気づいていないだろう。相手が幸せだというだけで、感傷的なゆらぎから守られるのだとしたら、ますます自分で自分の世話をする責任がある。それはそのまま、周りの人たちを大切にすることになるんだ。

「大きくなったなあ」

父は感嘆したように胸を反らせた。別れたときは腰ほどの高さだった息子に、いまは見下ろされている。

「姉ちゃんからはガガンボって言われる」

父は笑いながら助手席を指した。僕は父によく似ている。柴犬の親子だ。

後部座席にチャイルドシートが据え付けられていた。おもちゃが落ちている。ドアポケットにジュースのゴミがある。「あ、それ捨てなきゃ」父が言った。なんとなく眠くなるようなにおいがした。

「奥さんは、家にいるの」

「いるよ。奥さん、か」

「名前のほうがいいか。祥子《しょうこ》さんだっけ」

「お前……かわいくないなあ」

「なにが」

「女性の名前をそんなさらっと言えるか？　もうちょっとどぎまぎとだな」

「だったらどう呼ぶの。まさかお母さんなんて言えないよ」

「さてはモテてるな。純な高校生は女の人の名前を口にすることすら難しいんだ」

「くだらねえ」

この人と軽口を叩けるのが不思議だった。親子として過ごした時間が少ないからだろうか。父はまるで部下と接するように僕を見ているのかもしれない。親しみある若者の一人として。

父の気安さに安心するとともに、パチンと五感が閉じた。ほんの一瞬だけど、目も鼻も耳も利かない暗闇が訪れた。遅れて来た揺さぶりにがっかりした。なんだ、僕も完全に割り切っているわけではないいんだな。さっきはものわかりが良すぎた。

父は昔、もう少し真面目で繊細《せんさい》だった気がする。僕の知っている父という人は、もうどこにもいないのかもしれない。

「大人になったんだな。大人にさせてしまったのかな」

「十七だよ。子どもだよ、じゅうぶん」

父も同じかもしれない。父の知っている僕という子どもは、どこにもいない。

低い山の向こうに海が見える。潮風のにおいに目眩がした。

これから行く家は僕の生家ではない。新しい建売住宅だ。同じような家ばかりが並んでいるので、ぼんやりしていたら迷いそうだ。坂を上がったら右に曲がってもういっちょ曲がって公園の前を通り過ぎて三軒目《さんけんめ》、と頭の中にメモした。ここに暮らす心構えを始めているのがおかしかった。

白い壁や、まだ生え揃《そろ》わない芝生《しばふ》は、年月の若い家族のすみかにふさわしいように思えた。表札には「糸魚川」と書いてある。イトイガワ。うん、僕のかつての名字だ。

車から荷物を降ろし、玄関に向かった。小さな三段の階段があって、脇に洋風のランプが立っている。ささやかな庭には物干し台とハーブのプランターがあった。

「ただいま」

父が玄関を開けると、小さな女の子を抱いた女性が出てきた。

「はじめまして」

若い。かなり歳が離れているとは聞いていたけど、まだ二十代なのではないか？　頬にほんのり桃色《ももいろ》がさしていて、いかにも健康的な女性だった。肩までの髪をシュシュでまとめている。太っているわけではないけど、腕だけはがっしりしていた。子どもをずっと抱いているからかもしれない。つぶらな瞳はおせちの黒豆みたいにつやつやで、見ているだけで福が来そうだ。母とはまったく違った。姉とよく似た姿の母とは。

「堀大洋と申します。一週間、お世話になります」

そつがないねえ、と呆れたような父の視線を背中に感じた。

「祥子です。よろしくお願いします」

膝を軽く曲げた。子どもを抱いているから、頭を下げるよりもラクなんだろう。

祥子さんに抱かれている女の子と目が合った。頬がぷりぷりしていて、体温が高そうだ。恥ずかしそうに首をすくめながら、上目に僕を見ている。

「こんにちは。僕は大洋です」

異母妹はくふっと笑って祥子さんの首に腕を回した。肘《ひじ》にえくぼがあった。

「照れちゃって。ほら、お名前はなあに」

祥子さんが異母妹を軽く揺らした。

「いとがわ、まことです」

一文字ずつ丁寧に口に出す。小さな歯が見えた。

真琴ちゃん、と呼びかけると、くねくね首を動かして祥子さんにしがみついてしまう。祥子さんと目が合った。黒豆が、笑みの形に細まる。ふいに視線が重なったとき、微笑み返してくれる女性は素敵《すてき》だと思う。早野もそうだ。

僕も笑みを作った。少なくともこの家で、戦ったり気張ったりする必要なさそうだ。

卒業までの一年間お世話になるには最高の環境だ。親子という奇縁《きえん》のよしみで頼らせてもらえるのは、やっぱりありがたい。時期が来たら縁を断つとか言ってるわけじゃない。姉夫婦とも、この家族とも、末永く付き合っていけるだろう。

僕はただ、自由になりたい。僕が自由になることとは、周りの皆が僕から解放されることでもあるからだ。もう、誰の負担にもなりたくない。自活したからといって自在になるわけではないことはわかっている。金を稼《かせ》いで解決することなど限定的だということもわかっている。姉との暮らしの残り時間に思いが至らず、好き嫌いがなくなるほど一人ぼっちの食事をさせてしまったことも忘れていない。自活だけにこだわれば、また周りの人を置き去りにして、ゾンビになるくらい恥をかくだけだ。

僕が奪った姉の時間を、これからどうやって返していけばいいのかわからない。時間は戻らない。「奪った」と思うことからして違うのかもしれないけど、この負債感《ふさいかん》はいつまでも抱えていられるものではない。僕はこれからどうしていけばいいのだろう。

わかるのは、不幸になってはいけないということだけだ。便りがないのは元気な証拠。姉が僕を忘れてしまうくらい、僕は元気でいなければならない。いまの父のように、「あなたはたしかに大事だが人生のすべてではない」と姿で言えるようになりたい。

僕はそこに安心と、少しの寂《さみ》しさを覚えた。姉もきっと、僕がそうなったら寂しくもあるだろう。寂しさのほうがマシだというだけの話だ。

一階の和室に通された。リビングの続きになっていて、襖《ふすま》で仕切られている。一応客間らしいが、ほとんど使っていないらしい。畳のにおいが新しかった。障子《しょうじ》を開けると、ここが庭に面した部屋だとわかった。

生け垣《がき》があるので向こうの道は見えない。サッシを開けると磯《いそ》のにおいがした。ほんの少しだけ、早野家の近くの川のにおいに似ていた。

風にばらける長い髪と、まっすぐ前を見つめる横顔が浮かんだ。

早野はいまも、焼け跡の若い塩樹を見つめているのだろうか。

気配がしたので振り向くと、真琴ちゃんが襖にもたれていた。黒塗りの引手をかりかりと掻いている。

「お茶がはいりましたので、どうぞ」

祥子さんの言葉を丸暗記しているようだ。

真琴ちゃんの先導でダイニングに向かう。広いはずのリビング・ダイニングは、真琴ちゃんのお城たるジャングルジムに占領《せんりょう》されていた。すべり台つきだ。

「大洋くんがきたらジャングルジムを見せるって言っていたの」

祥子さんがテーブルにコーヒーと焼き菓子を置いた。真琴ちゃんはすべり台に上っては滑るを繰り返している。僕の様子を伺いながらも、目が合いそうになると隠れてしまう。

真琴ちゃんと仲良くなるのが第一ミッションだとは思ったけれど、鼻から潮のにおいが離れない。

「ちょっと散歩してきていいかな。海が見たいんだ」

父は祥子さんを見た。祥子さんは頷いた。小さなことでも、自分ひとりで決めてしまわないところは変わっていないんだな。僕はこのときやっと、父を慕《した》わしく思った。優柔不断《ゆうじゅうふだん》なのではなく、独断では動かないのが父だった。家族の意見をまず聞いた。離婚のときもそうだったな。あのときだけは、勝手に決めてくれたほうがよかった。七歳の僕が父か母のどちらかを選ぶということは、身体の半分をちぎって捨てるようなものだった。

父はちらりとジャングルジムを見た。真琴ちゃんのご機嫌が気になるらしい。

「道がわからないだろう。一緒に行くか」

「地図アプリあるから平気。迷ったら電話する」

僕が椅子を立つと、真琴ちゃんがそろそろと近づいて、テーブルの脚に体をくっつけた。

「わたしもいく」

祥子さんはあらあらと目を見開いた。

「真琴。大洋くんは久しぶりに海が見たいのですって。せっかくだから、のんびり行ってきてもらいましょうよ」

「真琴はケーキ食べようか。大洋が買ってきてくれたんだ」

父は切り分けられたロールケーキを押しやった。事前の調査で、真琴ちゃんの好物だと聞いていたものだ。いちごと生クリームがたっぷり巻き込まれている。

「あとで」

真琴ちゃんは僕の手を握った。はにかみ屋さんとは思えないほど、強い力だった。

「ずっとまっていたんだもの」

握った手にかすかな違和感がある。かさぶただろうか？　鉄棒の練習でもしてマメができてしまったのだろうか。やわらかい手には不釣り合いな、貝殻のような固い何かだった。

父と祥子さんは呆気に取られたような顔をしていた。なんだかおもしろくなったので、「一緒に行こうか」と言った。真琴ちゃんは恥ずかしそうに頷いた。

坂を降りていくあいだ、海岸線に沿って陸地がうねっているのが見えた。これって地図のとおりになっているんだよな、と変な感動があった。ところどころに民宿がある。海水浴場も近くにあるけど、近所の浜は狭いし、夕方だからか人影もない。木がこんもりと集まる入江から、向こう側に広い海が見えた。穏やかな波が行き来していた。

真琴ちゃんは砂を蹴《け》り蹴り歩いている。時々、こちらを確かめるように振り向く。髪が細いので、三編みのおさげがねずみのしっぽのようだ。

波打ち際に立つと、体に縦穴が開いたような感じがした。僕はいま、ちくわみたいな形をしていて、その穴に水が流れているのかもしれない。

入り江の森の向こう側を水平線が横切っている。オレンジ色と薄紫《うすむらさき》の混じった空が滝《たき》のように落ちていた。日中の猛暑《もうしょ》を忘れなさいというように涼しい風が吹く。蜩《ひぐらし》が鳴いている。真琴ちゃんはビーチサンダルのまま、波に足を濡らす。

こっち来て、と目が言った。僕もサンダルごと濡れた。

真琴ちゃんは手のひらを僕の前に突き出した。小指の下のふくらみに、虹色《にじいろ》の小さなかけらが埋まっていた。

「うろこ」

顕微鏡《けんびきょう》で使うカバーガラスのようにも見えた。突然何を言われたのかと思ったが、真琴ちゃんは真率《しんそつ》そのものだった。海辺とうろこのあいだには正当な繋がりしか見いだせなかったので、僕は「うん」とだけ言った。

真琴ちゃんの肩が、ほっとしたようにおりた。

「おかあさんは、ひふびょうじゃないかってしんぱいしてる。しんぱいかけて、おかあさんにかわいそうなことしてる。おとうさんが、だいじょうぶだよっておかあさんにいってくれる。わたしおとうさんとおかあさんがすき」

真琴ちゃんの頬が赤くなっていた
「わたし、あそこにいたの」

小さな指は外海を指している。

「わたし、大洋くんをしっているわ。いちどあいにきてくれたわ。大洋くんのからだは小さかった。いまのわたしとおなじくらいに」

真琴ちゃんは丸い頬にえくぼをつくり、小さくて白い歯を見せた。

「わたしは、あそこにいたのよ。おかあさんのおなかに行くときにトンネルをくぐったの。トンネルをくぐるあいだに手や足を持っているわたしになったの」

幼い子特有の前置きのない感じではあったけど、真琴ちゃんがいままでこれを誰かに言いたくて言いたくてたまらなかったことだけはわかった。

脳裏に、青い光が舞う。僕は幼い日、海底に広がる巨大な樹木を見た。その上を、銀河のように青い光が舞っていた。

「わたし、いいでしょう」

真琴ちゃんはくるりと回ってみせた。手や足のかたち、目や鼻のまるみ、髪や肌の色を僕に確かめさせるように。

「わたしはわたしを、素敵だとおもうの。幼稚園でそうやって言うと、へんって言われるの。ぶすのくせにきもいんだって。いばってるんだって。自分のことかわいいっていうのだめなんだって」

真琴ちゃんの目にみじんも悲しみがないのがおかしかった。

「海の中はすごくすてきだった。わたしはあそこから来たことが……えっと……えっへんってしたくなる」

「誇らしい」

「ほこらしい。ここもすてき。海も砂も木も風も、おとうさんもおかあさんもジャングルジムもすてき。全部全部すてき。ここにいることもえっへんってしたくなる。すてきはへんなこと。へんって言われるのがかなしいひとは、くるしいから、自分から海にもどってしまうのですって。体をすてて、海にかえるのですって。体をすてたくないひとは、忘れるのですって。忘れたいってお祈りするのですって。あそこにいたことを」

真琴ちゃんの目が潤《うる》んでいた。体当たりしてくるような声のトーンは、腹の中に直接手を入れてくるみたいだ。

「わたし、帽子《ぼうし》をかぶって生まれてきたのですって」

「帽子？」

「お母さんのお腹にいたときに、おふとんみたいになってたところ。うまくぬげずに、かぶっていたの」

それが胎盤《たいばん》を指しているのだとわかった。胞衣だ。

真琴ちゃんはつま先立ちになった。そのせいというわけではないだろうけど、体が大きくなったように感じた。顔つきまでもが違って見えた。

「海のちかくに来ると、すこしだけ、たすけてもらえるの。わたしはまだたったの四さいで、どれだけ絵本をよんだって、ことばが足りない。でも、どうしてもどうしてもつたえたいことがあるから、たすけてくださいって心のなかでおねがいしていたの。きっと、おねがいがとどいた。わたし、たいようくんに、なにを言えばいいのかわかる」

真琴ちゃんは胸に手を置いた。

「むかしの胞衣は、ちゃんとおまつりしてあげないと暴れたけど、いまは火にも燃えるようになった。長い長い時間をかけて、『祈り』が、精霊と人の世界を切り離してきた。精霊のとおる道は、すごく細くなった。それでも埋めたらそこから木の芽がでる。だけど私のものは、病院のひとがお片付けした」

さっきとは口調が変わり、語彙が格段に増えていた。真琴ちゃんの中にある、混沌《こんとん》としたマグマのようなものが、海で少し冷やされて固まり、言葉という岩石になる。僕はそんなイメージを見た。真琴ちゃんの変容は、そうとしか言いようがなかった。

「たっぷりと精霊であるひとは、もうほとんどいない」

「たっぷりと……」

「そうやって変わってきた。長い時間で変わってきた。それでもわたし、まだ覚えている。わたしの手のひらにはうろこがある」

真琴ちゃんは海を指し続けている。何度も腕を伸ばしては、あそこにすてきなものがあることを示そうとしている。

「うろこは、おおきくなったら手のひらに吸い込まれてしまうの。わたし、忘れたくない。うろこが消えても忘れたくない。いまは自分のことすてきって思っているけど、これから思えなくなっちゃうのかな。忘れたいって思う日が来るのかな。いやなの。あそこが大好きなんだもの。だけど、あそこに戻りたくもないの。おとうさんもおかあさんも大好きなんだもの。つまり私が聞きたいのはこういうこと。私は、あそこにいたことを覚えたまま、ここにいたい。大洋くん、わたし、できるとおもう？」

真琴ちゃんが必死で僕に伝えようとしていた理由がわかった。ずっとひとりで考え続けていたからだ。誰かと分かち合いたかったからだ。途方もない孤独が波と一緒に押し寄せていた。僕だったら耐えられただろうか。頭が締め付けられるように痛んだ。回路が繋がっていく。小さな僕が、僕の中で息をしている。

僕は、フツウの暮らしを得るため、沖に潜ることをやめた。星空が降る海底の巨樹を忘れた。トンネルをくぐる前のことを忘れた。太陽の熱に吸い上げられて空に上り、雲に参加し、そのうち雨粒となって地上にダイブしていたことを忘れた。土に染みて、樹木の根に吸い上げられ、葉から蒸散し、空気中を漂《ただよ》いながら長い旅を終え、海におかえりと迎えられていたことを忘れた。その幸せを忘れた。

真琴ちゃんは僕を見ている。目が、答えを求めている。

忘れるなとは言えない。いつか体を捨てたくなるだろう。深海の樹木の中で眠っていたくなるだろう。忘れろとも言えない。僕の中にある何かが、忘れないでと言っている。

「どうしたらいいんだろう」

情けなくも聞き返してしまった。真琴ちゃんは眉をかすかに動かした。

「俺にもわからないんだ。海に帰りたいよ。でもここにいたいよ。俺も、好きなひとがたくさんいるんだ」

真琴ちゃんはぽかんとしていた。僕のほうが耐えきれなくなって、顔をそむけた。

「おとなのくせに」

真琴ちゃんは首をすくめ、小さな手で口を押さえた。くすくすと笑っている。

「おとなになってもわからないのね」

真琴ちゃんから見れば、僕もおとななのか。十歳以上離れているからそう見えるのかもしれないけど、自分を子どもだと思い続けていた僕にとっては衝撃だった。はやく歳を取りたいとばかり思っていたけど、僕の後ろにはすでに、真琴ちゃんがいる。

「わたしだけじゃないのね」

真琴ちゃんと僕の足を、波がなでていく。

「忘れたくないし、かえりたくないと思っているのは、わたしだけじゃないのね」

「うん。俺も同じだ」

真琴ちゃんはほっと息をついた。指を体の前で組んで、くるりと回った。頬が桃色に染まっている。さっきまでの力みの赤色ではなく、おだやかでかわいらしい色だった。しみじみとかみしめるように口角が上がる。丸い頬がさらに盛り上がる。

「よかった」

真琴ちゃんは顔を横に向けた。視線をたどると、数歩先に、小さな男の子が立っていた。膝まで海に浸かり、僕らを見て、笑っている。

夏至の日、早野の導きで川に消えた男の子は、無事に水脈に乗ることができたようだ。

「帰れたんだな」

僕はそう言っていた。目のふちが熱くなっていた。男の子は沖を指した。

真琴ちゃんは暮れゆく空を見つめ、僕の手を取った。

「いってみよう」

手を引かれるまま、海の中に入って行く。日没が過ぎたせいで、水は冷たい。波が荒い。ざんざんと音がする。水滴くんが先導するように海に潜った。

真琴ちゃんの体が先に浸かった。僕はまだ上半身が空気に触れていたけど、膝を曲げて合わせた。真琴ちゃんの体が水底と並行になっている。僕も足を浮かせた。

まるで運ばれるようだった。水流なのか、それとも何かに引っ張られているのか。

魚とすれ違う。暗い水の中、鮮明に見えるのはなぜだろう。音の反射や皮膚の感覚に依《よ》っているのだろうか。これまで五感をどう認識していたのかわからない。本当に体があるのか自信が持てない。時々強く握られる右手はたしかに僕のもので、握っている小さな手は湯たんぽみたいに熱かった。

真っ暗な水中を進んでいくうち、ひとつ、ふたつと青い光が漂った。ホタルイカの光に似ている。豆電球ほど小さなものもあれば、バレーボールくらい大きなものもある。光は明滅《めいめつ》を繰り返しながら水の中を漂っている。滑っている。泳いでいる。その動きをどう言うのがふさわしいのかわからない。進めば進むほど光の数は増えていき、ついには銀河のようなものが現れた。僕らは動きを止めて、光の渦を見下ろした。

青い光の集まる渦の中心は、白く輝いている。粒子の細かな光は、姉の姿を思い出させた。白い光の奥、海の更に深いところで、何かが揺れている。

木だ。葉の絨毯《じゅうたん》が、僕らの足元のはるか下で、ゆったりと揺れている。海底に、巨大な樹木がある。

「深樹」

水滴くんは巨樹を自慢するように両手を広げ、宙返りのように体をひるがえすと、海底に向かって泳いでいった。

「樹木は、葉や樹皮や根、ひとつひとつが自立してはたらきながら、ひとつの樹形を形作っている。形は保たれながら、古いものと新しいものが絶えず入れ替わっている。私は深樹の一部だった。私みたいなものの集合体が、深樹」

真琴ちゃんは遠ざかる水滴くんを見つめていた。僕らもあとに続こうとしたけど、なぜか、先には進めなかった。どうしても押し戻されてしまう。これ以上、深く潜ることはできない。青い渦の中に、飛び込むことはできない。

「さよなら」

遠ざかっていく水滴くんに向かって、真琴ちゃんが手を振った。僕も言った。さよなら。

「あるとき私は深樹を離れた。代謝の一環。このまま海にいたって良かった。だけど私はトンネルをくぐった。どうしてかしら」

　真琴ちゃんはつま先を伸ばし、バレエのジャンプのように足を交差させた。

「ここが大好きだったのに。ここがきもちよかったのに」

　その声は、水を通してでも僕の耳にはっきり届く。

「どうしてわたしは、おとうさんとおかあさんのところに行ったのかしら」

　下からの光に、真琴ちゃんの輪郭《りんかく》がぼんやりと照らされていた。

「子どもは親をえらんで生まれてくるなんていうひともいるけど、断言はだいたい乱暴だと思う。そのときのことをしんじつ覚えているひとはいないから。生まれる前のことを覚えているあいだは言葉を知らないし、言葉を知ればそのときのことをうまく思い出せなくなる。ただ、私に限って言えば、たぶん理由はある。理由のすべてを思い出せるわけではないけど」

　影のせいか、頬がほっそりとして、大人の女性に見えた。いや、真琴ちゃんは、僕より大人なのかもしれない。少なくとも深樹にいたときは、僕より古い存在だったのだろう。

「とっくに、忘れていることがあるのね」

　ぽつんと声がこぼれた。

「いまでもじゅうぶん、忘れているんだわ。そうしなければ、わたしの体がいっぱいになってしまうから。なんだ、そうなのね。忘れたくないと思っていても、もう忘れているんだわ」

真琴ちゃんは疑問を数えるように指を折った。何かに思い当たったのか、小さく笑った。

「思い出したらだめなことはどうやったって思い出せない」

「いまの俺が思い出しうることは、覚えていていいものなのかな」

そこまで言って、喉が詰まった。

「だったら、むりに」

涙がこぼれた。水の中にいても涙の動きがわかった。僕には体がある。目に涙が滲んで、頬の上を転がっている。

「むりに忘れることもないし、むりに思い出そうとすることもない」

「うん、そうみたい」

「このことは、覚えていられるんだろうか」

「わからない。海から出たら、私はまたうまく話せなくなるんだろうな。四歳の語彙と経験値に戻るんだ」

真琴ちゃんは足をぷらぷら動かした。

「だからいまのうちに言っておくね。運命みたいなこととか、人生がすでに決まっているって思うのはゾッとするけど、わたしにはひとつだけわかっていることがあるの。わたしの、この先の動き」

指を立て、腕を水平に伸ばす。

「わたしは大人になったら、山にかこまれたみずうみのそばに行く。そこは大地のタテとヨコの呼吸のラインが重なるところ」

「タテとヨコの呼吸のライン?」

「中央構造線と糸魚川静岡構造線って断層がある。私の名字も入っているからご縁を感じるわ。ここは大地の呼吸の要でもあるの。いま、呼吸のラインがぶち抜かれようとしている。いままでにないくらいの力と勢いで。ここに穴が開いたら」

　真琴ちゃんは喉元に手を置いた。

「ひゅーひゅーいって苦しいでしょ。大地が生きていられなくなる。そうならないように、わたしたち、うごくの。深樹にその意志がある」

「わたし、たち」

「もちろん計画を潰すために暗躍《あんやく》するとか、工事現場を爆破《ばくは》するって意味じゃないから安心して」

　真琴ちゃんは笑った。「笑って」というように僕の頬をつついた。

「自分が何者かを知っている、あたらしい子どもたち。これからたくさん生まれてくるの。私はその先遣隊《せんけんたい》のようなもの。だから、大洋くんよりは水の記憶も多いし、知っていることも多い。地上にいるときは、語彙が少ないから何も言えないし、癇癪《かんしゃく》起こすしかないんだけど」

「あたらしい子ども」

「うん。たっぷりと精霊であるひとはもういない。だけど私みたいに、仕事を知っている子は各地で生まれている。お父さんやお母さんをちょっとギョッとさせながら、いちおう人間として生きてる子どもたち。大地はつながっている。わたしたちはそれぞれの場所で動く。それがひとつになっていく。フォーメーションってやつ」

「フォーメーション」

「そ」と言いながら真琴ちゃんは腕組みした。

「穴を修復し、水脈を繋ぎ直す。水と樹木の記憶のある子が土につながって仕事をする。地道にこつこつやるしかない。たぶん私の代では終わらない。修復が間に合うかもわからない。それでもはじめなきゃはじまらない」

早野と同じことを言っている気がした。

「まあ、仕事のために生きてるわけじゃないけど」

顎をつんを上げる真琴ちゃんは、やはり僕よりも大人のようだ。

じゃれつくように寄ってくる光の玉に向かって、小さな手を伸ばしている。鱗を抱き込んだ小さな手のひら。

「そうか!」

真琴ちゃんは突然叫んだ。パッと上げた顔の動きは、早押しクイズのボタンを押した人みたいだった。高速回転していた思考の結果が出たときの、脳内の大きな衝撃。ひらめきの発生音が、体の揺れになって現れていた。

「これから、私は仲間に出会えるんだ！　いまはひとりぼっちだけど、生きていれば、同じ仕事を持つ子に会える。フォーメーションを組んで、仕事ができる。言葉で伝えるだけで、理解し合えるひとたちに会える」

深い安心と虚脱が一緒に来たかのように、真琴ちゃんは目を閉じた。

「理解って後追いで来るんだね。大洋くんのおかげだ」

「俺は、何もしてないよ」

「私の話を聞いてくれた。私が自分の言葉で話すのを、聞いてくれた。大洋くんは、私の話を途中でさえぎることも、子どもらしくないって呆れることも、へんなこと言ってるってバカにすることもなかった。自分の中にあるものを言葉にできなければ、自分の気持ちを理解することはできなかった。仲間がいることを信じてみようとも思えなかった。大洋くんがいてくれたからだ。海の町に来てくれて、どうもありがとう」

真琴ちゃんは目を糸のように細め、にっこり笑った。

「おとうさんとおかあさんにあいたいな」

僕の手が、強く握られる。薄いガラスのような感触が当たる。

「帰ろうか」

真琴ちゃんは足元に向けてばいばいと手を振り、くるりと向きを変えた。僕も合わせて旋回《せんかい》する。体を押し出されるような感覚がした。次には強い力で浜辺に引き寄せられていく。

僕らはまるで、地引網に包まれた魚のようだった。

「まあ」

祥子さんが呆れ顔でタオルを取りに行った。ずぶぬれになった兄妹は、唇を紫色にして玄関に立っている。真琴ちゃんは祥子さんに抱き上げられ、風呂場に直行した。

僕はタオルで頭を拭き拭き、和室に着替えを取りに行く。

父は、ダイニングでビールを飲みながら、テレビ番組をサーフィンさせていた。食卓には寿司《すし》やらからあげやらが並んでいる。

「なにやってきたんだ」

「遊びすぎた」

遊びすぎたかあ、と父が笑った。僕は懐かしさに襲われる。根は明るいが会話に不器用だった父は(対外用の軽口ならいくらでも出たけど)、子どもとの会話も反復ばかりだった。

たのしかった。たのしかったかあ。くやしかった。くやしかったかあ。

父は真琴ちゃんとも同じように会話をしていた。真琴ちゃんに海中にいたときのような語彙力はなく、うみのみずつめたかった、たのしかった、おなかすいた、と話すのへ、冷たかったかあ、たのしかったかあ、おなかすいたかあ、と目尻を下げていた。ほぼオウム返しだけど､話を遮ったり片手間ではなくこちらの目を見て話す父のことが､僕は好きだった。そうだ、好きだったんだ。

夕飯のあとは、真琴ちゃんのジャングルジム遊びにみっちりお付き合いした。

それからの数日はあっという間に過ぎた。朝は真琴ちゃんに付き合ってラジオ体操に行く。庭仕事や買い出しを手伝う。一応、学校の課題をやる。真琴ちゃんがうろちょろするのであまり進まない。祖父母の墓参りにも行った。バーベキューもした。

今夜は夏祭りがあるとのことで、真琴ちゃんは浴衣を着せてもらってはしゃいでいた。白地に赤色の朝顔が描かれた着物で、へこ帯はオレンジ色だった。

市民センターの駐車場には櫓《やぐら》が組まれ、盆踊り《ぼんおど》りをする人たちが回っている。そこから神社までの道は提灯と屋台で彩《いろど》られ､歩行者天国となっていた。浴衣姿の祥子さんと真琴ちゃんが少し先を行き、僕と父がその後ろを歩く。父は缶ビールを片手に持っていた。

「一週間なんてあっという間だな」

「祥子さんも真琴ちゃんも優しくてありがたいよ。来年から一年間、よろしくお願いします」

「改めて言われるとな」

「大事なことだから」

祥子さんが笑っている。親切でやさしい人だ。ただ、いつも僕に視線を向けているのを感じていた。真琴ちゃんと遊んでいるときは特に。僕が真琴ちゃんの体をへんに触らないか、おかしなことを吹き込まないか、監視《かんし》しているようだった。

祥子さんは、僕が怖いのかもしれない。祥子さんにとって僕は得体のしれない若い男だ。たぶん腕力なら父よりあるだろう。僕がそれをふるったら？　真琴ちゃんに影響したら？　僕があやしげに見えるというわけではなく、女性としての、本能的な警戒だと思う。それは正しい反応だとも思う。

それでも僕を、受け入れようとしてくれている。可能な限り、準備をしてくれている。家の環境も、心の支度も。それは祥子さんの、最大限の誠実さであるように思えた。来年一年間という期限付きだからこそ、できることなのかもしれない。

ここは僕の居場所ではない。仮の住まいだ。僕の行き場は僕がつくるしかない。

「お前の母さんとは」

父の切り出した言葉がさほど唐突に思わなかったのは、夏祭りの喧騒の中だったからかもしれない。ソースや油や砂糖のにおい、ゴム風船のにおい、呼び声、笑い声、盆踊りの音楽、そういうものに感情もわだかまりも包まれていた。なにより、祥子さんと真琴ちゃんを見つめる目は優しく、この人は本当に過去を過去として区切って今を生きているのだとわかったからだ。

「海辺で出会った。とてもきれいな人だった。母さんは落とし物をしたのだと言った。その落とし物は、俺が先に見つけた。砂の中に隠れていたんだ。見つけたことは言わなかった。母さんは『あれがないと帰れない』と言っていた。母さんにも人間の親がいて、戸籍があって、学歴もあって、働いてもいた。それでも、いつか帰りたいのだと言った。いや、いつでも帰れると思うからこそ、ここにいられるのだと」

父は僕の顔を見て、納得したように微笑んだ。僕の表情に、混乱や不可解さに対する不快感がなかったからだろう。

「母さんと離婚をするとき、それを返した。虹色の、小さなガラスのようなもの。鱗だった」

思わず足を止めてしまった。再び動き出すタイミングを見つけられずにいると、父はラムネを買って僕に差し出した。

「俺は、母さんのことをわかってやれなかった。小巻のことも、大洋のことも。今さら、どうにかなるとは思っていない。お前達に苦労をかけたことは消せない。一年しかいられないならそれでもいい。一年いてくれるのだと思えば、俺もうれしい。その間だけでも、自分の家だと思って過ごしてくれ」

小さく、扉が閉じるような音がした。唐突に、自分が一人ぼっちになった気がした。僕はラムネを受け取って、ありがとうと言った。

神社に着いた。境内の中まで屋台でいっぱいで、ムッと暑い。ラムネを首筋に当てた。

神社の姿に既視感《きしかん》を覚える。この町は僕が生まれ育ったところではなく、見知った建物があるわけでもないのに、見覚えがある。

鳥居を入ってすぐのところに、木製の看板が立っていた。人に押されそうになりながら、看板の前に滑り出る。父とははぐれたけど、電話で連絡を取り合えばいい。

看板には十年前の日付と、樹齢千三百年の大杉が倒木した旨《むね》が書かれていた。立て看板も、その御神木からつくられたものらしい。かつて御神木があったというその場所には、若い木が立っていた。御神木から取った挿し木苗で育てた、後継樹とのことだ。

御神木は、民家や他の木を絶妙に避け、人的被害を一切出さずに倒木した。原因は不明。根が弱っていたところに長雨が続いたことが影響したと推測される。

「そんな理由で倒れる木が、千三百年も生きるだろうか」

——行かなくては。

耳の奥で声がした。乾いた薄い手が、幼い僕の手を握っていた。

たしかにここだ。石造りの鳥居がまだ新しいのは、倒木によって壊れたものと取り替えられたからだ。短い階段を登った先にある手水舎、溜池《ためいけ》の上には石の橋がかかっていて、急な階段を上がった先に小さな本殿《ほんでん》がある。階段の脇には社務所、おみくじ掛けの隣に甘い香りのする木がある。

クチナシね。

あのひとはそう言っていた。屋台のにおいでかき消されているけれど、きっと本殿の脇にはその木がある。

人混みをかき分け進んだ。記憶のとおりに歩いていくと、かすかに甘い香りがした。階段の脇には社務所があり、自治会の白いテントが張ってある。その影に隠れるようにおみくじ掛けがあり、丸い傘のような形の木と並んでいた。木には白い花がついている。鼻を近づけると、ジャスミンにも似た香りがした。

香りが、記憶の殻にそっとヒビを入れ、二つに割る。卵から中身が出てくるかのように、あのときのことが蘇る。倒木を一緒に見たとき、母が何を話していたか。耳の奥で声がする。僕と姉のことについて、語っていた声が。

——私は小さな助産所で小巻とあなたを産んだ。その産婆《さんば》さんはもう亡くなってしまったけれど。産婆さんは小巻を見て人魚の現身だと言った。大洋の目は、イルカのようだって。

僕は本殿の向こう側にある山に目を引き寄せられていた。

——二人の胞衣は、この神社の裏の山に埋めたのよ。境子を包んでいた胞衣は、樹木になる。木は単独では生きられない。仲間の多いところに埋めてやらなければ。

「塩樹が……ここにある？」

「行ってみればいい」

突然隣から声がしたので、飛び上がってしまった。真琴ちゃんが、りんご飴で口を真っ赤にしながら僕を見上げていた。

「いつの間に」

「自分の胞衣から生まれた塩樹があるの、いいな。わたしはときどき、こっそり神社の裏山に入って、塩樹とお話していたのよ。私の胞衣は、もうないから」

真琴ちゃんは、僕の背中を押した。

「あっちから行けば、あんまり人がいないから怒られない。誰にも見られず山に入れる」

まことー、と祥子さんの声がした。真琴ちゃんが、僕の手からラムネを取る。

「ごまかしとく。はぐれちゃったけど大洋くん子どもじゃないからひとりでおうち帰れるよって言っとく」

真琴ちゃんはにやりと笑い、「まかせとけ」というようにラムネを掲げて見せた。

僕は指し示された方へと走っていた。真琴ちゃんの言ったとおり、祭りの賑《にぎ》わいは市民センターから神社までの直線ルートだけで、少し外れてしまえば人気もなかった。遠くで盆踊りの音楽が聞こえる。

祭りの明るさもここまでは届かず、足元は不安だった。神社の裏側に入るというのもなんとなく恐れ多いというか、不気味な気がした。早野の顔がちらついた。

スマホのライトで照らしながら歩いていく。濃密な闇に肌がざわめく。まるで誰何《すいか》されているみたいだ。

僕は、樹木には詳しくない。イチョウと桜とケヤキとブナくらいしか見分けがつかない。それでも、二本並ぶ常緑樹を見たときには、それが何なのかわかった。ブナに似てはいるけど、違う。同じ樹種が並んで立っていて、他の植物はその周辺を守っているかのように見えた。

姉が生まれたときのものと、僕が生まれたときのもの。

二本の塩樹がひっそりと、豊かな葉をひろげてそこにいた。

翌早朝、納戸に入っていたナイフ(バーベキューしたときに見つけたものだ)を取り出し、キッチンをこそこそ漁って、空のペットボトル二本とビニルテープとビニルロープ、アルミホイルに蛇腹《じゃばら》付きのストローをバッグに入れた。玄関を出ようとしたとき、「神社いくの?」と声がした。飛び上がって振り向くと、パジャマ姿の真琴ちゃんが立っていた。

「わたしもいく」

「すぐ帰ってくるし、遊んだりはしないよ」

「あそびじゃないってわかってるよー。いっしょにいきたいよー」

人気のない時間帯にさっさと済ませてしまいたかった。真琴ちゃんを連れていたらそれだけで時間がかかってしまう。

「ごめん、すぐ帰ってくるから。父さんたちには適当に言っといて」

ずるい！　という真琴ちゃんの声を背中に聞いて、そそくさと玄関を出た。

神社周辺の屋台は大方撤去《てっきょ》されていたが、町内会の白いテントは出しっ放しになっている。今日片付けるんだろう。

本殿の前に立ち、普段なら絶対投げない千円札を賽銭箱《さいせんばこ》に入れた。

「すみません。ほんとすみません。のっぴきならない事情があるんです。許してください」

念入りにお参りしてから神社の裏山に入った。寝る前に、樹液の採取法というやつを調べてみたら、特殊《とくしゅ》な道具を使わなくても身近なものでできることがわかった。

「ごめんね。少し、わけてください」

ナイフで樹幹に小さな穴を開ける。ストローの片側にビニルテープを巻きつけて太さを調節し、穴に差し込む。もう片方の端はペットボトルの口に入れ、アルミホイルを詰め込んで隙間を埋めた。ペットボトルが倒れないように、ビニルロープを使って樹幹に縛り付ける。少し待つと、ストローを伝ってぽたぽたと液体が落ちてきた。もう一本にも同じように採取の仕掛けを施した。六〇〇ミリリットルのペットボトルにどの程度貯められるだろうか。塩樹一本を植えるのに必要な量は、塩ひとつかみくらいだと言っていた。二本の木から採った量で、なんとかなるだろうか。

「早野」

元気だろうか。焼け跡で泣いていないだろうか。声が聞きたい。話がしたい。海の町の景色、海底に巨大な樹木を見たこと、家族のこと。伝えたいことがたくさんある。

「携帯持っててくれたらなあ」

連絡を取る手段はない。早野家の電話番号も知らない。早野造園のウェブサイトを見れば、会社の番号くらいわかるんだろうけど、さすがにそれは。僕のポケットにはスマートフォンがあって、電波の感度も良好なのに、肝心の相手には繋がれない。

「電話がない時代……」

――電話がない時代、手紙すらすぐに届かなかった時代。そんな昔は木を通じて声を送り合っていたんだよ。

「いや、しかし」

誰に見られているわけでもないのに、この恥ずかしさはなんだ。早野に言われたとおりにするのも癪《しゃく》に障る。自分のひねくれ方がよくわからない。

――嘘じゃないよ。こんどためしてみなよ。

「惚れたもの負けというやつだろうか」

塩樹に手を置き、葉を見上げた。どこに向かって話しかければいいのかわからなかった。

「早野」

声が、葉の隙間に溶けていく。

「海の町はいいところだよ。新しい家族とも、うまくやっていけそうだよ」

返事はない。

「そりゃ、そうか。早朝だし、まだ寝ているよな――」

いやいや、時間帯の話ではない。木を通じて会話するなんて、さすがにありえない。

樹幹から、砂が落ちるような音がした。上から下へ、水が流れるような音でもあった。たしかに樹幹の中から響き、僕の足元に広がった。

ほんとうにそんなことがあるのか。

海で深樹まで見たくせに、足下にざわめきが広がったことは信じがたい。樹木が声を伝えるということを信じられないのではなくて、話しかけたことが恥ずかしいので無かったことにしたいというのが近いのかもしれない。

「堀」

その時、糸電話から聞こえるようなくぐもった声がした。

「いま外に出たよ。コナラの前に立ってる」

たしかな声だった。

「うそじゃなかったでしょう」

勝ち誇ったように笑ったのが浮かんだ。無言を決めこんでやろうかとも思ったけど、もったいない精神が先行した。いまこのとき早野と通じている。彼女のことになると、僕はすべてを大げさに感じてしまうようだ。

「呼ばれた気がして、目が覚めた」

いや、大げさに感じていいのか？　これって、ありえないことなんだよな。

「堀」

そう呼ばれただけで、どうでもよくなっちゃったけど。

「いま、海の町にいるの？」

「父さんと、父さんの奥さんと、妹に会いにきたんだ」

そこまで言って、口を閉じた。指の先で樹皮を掻く。

「来年の春に、海の町に引っ越すから」

「そうなの」

あっさり返され、土を蹴った。早野は俺がどこに行こうと気にしないんだろうな。

「姉が結婚するから、父さんのところで暮らすんだ」

それでも早野の声を耳にすれば、ふてくされている場合じゃないと思ってしまうんだ。

「そこはいいところ？」と聞かれれば、「うん、木に話しかけちゃうくらいには」と冗談めかして言ってしまう。早野は笑った。僕は満たされた。

「明日、帰るよ。おみやげ持っていく。きっと喜ぶと思う」

どのくらい樹液が採れるかわからない。ぬか喜びさせたくなかった。だけど僕の帰りを楽しみにはしてほしかった。アジの干物を買おうかな。日持ちしないって理由をつけてすぐに会いにいけるしな。

「早野は、元気?」

一拍《いっぱく》置いて「元気?」ときた。まったく元気そうではなかった。もうほんと帰ったらすぐ樹液持っていこう。「元気だよ」「おねがいしますね」と塩樹を撫でた。

「なに?」

「こっちの話」

それから少しだけ言葉を交わした。庭に陽が差し込み始めたと早野が言った。パジャマのままだし、そろそろ家に入らなきゃ。

「堀、ありがとね」

「アジの干物、たのしみにしてて」

「おみやげのことじゃなくて」

早野の声が少し大きくなった。樹幹に体を寄せたのかもしれない。

「ためしてくれてありがとう。ほんとうのことだって、信じてくれてありがとう」

なんて返したらいいのかわからなかった。僕はきみの声が聞きたかった。きみと繋がりたかった。だから唯一の方法に手を伸ばした。理由は単純だったんだ。

「気をつけて帰ってきてね」

木はそれきり何も言わなくなった。僕は樹幹から手を離した。ストローからはぽたぽたと樹液が出ている。今日一日ここに置いておいて、明日の早朝取りに来よう。そうは思いながらも、しばらく動けなかった。腕に止まる蚊《か》を叩き潰しながら、土の上にあぐらをかいて樹液を見つめていた。

　蝉《せみ》が鳴き、木の隙間からも陽の光が降りてくる。まもなくラジオ体操の子どもたちが集まり、人通りも増えるだろう。いったん森を出なければ。

　手早く道具をまとめ、山を出たところで、神主《かんぬし》さんと鉢合わせした。ほうきを持っている。祭りの名残を掃除するため、裏山の方まで来たんだろう。

「ここで、何を？」

　怪訝そうな顔で問い詰められそうになったところへ、「おにいちゃあん」と甘ったるい声がした。ピンク色のTシャツにショート丈のジーンズ、白いサンダルに麦わら帽子というう出で立ちで駆けてくる。肩には虫かごを下げていた。

「おにいちゃん、カブトムシいた？」

　真琴ちゃんのアイコンタクトを受け、僕はぎこちない笑顔を貼り付けた。

「あ、あはは、いなかったよ、ざんねん」

　頭を掻きながら真琴ちゃんの隣に寄ると、神主さんは「小さな子どもに免じて」というように小さく息を吐いた。

「ここは許可なく立ち入ってはいけませんよ。次から気をつけてくださいね」

はーい、と僕らは行儀の良い返事をして鳥居の方へ向かう。

「あ、それから」

神主さんに呼び止められ、ぎくりと振り向く。

「カブトムシ捕るなら夜明け前じゃないと。太陽が出てからだと、なかなか見つからないよ」

真琴ちゃんに向けて人指を立てた。「はあい」真琴ちゃんは見事な笑顔で手を振った。

「ね、わたしがいたほうがよかったでしょ」

神主さんが行ってしまうと、真琴ちゃんは鼻息荒く僕を見上げた。

「はい。ありがとうございました」

「大洋くん、明日帰っちゃうんだよね。さみしいなあ」

真琴ちゃんの声がきゅっと縮まる。涙ぐんでいたので焦った。

「泣かないで」

「だってたのしかったんだもん」

「また来るよ。来年の春からは、お世話になります」

「こんかいは一週間ってよていだったからわたしとみっちり遊んでくれたのわかってるもん。通常モードになったらそんなにかまってくれないのわかってるもん!」

「そんなこと言われても」

「いいの。子どもの我儘だと思って聞き流してくれれば。感情を優先させているだけで別に大洋くんに執着しているわけじゃない」

「語彙がおかしなことになってるけど……」

　真琴ちゃんはごしごしと涙を拭った。

「十一月に結婚式あるんだよね。わたしたちも山の町にお祝いにいくって、おかあさんが言ってた」

「そうだね。待ってるね」

　まだ暑いけれど、刻々と季節は移り変わっている。夏まっさかりだし、日差しは痛いほどだけど、夏至の頃とは何かが違う。夏は最盛を迎えると同時に去る準備を始めるみたいだ。十一月なんてすぐに来る。

　鳥居の前を通る。視線を感じて立ち止まる。御神木の後継である細い杉の木が、僕を見ていた。木に目なんてない。なのに、視線が蜘蛛《くも》の巣のようにまといつく。

　真琴ちゃんも何かを感じたのか、僕の手を握った。細い杉の木からたどるように、神社の全体を見渡している。丘のことが思い出された。大切な場所を守るために神域を定め、擁壁のように神社を置いた。この山も、なにかの理由で重要なポイントだったのかもしれない。もしかしたらこの山の奥に、塩樹林があるのかもしれない。

「語彙が増えたのは、塩樹の近くに行ったからだよ」

　真琴ちゃんの声が低くなっていた。

「離ればただの子ども。海のそばに行ったって、周りから見れば生意気なガキに過ぎない。内側と外側が一致するのはまだ先の話」

真琴ちゃんはふうと息を吐き、つとめて高い声を出した。

「じんじゃにくると、きおくの箱がひらいちゃう」

その声は続かず、すぐにまた低くなった。

「良し悪しだわ。私がもといた場所のこと、思い出せるのは嬉しいけど、これ以上、年齢と合わないこと思い出すのは、疲れる。それでもやっぱり、忘れたくないとは、思う。この場所は、いろんなところに通じているのかもしれない。過去にも、未来にも」

母と一緒に、御神木の倒木を見た時のことが蘇る。声が、何度もループしている。

——行かなくては。

あのあとすぐ、母は父と別れ、山の町へと引っ越した。

僕はさっき、この神社の裏山で、早野と話した。木を通じて話をした。数百キロ離れているのに、海の町と山の町は水脈で繋がっている。それを知ってしまった。

山の町の何かが、母を呼んだのだろうか。

＊

夏休みが明けた。僕は姉と一緒にアパートを出て、自転車に乗り、テナントの並ぶ道を走る。友人と合流したら自転車を降り、だらだらと歩きながら学校を目指す。

早野が街路樹を撫でている。暑いからか、髪をひとつに束ねていた。

通学路を歩く生徒たちは、だれも早野を見ない。早野も振り向かない。

「早野」

振り向いた早野の目は見開かれていた。友人たちもたじろいでいる。僕は気にせず、「おはよう」と言った。早野は目を泳がせたあとで、低く返事をした。すぐに街路樹に向き直ってしまう。なんだかおかしくて、僕はひとり笑った。

山の町に帰った翌日、僕は勇気を振り絞って早野造園に電話をし、早野に繋いでもらった。アジの干物と樹液を持って訪れると、早野は裏山の片付けをしているところだった。軍手をはめて、散らばった木片を少しずつ一箇所に集めていた。左脚はうまく動かないけれど、上半身と右脚を使いながら、こつこつと片付けていた。

僕は干物と一緒に、ペットボトルを差し出した。二本のペットボトルにはそれぞれ六合目くらいまで樹液が溜まっている。僕は、海の町にある神社の裏山に姉と自分の胞衣が埋められていたこと、そこから塩樹が芽生えていたことを話した。

早野は長らく無言で樹液を見つめていた。あまりに長かったので、何か余計なことをしてしまったのかと不安になった。塩樹の樹液なんて絶対喜ぶと思ったけど、そんなの僕の中のことだけでしかない。良いことだと思い込んで突っ走ってしまったのだろうか。

しばらくして、ほっとしたように早野の肩がおりた。僕は汗だくになってうなだれた。喪われたと思ったものが目の前に現れたら、しばらく硬直《こうちょく》するのも無理はない。

僕だって、母がフラッと帰ってきたらどうなるか。

早野はそのあとも、かみしめるように樹液を揺らしたり、ペットボトルを下から眺めたりしていた。

「あっ、ちがう！」

突然叫んだので、やはりなにかしてしまったのかとびくついたが、「まず堀にお礼を言わなければいけなかった」と深々と頭を下げた。

「やめてよ」とは言ったけど、誇らしさでいっぱいになってにへにへと目尻を下げた。顔を上げた早野が表情を引き締めていたので、浮かれた気持ちも長くは続かなかったけど。

「塩作りの準備をする。まずは土器を作らなければいけないから、煎熬と植樹は二ヶ月くらい先になるけど」

「土器作りってなにするの？」

「まずは山から粘土《ねんど》を採る。このあたりはもともと、焼き物に適したいい土が採れる」

「窯《かま》も多いもんな」

「土を乾燥させて粉砕《ふんさい》させて、砂を混ぜる。土器は野焼きで作るから、陶芸用《とうげいよう》のきめの細かいものだと割れてしまうの。練って一週間くらい乾燥させて、ようやく使えるものになる」

「準備だけでもけっこうかかるんだな。土掘りとか大変だろ。俺も手伝うよ」

「ありがとう。いま、土のこと話しながら……」

早野はきまり悪そうに口をつぐんだ。悲しげというわけでもなく、少し高揚しているようにも見えた。

「土のこと話しながら、少し、わくわくした。塩樹のこと思ったら、そんなの、不謹慎《ふきんしん》な気がするけど」

「わざわざ弔い方面に持っていかなくていいんじゃないの。土器を作って塩を作って植樹をする。塩樹が生きる場所を見つける。新しいことやるのって楽しい。俺もわくわくする」

早野はぼんやりと僕を見た。憑《つ》き物が落ちたっていうのも違うけど、力の抜けた目をしていた。間違っても使命感に突き動かされてなどいない。

「いますぐにでも動きたい。逸《はや》る、っていうのかな。いままであまりこういう気持ちになったことなかった。この気持ち、いまの私にとって大切な感覚だと思うし」

「大切な感覚」

「うん。担任の先生が、学校で配られるプリント類を定期的に郵送してくれるんだけど、このあいだ届いたものの中に進路希望調査票が入っていたの。みんなには新学期に配るものだけど、一足はやく同封《どうふう》しておくって」

「うへえ、夏休み明けにいきなり来るのか。容赦《ようしゃ》ないなあ」

「まだ、先生には退学のこと言っていないけど……。高認をとって、大学を受けることは決めている。家を出ることも。豚汁のレシピ聞いておかなきゃ。どこを受けて何を勉強するのかは、いま考えているところ」

「絵は？」

「絵は好きだし、ずっと描いていくと思うけど、それを学びたいかというと違う気がする。土や木のことを考えているときのほうが、このあたりがぎゅっとする」

　早野は胸のあたりを押さえた。

「樹木医や、庭師のような、木に関わる仕事をなんとなく考えていた。膝のことがあるから現場の仕事は難しい。木登りもできない。だったら私は何ができるだろうって」

　早野はペットボトルを抱きしめた。ついこの間まで、イチョウと塩樹という二つの喪失に打ちのめされていたというのに、もう前を向いている。強いな。かっこいいな。少し気後れしてしまうくらいに。

　こういうとき、憧憬《しょうけい》を劣等感《れっとうかん》に変換しないのが僕の長所である。俺も頑張ろーっと！　みたいな気分になる。単純とも言える。

「堀は決めているの？　進路」

「就職」

　僕の第一希望に変わりはない。海の町に越したらまたアルバイトをして、十八歳になったら自動車学校に行くつもりだ。それだけじゃだめなのはわかっているけど。

「何の仕事に就きたいのかはまだわからない。わかってるのは海の町に行くってことだけ」

「海に潜れるといいね」

　何を言われたのかわからなかった。早野は微笑んでいた。

「海のちかくで暮らせるのだものね。よかったね。名は体をあらわすってお母さんも言っている。広い海。大洋」

　早野に名前を呼ばれた。そこに破壊力《はかいりょく》があることに、なぜきみは気づかないのか。

「これからきっと、楽しいね」

　早野は心から喜ぶように微笑んだ。風が吹いて、山の木々が一斉に揺れた。大雨の音にも似たホワイトノイズが辺りを包んだ。

「早野も来ればいい」

　思わず言ってしまった。早野は不思議そうに僕を見た。

　嘘だね。

　僕は思った。その顔は嘘だ。きみは僕の気持ちをわかっている。

　怒りにも似たものが湧いて、早野に近づいた。

「早野も海の近くに来ればいい」

早野がよろけるように身を引いた。当惑を浮かべた目とぶつかり、僕は勢いよく後ずさって「よし土を採りに行こう！」と叫んだ。

あのときのことを思い出すと、地面をごろごろ転げ回りたくなる。そのダメージを残したまま、早野に「おはよう」を言った自分を褒めてやりたい。ちなみに、粘土掘りは日を改めて行った。

街路樹の前から歩き出すと、友人たちは何事もなかったかのようにふるまい始める。日常の変化を食い止めようとするのは、本能に近いものなのだろうか。僕が早野に話しかけたことは友人たちにとって理解しがたいものであり、理解できないことには触れないのがそのやり方だ。触れなければ変化は風化する。僕らはいつしか身につけていたやり方で、日常を維持する。今日も明日も同じ日が続くと信じている。

二

僕と早野は早野造園の庭で作業をしている。

乾燥させた粘土を細かく砕き、ゴミや細い根、石を取り除くためにふるいにかける。そのあとは砂と水を加えながらひたすら練る。早野の左膝は曲がらないので、地べたで作業することができない。倉庫にあった木の作業机を出してきて、コンテナを乗せた。低い机だったので、長身の僕は上半身を深くかがめなければならなかった。腰に来た。

製塩土器をいくつか作るだけなので、大量の粘土が必要なわけでもない。だけど多めに用意していた。一つのコンテナに二人で手を突っ込んでいるので、顔が近い。

僕の頭上にはワカサギ釣りのキリキリするやつが現れていた。胸の辺りまで要領よく降りてきて、もう貫通《かんつう》しているっていうのにキリキリキリキリ回り続けている。全力で冷静を装った。力みすぎていたせいで、不機嫌に見えたらしい。

「つかれた?」

早野が気遣わしげに見つめてくる。

「粘土をこねるのって思った以上に大変だね。しっかり練って水分を均一にしてやらないと、きれいに成形できないから。もうちょっとだけがんばろ。終わったらお茶入れる。コーヒーもあるよ」

余計な気を遣わせてしまった。

「違うんだ。なんていうか……早野が、つらくなければいいなって考えていたら……」

人を心配するってなんて難しいんだろう。僕は同情されることが大嫌いだ。僕をかわいそうだと思う人間とは距離を置いてきた。本当に誰かの安らぎを願うときも、哀れみとほとんど同じような言葉を使うしかないと気づいて愕然《がくぜん》としている。違いがあるとすれば、本意が伝わりますようにと怯えて願っていることだけだ。もしかしたら僕が突っぱねてきた人のなかにも、本当にこちらのことを思ってくれた人がいたのかもしれない。

「うん、私おちこんでいる」

早野は苦笑した。ワカサギ釣りの穴に手を突っ込んで魚を握りつぶしたら、いまの僕の心臓みたいになるだろう。本当にこんなふうに痛むんだな。

夏休み明け、僕が早野に「おはよう」を言った次の日のことだ。

街路樹の前に、クラスメイトたちがたむろしていた。早野を木に近づけないようにしていることは明白だった。

早野は毅然《きぜん》として、「そこをどいて」と言った。

言い方、とクラスメイトたちは顔を上下にずらすように笑って、早野の口真似をした。何様？　この木はあんたのものなの？　毎朝目障りなんだけど。同じ道を歩きたくない。

消えろよ。

僕が止めに入ろうとすると、早野はこちらを向いて「こないで」と口を動かした。

戦ってはいけないものがある。早野が言っていたのを思い出した。僕は立ち止まるしかなかった。

早野は深く息を吸って、一歩後ろに下がった。「またあとで来るね」と街路樹に微笑みかけ、去っていった。

僕が早野に挨拶をしたせいだろうか。そのせいで、見ないふりをしていたクラスメイトたちが、早野を嫌な意味で再び認識してしまったのだろうか。

と、思うことだけは堪《た》えた。自分を責めることは一番意味がないことだ。

僕が早野におはようを言う。それの何が悪いっていうんだ。

「街路樹の手当て、朝にできなくなってしまったからなあ」

早野はあえてのんびりと言った。

「事故の時間に撫でてやるのがいちばんいいんだけど。毎日撫でていたし、あのカエデも私のことは信じてくれていると思う。これからは、始業時間すぎたら行くようにするよ」

自分を納得させるように頷いていたが、長くはもたず、ため息をついた。

「戦わないって決めた。それでも、本当にあれでよかったのかと考えてしまう。もう少しがんばって、あの人たちと対決したほうがよかったのか、って」

どうして早野がここまで踏ん張らなければいけないのだろう。

僕はわれ知らず、真琴ちゃんの言葉を呟いていた。

「へんって言われるのがかなしいひとは、体をすてて海にかえるのですって。体をすてたくないひとは、忘れるのですって」

体を捨てず、塩樹のことも忘れず、エナとしての記憶からも逃げず、この世界にとどまっている。これ以上何をがんばることがあるだろう。傷ついた心を持ちながら、傷ついた街路樹を撫でてやることができる早野に、これ以上なにをしろというんだろう。

「つらいなあって思うときはだいたい、たられば考えているとき。自分の小ささや情けなさを知らされたとき。そういうときは、いつも手を動かすの」

早野は上半身をさらに傾け、力強く粘土をこねる。

「庭掃除したり、草取りしたり。丘の周りのゴミ拾いしたり。あれ、手を動かすっていってもどっかの掃除ばかりだ」

早野は粘土の感触を楽しむように、軽く握ったりぺちぺち叩いたりしている。

「私、仕事してるなあって。とても大事なことしている気分になってくる。自己満足ってわかってるけど」

「そんなことない」

早野は肩で頬を掻いた。

「これだけ仕事してるんだから、私もなかなか、重要人物じゃない？　私がいなかったらこの草は抜けてないし、このゴミは落ちっぱなし。私のおかげでしょって」

「えっへんって？」

「ふふっ。そう。ばかみたいだけど」

　早野は土を優しく見つめている。怪我をした街路樹や、イチョウの枝を撫でていたときと同じ目で、慈《いつく》しんでいる。

「そうやって無理矢理にでも思い込むと、教室では取るに足らないと思えていた自分が、ちゃんと正しい大きさ……っていうか、とりあえず、身長百六〇センチの自分に戻ることができる。私はそうやってきた。だから、大丈夫だよ。ありがとう」

　僕のほうが励《はげ》まされるかたちになってしまった。

「いまはほら、土器作りっていう大切な仕事がある。塩樹の移植がかかった大切な仕事。私にはやるべきことがある。そう思えるのって、いちばん力が湧いてくること。堀が塩樹の樹液を持ってきてくれたから。私は自分の場所を見失わずに済む」

　早野は強いな。いままで逃げずに生きてきた早野自身がプロテクタになって、心を守り、行くべき先まで示している。それが数秒先しか見えないことであったとしても、あるとないとじゃ大違いだ。現在地を見失うことほど恐ろしいものはない。足を踏み出すことで道は続く。僕の助けなどお呼びでないのだ。しつこいが、こういうときに劣等感をいだかないのが僕の長所である。

早野の勇敢《ゆうかん》な横顔にしばし見とれた。

「ちゃんと強くなりたい」

早野は呟いた。コンテナで土を混ぜていると、その指に何度も当たる。

「怖がらずに、自分の言葉で、自分の感じる世界を口にできるようになりたい」

粘土がある程度まとまったら、地面に置いた木の板に叩きつけたり、足で踏み込んだ。八つ当たりしているわけではない。粘土から空気を抜かなければ、焼成《しょうせい》したときの割れの原因になる。足で踏む作業は早野の脚だとやりづらそうだったので、僕が請《う》け負った。練った粘土は乾燥を防ぐためにビニル袋に入れ、僕が軒下《のきした》の日陰にまで運んだ。ここから一週間ほど粘土を寝かせる。

翌朝、いつもより二十分ほど早く家を出た。姉は変わらぬ様子で「いってらっしゃい」と言った。

姉と一緒に家を出ることよりも、大切なことができていく。小さなことから積み重なって、大きな切れ目になっていく。僕と姉はこうして少しずつ分離しているのかもしれない。

学校とは反対方向にハンドルを切り、早野造園に行った。インターホンを鳴らすと「はーい」と縁側から声がした。おじさんとおばさんはすでに仕事に出ているのだろう。

「あれ、堀?」

縁側から顔を出した早野が調子外れの声を上げた。手にはスケッチブックがある。

「どうしたの」

「朝早くにごめん」

僕はコナラの前を横切って、濡れ縁の前に立った。

「街路樹のところに行こう」

早野は言葉がわからないというように、眉間に皺を寄せている。

「やっぱり、事故の時間に撫でてやったほうがいいと思うから」

でも、という声を「俺がそばにいる」と遮った。

「俺が見張ってる。早野はいつもどおり、カエデの手当てをして」

やっと意味が繋がったように、早野の目が揺れた。

「それは、堀まで……」

「もういいよ、そういうの。早野の心配しているとおりになったとしても。ほら、俺は来年転校するし。どんとこい」

うまく笑えたかわからない。どんとこい感はないかもしれないけど、迷いもなかった。

「俺がなにをしたいか考えて、こうしているだけ」

早野は微動《びどう》だにしなかった。数時間とも感じられるような間だったかもしれない。すごいスピードでいろんな思いが駆け巡ったんだろう。

「大丈夫」

姉が僕の背中を叩くときのように、頷いて見せた。早野はしゃっくりのように短く息を吸った。

「戸締まりしてくる」

僕が頷く前で、ゆっくりとサッシが閉まった。

外に出てきた早野が、自転車の荷台に横座りになる。火祭りのときは、自転車の後ろに早野を乗せるということに意味づけをしてしまったけれど、目的があるのならそわそわすることもない。

土を一緒にこねただけで氷のキリキリが出現した僕だ。朝食で摂《と》った全カロリーを使って上半身密着という苦難を乗り越えるつもりだった。しかし、早野は体幹があるのか安定して座っており、荷台を軽く握るのみだ。僕にしがみつかずともバランスが取れるだろう。

僕は自分の狼狽《ろうばい》をなかったことにすべく、ぬるく微笑んでペダルに足を乗せた。

「あれ、自転車の二人乗りって違法行為？」

「そうかも」

「エンヤコラだな！」

早野はようやく笑った。それを合図にペダルを踏み込む。秋風がまといつく。日差しは強いけれど空は高く、もう夏ではなかった。

「街路樹を見ながらね、深樹ってどんなだろうっていつも考えていたの。エナの記憶はおぼろげにあるけど、はっきりとは思い出せない。堀は、海の町で見たんだよね」

「うん」

「いいな、スケッチしたい」

　そこまで言って、早野がクスリと息を吐く。

「やっぱり、堀と普通に深樹とか言ってるの、笑えるなあ」

「それでも、普通にあるものだからなあ」

「うん。そうだね」

　自転車がかすかに軋《きし》んだ。早野が空をあおいでいるからだ。顔は見えないけれど、不安げになっていなければいい。

　通学路に着いた。僕は街路樹の前で自転車を止める。早野は「行ってきます」と呟き、自転車をするりと降りて、カエデに歩み寄っていく。

　僕は自転車の脇で腕を組み、じっと立っていた。クラスメイトたちが怪訝な顔でこちらを見ていく。は？　なにあれ。そんな声が聞こえたけど、目をそらさなかった。早野の手当てが終わるまで、通学路ににらみを利かせた。

「堀は、学校、どう？」

早野は言葉を選ぶようにして言った。

早野家の縁側に、独特の土のにおいが満ちている。僕らは床の上に新聞紙を敷き、板を置いて、土器を成形していた。早野は膝を伸ばし、脚の間で作業している。丸まった背中が小さな子どもみたいだ。

土器は紐《ひも》づくりという技法で作る。まずは粘土玉を伸ばして円盤状《えんばんじょう》に整え、土器の底面を作る。次に小さな粘土玉を転がして紐状にして、底面の円周に沿わせて積み上げる。積み上げてはなじませ、積み上げてはなじませを繰り返すうちに、少しずつ土器の側面が出来上がっていく。僕も早野の真似をして土器を作っている。張りのある粘土玉は、手の動きに合わせてかたちを変える。押せばへこむし、転がせば細くなる。当たり前のことだけど、不思議なことのようにも思えてくる。

僕は毎朝、早野と一緒に街路樹の前にいる。

「学校、どう?」というのは、その影響を聞いているのだろう。

「疎遠《そえん》になったやつもいる」

ごまかしても仕方がないので正直に言うと、早野は手を止めて僕を見た。打ちひしがれた顔をしていたので、前のめりで言葉を繋いだ。

「数人だけど、俺のことわかってくれるやつもいる」

一人二人は何事もなかったかのように接してくれている。「早野のこと守りたい」と素直に言うと、すでにそういう存在がいるやつは「わかるよ」と言ってくれた。僕は幸運なのだと思う。

「よかった。安心した」

本当に安心したのだろうか。早野の微笑みには自責の念が滲んでいた。

「堀が、いままで友達とちゃんと付き合ってきたからだよね」

「そんな真面目に友達関係のこと考えたこともなかったけど」

「私は、近寄るなオーラを出してしまっていたから。バカにされることや、貶《おとし》められることに抵抗してばかりだったから。話さないとわからないのにね」

早野は再び手を動かし始めた。

「絵本は、八割くらい進んだよ。絵はほとんど描き終わった。完成したら、退学届を出すことに決めたよ」

「そっか」

「前から言っているとおり、大学受験を目指す。絵も庭も好きだなって思うの。造園の設計とか、街づくりを勉強してみたい。もともと、理想の庭とか考えて、絵にするの好きだったし」

僕らの暮らすこの町は、未来への選択肢が少ない。学校に行けなくなったら道が途切れて崖《がけ》に落ちる。そんな幻覚に襲われたっておかしくない。早野はここまで自力で考え続けてきたから、進む道が見えたのだろう。

「学校でしか学べないことも、たくさんあったのだろうけど」

早野は知っている。学校は、必要な教育を修める場というだけではない。恋に友情、汗と涙。この先に生きていく上で、財産を作り得る場所でもあるのだと。

「そうとも言えるかもしれないけど、九十分一本勝負のビュッフェで全種類食べることがキツイみたいに、学校で経験できるもの全部三年かそこらで味わい尽くすってのも無理だろ。進路決めて動き出してるだけでじゅうぶんだ。ていうかかなりすごい」

ビュッフェ、と早野は笑った。

早野のような人ばかりじゃないのだろう。僕も友達がゴッソリ減って気づいた。学校には一体何人、居心地悪く過ごしている人がいるのだろう。耐えるよりは逃げたほうがいい。でも一体、どこに？

すべての人に未来が開かれているってわかればいいのに。目で見えればいいのに。足を踏み込んだところにしか明かりは灯らず、目の前は真っ暗だ。

真っ暗になった僕の視界を、リニアが輝きながら駆け抜ける。暗闇をぶち抜いていく。

それがほんとうに希望をもたらしてくれるなら。

もしかしたら、ホタテさんはある意味正しかったのかもしれない。

――リニアを通す。この町が首都圏になる。雇用が増える。過疎化も少子化も解消する。

そこには真実が含まれているのかもしれない。ホタテさんはこの土地に、希望の光を呼び込もうとしたのかもしれない。その強烈な使命感とともに。考え始めると、泥の中にずぶずぶと埋まっていくようだった。

堀、と早野が僕の手元を指す。

「粘土紐を均《なら》すときは、土器の内側と外側でなでつける向きを変えてね。内側を下向きに均すなら、外側は上向きに。こうすることで土器の厚みが均一になるの。引っ張ったりもしないでね、側面が薄くなって焼いた時に割れてしまう」

「はい。これもエナの記憶?」

「ちゃんと調べました」

早野は茶の間を指した。テレビ台の脇に本が何冊か積み上がっている。

「エナの記憶は遠い。私は私として、ひとつずつ勉強して、知識を積んでいく。そうすることでしか、自信が持てないから。私は私の意志で動いている。エナに支配されているわけじゃない。その自信が必要だから」

一番上の本の表紙には「つくってみよう! 縄文土器」というタイトルがあった。

「そうか。これは縄文土器なのか」

自分の作っているものが何なのかをいまさら知る。

「土器に施されている模様。あとで本を見てみるといいよ。炎《ほのう》がうねっているようなものとか、緻密《ちみつ》な縄目模様とか、見ていて飽きない。きっと何かの意味があってつけていたんだよね。この土器に私がどんな模様をつけるのかは……」

早野はふうと息を吐いた。

「エナが知っているのだと思う。さっきと言っていることが逆だけど。模様の意味にはきっと、土地や深樹に呼びかける言葉が含まれている。私にはそれは、わからないから。いまの私とエナ。この二つのあいだから生まれるのが製塩土器なのかもしれない。山と海のあいだから塩が生まれるみたいに」

手に水をつけて表面を撫で、なめらかに整える。僕は粘土の感触と創作の楽しさだけで作っていたけれど、早野は途中から一言も話さず、まばたきしていないのではと思うほどだった。顔つきが左右対称になっていた。僕は邪魔をしないように、できるだけ息を潜めて自分だけの土器作りに没頭した。早野が事前に、縒《よ》り紐や貝殻、木片や細い竹、彫刻刀を用意してくれていたので、小学生の図工のときみたいに、気軽に模様をつけてあそんだ。

早野の手のなかで土器が出来上がっていく。高さは四十センチほど、口縁《こうえん》は炎のようにうねっており、粘土紐の飾りで凹凸《おうとつ》がつけられている。縄目模様が縦・横・斜めに規則的に施されていた。

ここから乾燥に入る。途中、半乾きになったころを見計らって表面を磨《みが》いたりしながら、二週間ほど陰干しをする。

学校がある日は夕方から、土日はほぼ一日、早野と過ごしている。土器の乾燥を待つ二週間は、薪《まき》づくりの二週間でもあった。土器を焼くには大量の薪が必要になるからだ。早野造園の廃棄予定の木の枝をもらって、切ったり割ったりしているうちに日は過ぎた。

一緒に過ごすようになって改めて、この町での暮らしは早野にとって不便なことが多いと知った。早野家の中は多少過ごしやすいように工夫されているものの、古い家なのですべての足場がフラットというわけでもない。

膝の曲がらない早野は、両の膝が曲がる僕と同じように体を動かすわけにはいかない。階段どころかちょっとした段差を行き来すること、靴の脱ぎ履き、椅子のない場所で立ったり座ったりすること、物がひしめきあっている中で身をこなすこと、重いものを持ち上げたり運ぶこと。

僕が無意識にやっていることは、早野にとっては厚みの差はあれ壁があることで、それを破るためのワンアクションが必要になる。そこに手を差し伸べようとすることは、早野の努力やこれまで無言で耐えてきた日々を侵すことになるんじゃないかと思ったけど、近くで見ていたらそんなことアタマの美学に過ぎなかった。ひとつひとつのことは小さくても、積み重なれば膨大な労力だ。僕にはない労力だ。その偏りを少しわけてもらうことで平坦にする。一緒にいるっていうのはそういうことだった。早野が少しずつ僕を頼ってくれたから気づけたことだった。

道を歩くにしても、早野は何でもないことのように体を動かすけど、はじめからそうであったわけがなく、ダンジョンを頭に入れて何度も通過することでようやく身につけたふるまいだ。そのことについて「すごい」とか「尊敬」とかはちょっと違う気がした。

道だけじゃなくて、店も学校も、町にあるほとんどのものは「二本の脚で、自分のリズムだけで歩を進めることができる」という前提で作られている。二本脚でマイペースに歩ける人間が不自由しないのは、その場所がそれに合わせて作られているからだ。それはお膳立《ぜんだ》てされた自由なのかもしれない。

ベビーカー、車椅子、杖、「脚」の数が違えばそれだけで、目、耳、小さな子や助けの必要な人に付き添うこと、何かひとつに重心が傾けば、それだけでもまた道の顔は変わる。二本足ですたすた歩けていた道が、まるで大海原のようにもなる。

こんな気づきはすでに、数限りない本に書かれているし幾多《いくた》の人たちが声を上げている。僕だって目にした機会はある。いままでは、わかった気になっていただけだ。僕が本当にわかっていることなど、何かあるのだろうか?

日曜日、僕は早野造園の駐車場に深さ二十センチほどの穴を掘っていた。これから野焼きをするのだ。焼いている間に割れてしまう可能性も考えて、早野は十個の土器を成形していた。僕の土器と合わせたら十一個だ。このくらいの量なら、さほど大きな穴でなくとも焼ける。

野焼きの場所は、早野のおじさんが貸してくれた。定休日ならと、早野造園の駐車場を使わせてくれた。駐車場といってもアスファルトやコンクリートで固められているわけではなく、土のままなのだ。広いので、周りに燃えやすいものもない。水の入ったバケツは近くに用意してある。

掘った穴に石を敷き詰め、薪を積み上げる。十一個のコンクリートブロックを、火床から五十センチほど距離を取ったところに並べる。穴の周りをブロックが囲むので、上から見るとドーナツのような形になる。ブロックの上に土器を乗せたあと、薪に火をつけた。底面も側面もまんべんなく火に当たるよう、定期的に土器を動かしながら、しばらく乾燥させる。陶芸窯と違い、野焼きは細やかな炎の調節ができない。一度火をつけると、一気に高温になってしまう。土器は急激に熱せられると破裂してしまうので、時間をかけて温度を上げながら、水分を飛ばしていく必要があるのだ。

乾燥の間に、藁灰《わらばい》を作らなければならない。これはあとから必要になるものだ。少し離れた場所にもうひとつ穴を掘り、藁に火をつけて灰を作った。藁はおじさんの知り合いの農家が譲ってくれた。晴天であることも手伝って、僕らは汗をだらだらとかいていた。早野のおばさんがしそジュースを持ってきてくれた。さっぱりと甘く、かすかにえぐみがある。うす赤いジュースは、光を透《す》かして僕の手までを染めた。

おじさんは定期的に様子を見にきてくれたけど、手を出そうとはしなかった。そわそわしていたので、僕らの手つきはよほど危なっかしかったんだろう。

一時間弱の乾燥のあと、穴の中におき火を広げ、乾いた砂を薄く撒いた。

火床の上に土器を置き、上から藁灰をかける。藁灰には保温効果があるので、まるでコタツに入れたかのようにじんわりと予熱ができる。乾燥のときに使ったコンクリートブロックは、風よけのために火床に沿って円形に並べた。このまま三十分ほど置いておく。

この間に、おばさんが作ってくれたおにぎりを食べた。僕らはほとんど話をしなかった。土器は割れやすい。粘土を作る段階から空気を抜くようには気をつけていたけれど、どこまでやれていたのかは完成までわからない。

藁灰の上に薪を置き、火をつけた。いきなり温度を上げないように、少しずつ焚いていく。炎が立ち上がる。

これよりも、もっと熱い炎の中、塩樹林は焼かれた。うっかりすると裏山の焼け跡に思いを飛ばしてしまう。早野も同じことを考えていたのか、戒めるかのように眉間に皺を寄せていた。

薪が爆ぜ、火の粉が舞う。小さなやけどはいくつもできていた。早野の顔も煤《すす》で黒くなっていた。ふいに目が合った。早野が微笑んだ。僕も微笑み返した。

十分に時間が経過したのを確認してから、長い棒でそっと火床をかき混ぜた。土器の色が変わっていく。焦《こ》げ茶色だったのが、だんだんと明るくなり、赤みを帯びた橙色《だいだいいろ》になる。鎮火《ちんか》するのを待ち、棒で灰をかき分けた。火ばさみで慎重《しんちょう》に土器を取り出す。

僕の自由工作的土器は、割れずに無事に焼けた。色も厚みもムラがあったけど、満足の出来栄えだった。早野が作った土器は、四つが割れてしまっていた。

「六つ残れば上出来。よかった」

よほど安心したのか、早野は虚脱をこらえるように目を閉じ、深いため息をついた。

「これで、塩を作ることができる」

そしてやっと、口角を上げた。

僕らを取り巻く問題は、大きなものも小さなものも、何一つ解決していないように思える。だけど、何するものぞとも思えてくる。

炎の中から出てきた土器は、僕らが山から掘り出した土で、手をかけてこね、成形し、汗をかきながら焼き上げたものだ。

結果が残るってすごいことだわ。

姉の言葉を思い出す。手の動きがひとつの形になった。それは無条件に誇りを与えてくれるものだった。勇気をくれるものだった。

＊

「暑さ寒さも彼岸《ひがん》まで」

薫風《くんぷう》っていうのは初夏の風のことをいうんだろうけど、秋に吹く風にも、少し燻《いぶ》されたような、ふっくらした薫《かお》りがある。ピンと張っているんじゃなくて、皺のある柔らかい布みたいな肌触りがする。

「お母さんがおはぎ作るって言ってたよ。堀のぶんもあるって」

「え、ほんと」

「お姉さんとふたり分。帰るときに持っていってね」

野焼きのときより小さな直径の、少し深めの穴を掘り、中心に土器を立てる。倒れるのを防ぐため、土器の底と穴の底との接面の周りに手で軽く土を押し付けた。穴に薪を敷き詰めたら、準備完了だ。樹液を煎熬する竈《かま》は、土器を焼くときと比べれば簡素だった。

「堀が持ってきてくれた樹液」

煎熬中に土器が割れてしまうことに備え、まずはペットボトル一本分の樹液を煮詰めることにした。

「こんな飾りのたくさんある土器なんて、使いづらいのにね」

早野は麻《あさ》ひもをほぐしたものを着火剤《ちゃっかざい》にして、薪に火をつける。

「はっきり言って不便。模様や飾りなんて、あってもなくても塩作りには関係ない。それでも、こういう土器をたくさん作って日々の暮らしを送っていた時があった。模様や飾りには、意味があったんだね。目に見えない存在に呼びかけるための、言葉のようなもの」

煙に顔をしかめつつ、木の棒で薪をつつきながら、おき火の状態に持っていく。

「塩作りは、日常の炊事とは別のものだった。大地や海と通じ合う者が、そのために作った道具で——だけど日常のものと同じ道具で——塩樹の樹液を煎熬した。必要な分を、必要なだけ。ストックしておく分がない。貯蓄がないっていうのはちょっと不安で、不足感を覚える。豊かって、必要以上のものが貯めてあったり、余っていたりすることだから。手元にある分がなくなっても飢えないってわかることだから。そう思うと、余剰分も必要な分ではあったのだから、それも含めてエナは塩を作るべきだったのかもしれない。余剰分は多ければ多いほど安心するのだから、自ずと生産量は増えていくだろうし、塩樹が疲弊《ひへい》してしまうから、量産を戒めるしかなかったんだろうけど」

樹液がくつくつ音を立て始める。早野の作った土器の中で、まろやかな泡が泳いでいる。

「人が豊かって思えることと、自然が豊かに在るってことは、両立しないんだろうか」

地面には、スケッチブックとシャーペンが置かれている。樹液が煮詰まるのを待つ間、絵本の続きを書こうとしていたらしいが、土器の中身の面倒を見るだけで手いっぱいだ。ただ蒸発するのを待てばいいというものではなかったらしい。

「順調?」

僕はスケッチブックを拾い上げ、土を払った。濡れ縁に持っていく。

深樹のスケッチはかなわなかったけど、と早野は冗談めかせて言った。

「図書館の先生に電話して、改めて聞いたんだ。ちゃんと蔵書にしてくれるって」

絵本の完成とともに、早野は退学届を出す。あの学校から、早野の席はなくなる。

早野が決めたことだ。その先のことまで見通せている彼女の足元には、小さくとも確かな明かりが灯っている。

それでも僕は、納得できなかった。納得しようとがんばってきたけど、できなかった。

どうして、学校に行けなくなる人が出るのか。自力で教科書を読み込んで勉強するのと、先生から教わるのと、どちらが情報量が多いかなんて考えるまでもない。ビュッフェで全部食べるのが無理でも、何を食べるのかは選べる。その権利はあるはずなのに。なぜ機会を手放さなければいけないのか。

逃げることは勇敢なことだけど、逃げなくてもいい状況にいる人間と比べたら考えることも怖いことも多い。負荷がかかる。その不均衡《ふきんこう》はどうすればいいんだろう。苦労したぶん成長できるなんて、傍観者《ぼうかんしゃ》のセリフだ。

この問いにいつか何かの答えを出せるのか、わからない。

だけど一生忘れないし、考え続けると決めた。

「私は、恵《めぐ》まれている」

思わぬ言葉に、僕はその意味をうまく受け取ることができなかった。早野は厳しい顔をしながら、小さく揺らぐ炎を見つめている。

「すべてが順風満帆《じゅんぷうまんぱん》なわけではない。努力せずにできたことなんてひとつもない。いいこともわるいこともあって、好きなことも嫌いなこともあって、毎日やじろべえみたいに揺れていて、そのどちらにも傾くことはない」

木の棒を土器から抜き、竈から離れる。

「体のどこも痛くない。お腹が空いていない。日常生活の中で恐怖を覚えることはない。それは当たり前のことではなくて、幸福なこと。お父さんとお母さんがいて、帰る家があって、堀がそばにいてくれて、塩樹を守るための可能性もまだ残っている」

右脚から膝を折り、体を傾けて地面に座った。

「私はこれから、ラクになる。どんどんラクになっていく。受験という目標に向かっていける。自分の感じる世界を感じたまま」

厳しい顔のまま、しばらく樹液の煮える音に耳を傾けていた。

「私と同じように、学校で苦しんでいる人はたくさんいる。逃げたくても逃げられない人もいる。私だけ、ラクになっていいのだろうか」

僕が口を開こうとすると、「わかっている」というように微笑んだ。

「すべての人に義理立てしているわけではなくて」

言葉を選んでいるのか、それとも何か抵抗があるのか、早野は口を結んだ。奥歯を噛み締めるのに合わせて頬が動いた。

「頭の中で声がするの。いまこのときも。お前なんかが幸せになれるわけがない。ブス、汚い、寄るな、死ね。体の痛みが蘇る。悔しさも怒りも憎しみも。私の中に、真っ黒でどろどろしたものがある」

血管が凍るようだった。早野が学校での出来事に折り合いをつけ、未来に進んで行くと思った自分のおめでたさに戦慄《せんりつ》した。

「私に幸運を受け取る資格なんてなくて、身に余るものであるような気がしてくる。すべてを捨てなければいけないような気がしてくる。時々、ここからも逃げたくなる。ひとりぼっちにならなければいけないような気がしてくる。山の穴の中へと」

早野は腰を立て、背筋を伸ばした。

「辛い出来事っていうのは、その最中よりも終わってからのほうが大変なんだと思う。牡蠣《かき》にあたったことある？　とんでもなく辛いの」

早野はくすりと笑った。おき火のように淡くも熱い微笑みだった。

「そんなふうに、体にたまった悪いものを外に出すときは、辛くて苦しい。私はこれから、過去の記憶を吐き出したり、なだめたり、抱きしめたりしなければならない。街路樹を撫でてやるみたいに、自分の冷え切ったところに向けて話しかけてやるの。辛いことはもう終わりましたよ。もうないですよ、って。十年かけてたまったものを片付けるのには何年かかるやら。それでもやるの。どんなに悪夢にうなされても」

潮のにおいがする。海のにおいが、樹液から立ち上っている。

「私は、幸せを恐れたくない。これからもたくさん出会うだろう幸せから逃げたくない。だから、やるの。そのために、苦しみのパイプを断ち切ったのかもしれない。退学を決意したのかもしれない。これ以上、苦しみを供給されないために。掻き出したそばから泥が溜まっていくんじゃ、いつまでたっても私の中は沼のまま。退学届は、パイプを断ち切る斧《おの》のようなもの。解決なんかじゃない。私はここからがはじまり」

「早野は、強いな」

僕は思わずこぼしていた。最低のセリフだとわかっていた。早野は強くなんかない。傷ついて、苦しんで、のたうちまわっている。それでも顔を上げて進もうとすることを強さというならそうかもしれないけど、こんな口調で、こんなタイミングで言うセリフではない。いまのは僕の劣等感が言わせた言葉だ。

「強いのは、堀でしょう」

早野は僕を見上げた。秋の日差しが早野の髪の上をやわらかく滑り落ちていた。

「自分で『試験』してみたり、先送りにせず海の町に行ってみたり」

ぶつぶつと小さく話す声を逃したくなくて、僕は一歩近づいた。

「それはとても、すごいことだと思う。私は……」

早野はうつむいた。髪で顔が見えなくなってしまった。

「堀に助けられてばかり」

その髪がぎこちなく上下する。

「街路樹の手当てだって、堀がいてくれなかったらできなかった」

奮《ふる》い立つかのように顔を上げた。さっきまでの凛々しい顔はどこかに消えていた。不安げな、いまにも泣き出しそうな顔をしていた。早野は、弱い。弱くて強い。僕と同じ、ふつうの十七歳だ。

「それだけじゃない。夏に、海の町から木を通じて声を送ってくれたことも。堀が私の見える世界を信じてくれた。私の見えている世界はちゃんとあるんだ、そこに居て大丈夫なんだって思えた。たしかに感じてることでも、ひとりきりだとわからなくなってくる。私が見聞きしていることは、他の人には見えなくて、聞こえることもなくて、素直に伝えたら頭がおかしいと思われるようなことばかりだったから」

耳の赤みは首筋にまで及んでいた。

「堀が来年海の町に越すって聞いたとき、私は木を通じて話せたことが嬉しくて、その意味に気づいていなかった。堀が海に行くことが、ただ嬉しかった。よかったな。きっと楽しいだろうなって。あのあと、だんだんわかってきた。堀がここからいなくなるってこと」

早野は顔にかかった髪をよけ、「ごめんなさい」と言った。

「とても大切なことだった。ちゃんと聞けなくてごめんなさい。長い間暮らした町を離れるっていうことは、すごく大きなことなのに」

あの時、たしかにつまらないとは思った。少しくらい残念がってほしかった。早野の声を聞けただけで満足していたので、さほどひきずってもいなかった。

気にしないで。なんて言わない。

僕は黙っていた。早野の沈《しず》んだ顔を見ていたかった。僕のためにつくられた表情は、世界一貴重なものだった。

秋風が吹く。夏はいつか去ってしまった。僕がここに居られる時間は、確実に少なくなっている。

「あの……その、いつも、ごめん。私は堀に力をもらってばかり。堀が私にしてくれるほど、私は何も」

「早野」

僕は声を遮るように正面に座り込んだ。背中に炎の熱が当たる。早野は半ば怯えたように目を見開き、少し体を反らせた。

「謝られるのは嫌だ」

なぜ、近いうちに去るとわかっていたこの場所で誰かを好きになってしまったのだろう。早野の頬が紅潮し、はげしく緊張しているのがわかった。それでもまっすぐ僕を見るんだ。はっきりとした声で言うんだ。

「堀。ありがとう」

日常動作に手を貸す以外のことで、決して早野に触れないと決めていた。

動悸《どうき》に揺れる目に吸い寄せられたのは、僕の意志だ。僕は自分から自分に負けた。

早野が焦ったように身を引いても逃がさなかった。腕を掴み、肩を抱き寄せ、胸に閉じ込める。

「好きだ」

*

ダイニングテーブルにおはぎの山があるのは、紘義さんが早野のお母さんから受け取ってきたくれたからだ。あずきときなこと黒胡麻《くろごま》、それから青のり。豪華《ごうか》だ。

僕はソファにうずくまっている。肘置きと背もたれのあいだに顔をうずめ、丸くなっている。

「昔からすねるとこのポーズなのよ。何があったのか知らないけど」

おはぎを頬張っているんだろう、姉の声が籠もっている。

「自分の部屋じゃなくてリビングで落ち込むところがかわいいでしょう。ええかっこしいのくせに甘えん坊《ぼう》なのよね」

憔悴《しょうすい》しきっているので腹も立たない。変人アベックの会話を子守唄《こもりうた》に寝てやる。ぜったい眠れないけど。

僕は何をしたんだろうか。気持ちも確かめていない女性に許可なく触れるなんて、自分だけは絶対しないと思っていた。さっきの僕はただの乱暴者だ。衝動に抗うこともしなかったのだから。

ていうか俺、好きって言っちゃったよね？

机の角に頭をガンガンぶつけたかったけど、顔を上げる気力もない。近くにある尖《とが》ったものといえばソファの肘置きだけだった。尖っているが、非常にソフトだ。自己嫌悪って癒やしようがない。耐えるしかない。

あのあと、早野は僕の胸を押し出すように腕を伸ばし、「あとはひとりでできる」と言った。棒読みだった。

「今日は力仕事もないし、ひとりでできる」

抜け殻のような、掠《かす》れた声だった。早野もどうしていいのかわからなかったんだろう。困らせてしまった。情けなくて死にそうになりながら帰宅し、ソファに崩れ落ちて今に至る。

「明里ちゃんが部屋から出てこないって奥さんが言っていてね」

紘義さんのニヤニヤ声が背中にあたった。

「心配していたんだよ。大洋くん、何か知らないかい」

くそ、性悪ウサギめ。

「大洋、おはぎ食べなさい。おいしいんだから」

「あとで食べる」

「だめよ。みんなで食べるの」

姉は小皿におはぎを乗せ、わざわざ持ってきた。

「おはぎまで私の好物から奪うっての」

ひとりで食べると味がしなくなるというアレだ。紘義さんがいるからいいじゃんとかいうことではなく、こうしているあいだにも時間は過ぎていく。時間経過にいちいちセンチメンタルになっていたら身がもたないけど、僕のいじけに姉がイラつくのは家内安全に照らしても好ましいことではない。溶けかけた棒アイスみたいな姿勢でソファに座り直した。

「大洋くんが落ち込むの初めて見たなあ。いつも飄々《ひょうひょう》ぶってたのに」

ぶって？　聞き捨てならないが拾う気力もない。

「取り返しのつかないことをしてしまったときというのは」

姉から皿を受け取り、顎がしずむほど項垂《うなだ》れた。

「どうすればいいのでしょうか」

姉が吹き出した。どうせ紘義さんも顔をむずつかせているのだろう。笑いたければ笑えばいい。僕はいま、この二人に助言を仰ぐほかにない。

「時ぐすりって言葉もあるくらいだからね。何もせずにいるってことも大切よ。何があったか知らないけど」

「そんな達観したようなのじゃアドバイスにならないよ。フォローは早ければ早いほど誠実だと思うよ。何があったか知らないけど」

正反対のことを言ってきやがる。僕の落ち込みをオモチャにすればいい。

「本当に、取り返しがつかないの？」

紘義さんが言った。微笑んではいるけど、すごく悲しそうであることに紘義さんは気づいているだろうか。

「生きているかぎりは、わりと何とかなるかもよ」

塩樹林が放火に遭《あ》ったのは自分にも責任があるのだと、紘義さんは今でも思っている。自分のせいで喪われたのだと。

「おはぎのお皿をお返ししないといけないわね。大洋、行ってきて」

姉は明るく言い、食器棚から大皿を出しておはぎを移し替えた。

「ロールケーキ買ってあるんだった」

皿を拭き、冷蔵庫からケーキの箱を出して紙袋《かみぶくろ》に入れている。

「おはぎ食べなさいよ。食べてもないのにおいしかったなんて言うんじゃないよ」

姉は紙袋をリビングのテーブルに置いた。

僕はおはぎを小さくかじった。甘みは最小限にしてあるようで、あずきの風味と塩気を感じた。和菓子屋のようなピシッとしたものではなかったけど、腹の奥がほぐれていく。

「今日いかなくてもいいだろ」

「お皿を借りっぱなしにしたくないの。バスは……ほら、十分後にちょうどいいのあるよ」

姉は冷蔵庫に貼ってある時刻表にわざわざ指を当てた。

「紘義さんのほうが近所じゃないか」

「お義兄さんにお使いさせる気」

「おにい……」

僕らは揃って同じ顔をした。姉よ、柄にもないことを言うんじゃない。

一体、どんな顔をして早野に会えばいいのか。

姉はしびれを切らせたように紙袋を突き出してくる。こうなると絶対引かない。立ち上がるしかなかった。

「ついでにお豆腐持ってきて。今日は麻婆豆腐だから」

「へい」

　姉は僕の背中を叩いた。

「時ぐすりって、思いつく限りのこと全部やってやっと処方されるのよ。大丈夫、行っといで」

　この人はいつでも、僕の背中を押すんだ。大丈夫、って。

　部屋に行って身支度をする。呆然とした早野の顔が蘇って、しゃがみこんだ。俺、ほんとに行くの？　姉が「豆腐！」とせっついてくるまで、動くことができなかった。

　イチョウが倒木したときと同じく、僕がこのあと起きる早野の異変に遭遇したのは、偶然だったのだろうか。

　――エナを守ろうとする意志の働きがあることは否めない。

　以前、紘義さんはそう言った。エナを守るとは、一体どういうことなのだろうか。

「意志」とは、何なのだろうか。

　外は、シャツ一枚では肌寒かった。パーカーを羽織ってくればよかった。

　夜の訪れを眺めながらバスに乗り、早野家に向かった。紺色と溶け合う空のふちは燃えるように鮮やかで、トンネル工事の残土を運ぶベルトコンベアが黒い蛇のようにうねっていた。

　早野家の庭は暗い。鬱蒼とした庭の奥に家の明かりが見えると、わけなく安心した。事務所のほうにも明かりが見えた。おじさんはまだ仕事をしているのだろう。明かりを頼りに、塩を煎熬していた場所を見に行く。地面は黒く煤けていたけれど、きれいにならされていた。

「穴埋め、自分でやったのかな。力仕事あったじゃないか」

深い溜息が出た。逃げ帰りたくなったので、塩作りが無事に終わったという喜ばしいことに意識を向けた。この様子だと、もう一本のペットボトルに入っていた樹液も塩に変わったのだろう。

インターホンを押すと、おばさんが出てきた。

「おはぎ、ごちそうさまでした。おいしかったです」

「ふふ、どうも」

紙袋を受け取ったおばさんは、重みに気づいて中身を見た。

「姉からです。お礼にって」

「よかったのに。ありがとうね」

おばさんは階段を見上げて「明里」と呼んだ。早野の部屋は二階にある。段差の多いこの町で颯爽《さっそう》と歩くために、「常に階段に触れておく」必要があるのだそうだ。ストイックである。いまは物音ひとつしない。わかっていたけど堪えた。

「それじゃ、僕はこれで」

「ごめんね、戻ってくるなり部屋にこもってしまって。何かあったのかしら」

僕はぎこちない笑顔をはりつけた。目が泳いでしまう。だめだ、さっさと帰ろう。会釈《えしゃく》するのと同時に、二階から大きな音がした。おばさんは階段を駆け上がり、僕も靴を脱ぎ捨てあとに続く。階段の右側のドアが開いていて、部屋から半分体を出すようにして早野が倒れていた。

顔を歪め、震えている。両手で左の膝を押さえていた。脂汗が滲んでいる。

「明里！　どうしたの」

早野を抱き起こしたおばさんは、膝に手を置き「熱い」と叫んだ。

「左の、膝」

瞬間、総毛立った。「塩の木のものがたり」が僕の中で起動して、まるで点滅するかのように警報を鳴らす。

エナは山の意志を悟り、割れ目に飛び込みました。

たくさんの木の芽が顔を出し、みるみる育ったかと思うと、一晩にして深い森をつくり、塩の木を隠してしまいました。

「種が、発芽しようとしている……？」

膝の中にある種が、その骨を砕いて皮膚を破ろうとしている。

おばさんは震えながらも、混乱を飲み込むように深く息を吸い、吐き出した。

「大洋くん、代わってくれる。お父さんを呼んでくる。紘義くんにも連絡しなくては」

おばさんに代わり、早野の上半身を抱きかかえた。人の体と思えないほど熱かった。

「堀」

早野が薄く目を開き、声をひねり出した。どこかを指している。指の先をたどると、勉強机の上に小瓶《こびん》があるのを見た。僕は早野を床に横たえて、慌てて小瓶を取りに行く。中には、黄色みがかった塩が入っていた。砂状のものではなく、水分を含んでしっとりとしている。

「塩を、土に撒けば、塩樹は根付く。移植を」

そこまで言ったところで、早野は苦痛に呻いて背中を丸めた。ますます体温が上がっている。発火してしまうんじゃないか。

そう思った時、薄暗い廊下に青い光が舞った。ホタルイカが浮遊しているみたいだった。ひとつ、ふたつと増えていく。どうしてここに、海の銀河があるんだろう。

漂う光を目で追ううち、僕の恐慌は静まった。というよりは、何かの力で強制的に遮断されたという方が近いのかもしれない。

いつしか廊下には小さな男の子が立っていた。僕を見て微笑んでいる。男の子のまわりを、大小さまざまな青い光が螺旋を描くように飛んでいた。水滴くんは手招きするように手をひらつかせると、飛び跳ねながら階段を降りていく。僕は小瓶を握ったまま早野を抱き上げた。こんなに軽いのか？　まるで木の葉みたいだ。

古い家の急な階段だし、人の体を抱いているっていうのに、どうしてすいすいと降りることができるのだろう。

「大洋くん？」

階段を降りたところでおばさんに腕を掴まれた。

「大洋くん、明里をどうするの！」

「おじさんと紘義さんに伝えてください。川にいますからあとで迎えにきてください」

自分でも何を言っているのかわからなかった。おばさんを振り切り、水滴くんを追って玄関を飛び出す。坂を下り、橋を渡り、夏に早野と話した川へ……水滴くんが海へと帰ったあの川を目指して走る。

早野の首筋に玉の汗が浮いていた。時々半目を開けるが、呻くばかりだ。気絶もできないんだろう。苦痛ばかりが満ちていく。

心も体も、なぜ早野ばかりが痛まなければならない。やり場のない怒りを飲み込み、「大丈夫」と言った。

「大丈夫だ、早野、大丈夫」

その言葉は僕のすみずみにまで行き渡っていて、願いと確信の混ざった響きに凝縮《ぎょうしゅく》されていた。僕は何度も言った。大丈夫。

滑るように土手を降り、靴のまま川に入った。水中に早野をひたすと、川の水に乗って青い光が寄ってくる。膝にまといついたかと思うと、次々集まって、早野の全身を包んだ。暗い川の中、早野だけが青く光っていた。水滴くんは消えていた。

僕は川にしゃがみこみ、胸まで水に浸かった。両手で早野の背中を支える。長い髪が海藻《かいそう》のように泳いでいた。早野は眠っているようで、表情は平らかだ。痛みは静まったのだろうか。それとも意識と痛みが切り離されたのか。

そっと手を離す。青い光が早野の体を支えているのか、沈むことも流れることもなく、その場に浮いている。

僕は立ち上がった。

「どうして突然、発芽なんて」

塩の木が弱り行くのを止めようとする者がいました。エナという名の女です。

焼けた塩樹林の光景が、脳裏《のうり》に広がる。たった一本だけが生き残った焼け跡を。

「塩はできた。あとは移植をするだけだ。僕らは塩樹を他の森の中に隠そうとしている。

エナの意志と一致しているはずだ」

僕の手の中には小瓶がある。塩樹の樹液から採った塩。この山の土と、海に繋がる塩樹のあいだからできた塩。

「塩樹を移植する――一体、どこに?」

早野はどこに移植をするつもりだったのだろうか。どこでもいいというわけではないだろう。

日没後の紺色の空に、黒い大蛇が踊っている。ベルトコンベアの巨大な影が、視界いっぱいに横切っている。

膝の種は、この地のすべての種を発芽させるスイッチなのだと早野は言っていた。家も道もすべてが、植物に覆われる。

「もしかしたら、もう、移植にふさわしい場所がないのかもしれない」

――行かなくては。

母の声が聞こえた。

――穴を修復し、水脈をつなぎ直す。

真琴ちゃんの声がした。

海の町と山の町は遠く離れている。それでも繋がっていて、伝えるべき相手に伝えることを届ける。

大地は、ことが起きる前から何かを知っていて、呼びかけていたのかもしれない。

事態が思った以上に早く進んでいるのだとしたら。修復が間に合わないのだとしたら。

「ていうか修復ってなんだよ」

フォーメーション。真琴ちゃんは言った。もしそんなことが必要だとして、どうして僕の周りのひとがそんなことをやらなければならない。バランスをつっついたやつらの尻拭《しりぬぐ》いを、どうして僕の好きなひとたちがやらなければならない。誰にも知られることもなく、笑われて、攻撃されて、そうでなければ無視されて。

川の水を蹴った。怒りをどこにぶつけていいのかわからず、しばらく暴れた。頭まで濡れた。僕が動きを止めれば、川の水の音があるだけだった。どれだけ怒ったって、景色のひとつも変えられない。

「早野」

川が青く輝いている。早野はまるで氷の中にいるように、深い眠りに落ちている。

背後で車のブレーキが聞こえた。おじさんと紘義さんの声がする。川に立つ僕と、青く発光する水面を見て、慌てて土手を降りてくる。

*

学校が終わると、自転車で早野の家に行くのが日課になっていた。森のような早野家に入るのにも、いつしか緊張はなくなっていた。僕は知った家に入っていく。家の人たちも僕のことを知っている。

おばさんは事務所ではなく家にいた。早野が眠るようになってから、仕事を台所のテーブルに持ち込んでいる。早野を家にひとりにしておくわけにもいかないのだろう。

おばさんは、僕が何も言わなくても「どうぞ」と中に入れてくれる。僕はそのまま二階に上がる。早野は眠り続けている。ベッドに横たわって、眠っている。

あらゆる嫌な想像など消し去ってしまうくらいに静かだ。まるで早野の時間だけ止まってしまったみたいだ。実際、そうなのだろう。青い光の影響なのか、いまの早野に栄養も排泄《はいせつ》も必要ない。髪や爪は少しずつ伸びているので、生きていることには違いない。

早野の体ごと、膝の種が凍結されたみたいに思えた。発芽がストップしたのはいいけど、早野も目を覚まさない。目覚めさせる方法は、語り部も我儘者もわからないようだ。

方法がわかったとして、目覚めさせていいのだろうか。今度こそ膝の種は発芽して、この町を緑でリセットしてしまうかもしれない。その時、早野はどうなるのだろうか。膝が裂け、体が樹木に飲み込まれ、千数百年前のエナと同じくこの山の核《かく》となるのだろうか。

目覚めても、目覚めなくても、早野は前と同じようにはもう生きられ――

「うるさい」

勉強机の脇にある本棚《ほんだな》には、教科の数だけファイルがある。僕が持ち込んだ。そのファイルに、一日分の授業ノートのコピーを綴《と》じていく。早野が日常を取り戻したとき、遅れをすぐ取り戻せるように、丁寧にノートを取ることにしたのだ。受験勉強も待っている。独学で勉強するよりも、教師の声を書き留めたノートがあれば、多少は参考になるんじゃないか。手を動かすことで何とか僕自身のバランスを取っているところもあった。

一日の終わりに、ノートのコピーを綴じに来て、その日の出来事を早野に語る。この日課のおかげで、授業にも身が入った。先生の言葉を聞き漏らすわけにはいかないからだ。結果的に成績は上がっている。当たり前か。ノートを取っているのは僕なんだから。「成績を上げる」ということそのものが目的だったら、絶対できなかったと思うけど。

勉強机の天板は、あの日のままになっている。転がった絵筆、広がった画用紙。いままでスケッチしか見たことがなかったので、淡い水彩画の絵本であると初めて知った。緑の重なりが透けるようで、きれいだった。物語の文章も、途中まで書き込まれていた。

塩は飛ぶように売れ、山は裕福になりました。

かわりに、塩の木は弱っていきました。

弱々しく細い木が、暗い背景の中に浮かんでいる。このページだけ文字がブレているように見えるのは気のせいだろうか。あの日、塩作りを終えてから倒れるまでのあいだに書かれた文字。僕が早野に好きだと言ってしまった日の原稿。

「やっぱ気のせいじゃないよな」

他のページと比べても、異様に文字の勢いがある。よほど動揺させてしまったんだろう。僕はベッド脇の床に座り、あぐらをかいた。白い顔の中で、唇だけが赤い。髪の色も、黒さを深めたように見える。きれいには違いなかったけど、まるで知らないひとのようだ。生き残りの塩樹はまだ裏山にいる。どこに移せばいいのかわからないままだった。たった一本生き残った最後の塩樹を、僕がいじっていいのかもわからない。早野から塩を託されてはいたけれど。

「おーい、早野」

歯がゆさに身震いした。あぐらをかいた膝を、軽くゆらした。

家に帰ると、郵便ポストに一通の手紙が入っていた。大人の文字でこのアパートの住所が書かれており、くせのある字で『いといがわまこと』と続いている。

ほり　たいよう　さま
「真琴ちゃん？」

リビングのカーテンとサッシを開けた。風がゆるやかに流れ込む。西日を背にして、手紙の封を切った。その手紙は、折り紙の裏にサインペンで書かれていた。

たいようくんへ！


おげんきですか。わたしはとってもげんきです。

ときどき、うみにはいるよ。しんじゅにはいかないよ。おとうさんとおかあさんとあそぶのがたのしいよ。またいっしょにあそぼうね。

わたしはうみにおねがいしました。たいようくんをたすけてくださいっていいました。たいようくんはこまったかおをしているね。

わたしは、かおをあらうときや、おふろにはいるときに、たいようくんをたまにみます。

わたしは、おとうさんやおかあさんがこまったかおをしているときも、うみにおねがいをします。わたしはこまったかおがきらいです。たいようくんにわらってほしいので、おてがみかきました。

ばいばい！

いといがわまこと

文字が大きいので、折り紙二十枚に渡る大長編の手紙だった。

「海にお願い……」

早野が倒れたとき、無数の青い光とともに水滴くんが現れた。水滴くんが先導してくれたおかげで、種の発芽を停止できた。早野の体ごとではあったけど。

あれは、真琴ちゃんが派遣《はけん》してくれたものなのだろうか。水滴くんはお遣いで来てくれたのだろうか。あの川は「水滴くん」が消えた川でもある。遠くたどれば、海に繋がっている。

——たいようくんはこまったかおをしているね。

まるで僕の苛立《いらだ》ちを読み取っているみたいだ。眠り続ける早野、焼け跡の塩樹、周りにあるのは僕を焦らせるものばかりだ。そして僕はなにもできない。

ベランダに出た。駐車場には一本の背の高い木がある。樹種はわからない。縦長で薄い葉は、気温が下がるにつれ変色していた。すでにちらほらと散っている。

「真琴ちゃん。お手紙ありがとう」

呟くと、どこからかくすくすと笑う声が聞こえた。

「種のおねえさんのおうちの庭の木と、神社の裏山の塩樹が、声でつながっていたの」

「真琴ちゃん？」

「おねえさんとたいようくんは木でおはなししたでしょう。そのときのつながりの水脈がのこっていたの。だからはやく到着できたの。膝の種がおきるのを止められたの」

すごい発見をしたというように声が弾《はず》んでいた。あの頬が赤くなっているのが浮かんだ。

「海で会ったあの男の子は、たいようくんの町までの道をしっていた。海の光をつれて、おねえさんをむかえにいってもらうようにおねがいしたの。道をしっているひとが、つながっている道をとおるのがいちばんすぴーでぃ。おにかなぼう」

「真琴ちゃん、いま木に話しかけているの？」

「いまさらなにいってんの。だから声が聞こえるんでしょ。大洋くんばかなの？」

「ばかって言ったほうがばかなんです」

悄然《しょうぜん》として言い返すと、またコロコロと笑い声が聞こえた。

「ばかたいよう」

ベランダと木には少し距離があるが、真琴ちゃんの声ははっきり聞こえる。

「わたしはこまった顔がキライなの。わたしがかなしくなるからよ。なのに大洋くんは、わたしをかなしくさせる。どうしてよ、ばかだからでしょ」

手すりに重ねた腕に顎をうずめた。どこかで落ち葉焚きでもしているのか、風がくすんだにおいを運んでくる。

「わたしは大洋くんがすきよ。大洋くんもわたしのことがすきなら、わらっていて。わたしのことがキライなら、そのままでいればいいわ」

真琴ちゃんからそう言われた瞬間、ベランダから見える景色が急に近づいてきた。山や低い建物の連なりがぐんと迫って、まるでゴムパッチンされたみたいに額にぶつかった。目の前に火花が散る。海の町から飛んできた真琴ちゃんのムチが直撃したみたいだった。

次には、不思議な感慨を持って目の前の景色を眺めていた。様子はなにひとつ変わっていないのに、まるで初めてそこに景色があることに気づいたような心地がした。体が重く感じた。足の裏にコンクリートの冷たさを感じた。さっきまではどうだっただろう。西日の熱を、僕は感じていただろうか。早野や塩樹にばかり思いを馳せていたせいで、自分の体がいまどこにあるのか、わかっているようでわかっていなかったのではないか。自分が何とかしなければと思い込み、何もできない自分に苛立っていたのではないか。

リニアの用地取得に対して、ホタテさんも同じ気持ちだったのかもしれない。そげんなりしたらもう一段階、体が重くなった。重くなった分、苛立ちが軽くなった。そして、悔しさが滲んで来た。さんざん思い知らされてきたことが、改めて克明《こくめい》になる。僕ががむしゃらに動いたところで、事態は変わらない。

どこかに魔法使《まほうつか》いの住む山があって、解決の薬が手に入るのなら、どんな危険があったって行く。たぶん（いろんなことがありすぎて、「絶対」なんて言えなくなっている）、そんなものはない。少なくとも、いまの僕は知らない。

知恵《ちえ》はないのに体力だけはあるものだから、悶々《もんもん》とするしかなかった。焦って、苛立って、自分を責めた。そういう暇つぶしのやり方をすると、真琴ちゃんが傷つく。比喩ではない。顔を洗うときの水道や、湯船の中でさえ、僕を見るときがあるという。真琴ちゃんは騙《だま》せない。遠距離にいる相手にわざわざ共感なんかしなくていいのに、僕が沈めば、あの子は自分がそうされたように悲しみを覚える。

「それは、いやだな」

いまの僕は、とてもぎこちない。そんな僕にできるのは。

「こまってないかお！」

ベランダの柵によりかかり、木に向かって変顔した。見えるはずもないんだけど。

木からは何も聞こえなくなった。お嬢様《じょうさま》は満足されたのだろうか。

肘を曲げたり伸ばしたりしながら、ちくしょう、と呟いていた。考え得るかぎり、僕にできることは、おもしろくもないことだけだ。眠りに落ちた姫《ひめ》を助けるために大冒険《だいぼうけん》に出るなんてありえない。状況は、僕などお呼びでないのだ。

毎日学校に通うこと。姉と食事をすること。「試験」のせいでガタ落ちした成績を挽回すること。早野のためにもノートを取ること。日常を生きなければ、頭だけが膨れて、焦りに支配され、顔が沈鬱になって、真琴ちゃんにダメージを与えてしまう。姉をひとりぼっちにして、貯金通帳ばかりを豊かにしたときも、僕は体を焦りに貸していた。焦りに対抗する方法を、僕は日常に求めることしかわからなかった。ほんとつまらない。体の重さを感じながら、瞬間ごとを過ごしていくしかない。すごく疲れる。焦りに身を任せたほうがラクだ。興奮物質でハイになっているようなものだから。

勢いをつけずに日々を過ごすことの、なんて退屈なことだろう。退屈だからこそ、姉とゆっくり話ができ、紘義さんとも話ができ、父と電話もでき、真琴ちゃんに手紙の返事も書けた。いまの僕の仕事は、退屈の中にしかなかった。

僕にはもうひとつ、大切な仕事があった。早野のかわりに通学路の街路樹に手当てをしてやることだ。やり方なんてわからないけど、傷口を撫でながら話しかける。

「事故はもう終わっていますよ」

毎朝、僕の後ろを、制服を着たやつらが素通りしていく。

僕におはようを言ってくれるやつが、一人か二人いてくれる。

それだけでもう、じゅうぶんだと思う。

*

姉と紘義さんの新居は完成し、引っ越しも進んでいた。来年の春まではアパートと新居を往復するので、完全に物が運び出されたわけではなかったけど、知らない家みたいになっていた。

姉はドレス決めに引き出物選び、食事決めやら席次表の相談やらで大忙《おおいそが》しだった。岡島家の町内の婦人会にもすでに顔を出している。仕事から帰ってきてもすぐに出かけていくことが増えた。そういうときは僕が食事を作った。大したものは作れないけど、出来あいのものよりは姉が落ち着くのを見るからだ。

打ち合わせや準備から帰ってきて、ソファに倒れこむのもしばしばだった。気疲れ、と姉は言った。

「姉ちゃんも気疲れなんかすんの」

「するわ」

姉はこちらを見ようともしなかった。いまなら日ごろのお返しができそうだが、フェアではないからやめてやろう。

たしかに、町内会のご婦人方や、岡島家の御親戚《ごしんせき》ににらまれたらこの先やっていけない。この姉だ、全身にキッチリと猫をかぶるだけでも奇跡《きせき》の行いだ。

姉の手の甲《こう》に傷がある。ミミズ腫れになっている。空気あたりしたのだろう。

「大丈夫かい、姉ちゃん」

姉は、紘義さんと出会ってからずいぶん穏やかになった。意地の悪さは変わっていないけど、張りつめたようなところは消えていた。紘義さんはいつも静かに姉を見守っている。姉に近づく男にはおっかないけど、群れを守るライオンと思えば頼もしい。ウサギの顔をしたライオンだ。紘義さんと姉は、確かに想い合っている。見ていてわかる。ごまかしていたり、どちらかが偽《いつわ》っていたりすれば、僕にも気持ちの重さとして伝わるからだ。

この二人なら大丈夫。僕はそう信じることができる。だけど、この二人は、協力してなにかを背負おうとしているようにも思える。

土地の記憶を汲み上げる男と、人魚の現身の女。

結婚式は可能な限り簡素化して行う予定だそうだが、もともとがド派手婚の風習がある町なので、削っても削っても派手さが消えない。紘義さんのご両親は若夫婦の好きにすればいいと言っているようだが、周りがうるさいのだそうだ。そこには結構な額の資金が要る。姉と弟の二人暮らしである我が家に財力はない。生活費は父から多少の援助があったものの、蓄えるほどの余裕はなかった。この婚礼は、岡島家が費用の大半を負担している。ドレスや白無垢《しろむく》も、すべてだ。この不均衡を、姉は立ち回りで整えるしかない。体ひとつで何とかするしかない。

経済力の不足ってのは、不便だ。窮屈《きゅうくつ》だ。金がないというだけで頭はおさえこまれ、身振りは制限され、選択肢は限られ、立場には不均衡が生まれ、姉は猫をかぶる。

きちんと言葉にして頭に刻みつけ、この気持ちの重さを胸に染み込ませた。この先絶対に、手放さないように。金を稼ぐことを生きる目的にはしたくないけど、金にだけは振り回されない。

「お茶いれる」

僕はやかんに水を入れ、火にかけた。湯が沸《わ》くのを待ちながら、台所のカレンダーを眺める。もういくつねると、結婚式。

「父さんたちはいつ来るの」

「前日。ホテルも取った」

「このアパートに三人が泊まるのは狭いもんな」

姉の返事はなかった。

「姉ちゃん？」

「寒い」

僕は慌ててコンロの火を消した。ソファで姉がうずくまっている。手足が膨れ、顔も腫れ上がっていた。蕁麻疹《じんましん》か？　まるで蜂《はち》に刺された人のようだ。

「病院！　タクシー呼ぶ！」

僕は毛布を姉の体に巻きつけ、スマホを掴んだ。

「病院には、行かなくていい。丘に行く」

「丘？　どうして」

「大丈夫。運転できる」

「だめに決まってんだろ」

「紘義さんにお願いする。紘義さんを呼んで。丘に行く」

姉は腫れた顔を隠すように毛布をかぶった。僕は紘義さんに電話をかけた。姉の体が腫れ上がったと伝えると、いますぐ行くと言い終わるより先に電話が切れた。

「空気あたりの最上級」

声は掠れていたけれど、口調はのんきだった。寒いというので、毛布をもう一枚出して背中をさすってやる。

「一体、どんな毒にあたったの」

「掘り起こされている」

「どういうこと」

「私とお母さんの体質。酸素みたいに、目に見えなくても作用のあるものが、この世にはたくさんある。私たちはそのなかの、有害なものにいちはやく反応する。炭鉱のカナリアみたいに」

「自分のことそんなふうに言うな」

思わず語気を強めた。早野も同じ言葉を使っていた。丘の木々は炭鉱のカナリアだと。

僕は息を吞んだ。

「人魚は環境の変化に敏感だった。きれいな水、きれいな空気の中でしか生きられなかった」

人魚。姉の口からその言葉が出てきたことはなかった。僕らは意識的に、そういう話題を避けてきた。僕が海に惹かれることも、姉の体が時折光ることも、現実の出来事でありながら言葉にはせず、目をそむけてきた。僕らは「普通」を維持しようと懸命になっていた。「普通」の姉弟でいることが、暮らしを守るということだった。

姉は暗黙《あんもく》のルールを、そっと、解除した。

「在るべきものが在るべき場所にいられなくなっている。掘り起こされている」

毛布から垣間見える姉の手が、ほの白く光っている。

「土の中には、そのままにしておかなければならないものがある。『それ』が地表に出始めている」

姉は深い溜息をついた。口調は淡々としているけれど、辛いはずだ。僕は姉の背中をゆっくりとさすり続けた。

「私たちが暮らす土の下には、長い時の連なりが保存されている。この土地の地下環境は、保存の力がすぐれて高い」

夏至の日、おばさんから聞かされた話が蘇る。

かつてここには人魚がいた。しかし化石は出ない。死ぬと細かな粒子になって水に溶けるから。土中に栄養を与えながらゆっくり地下に降りていき、最終的には岩石や水とともにしなやかな地層を作る。

「化石の話だけではない」

姉の腫れた手が、何かを包むような仕草をした。

「この下には、鉱物の集まりである岩石と、豊富な地下水にぴっちりと満たされた地下環境がある。地表からは深く離れ、酸素もなく、生物の動きもない、何者にも浸食さない領域。壊されることがなかった世界。その世界を構成している鉱物には『それ』を吸着して集め、固定する力がある。水と岩が、まるで繭のように機能して、『それ』を包み込んでいる。地表から、隔離しているの」

姉は小さく呟き込んだ。

「人魚の亡骸《なきがら》が地下世界にまで到達すると、そこを満たす水と一緒になって繭を包んだ。ときには他の充填《じゅうてん》鉱物とともに繭を修復した。そのようにして、繭は長らく保たれた」

姉は頭まで毛布をかぶったまま、ソファを滑り降りて床に寝直した。よほどつらいにちがいない。

「この場所が海ではなくなったあとも、人魚は時折水脈に乗って遊びに来た。繭を撫で、子守唄をうたって、『それ』がそこに在り続けられるようにした。まさか強引に掘り起こされるなんて思ってもいなかったでしょうね。人間が地下深くにトンネルを作ったり、ボーリングできるようになるなんて。太古の人魚は予想だにしなかったでしょう。まさか繭が壊されるなんて」

僕の頭の中に、ひとつの仮説が浮かんでいた。いま姉に尋ねることではなかったかもしれない。だけど、早野の目を覚ますためのヒントになるかもしれないという期待があった。

その時僕は、姉よりも大切な存在ができていたことに気づいた。

「『それ』っていうのは――千数百年前の、エナの体？」

姉の毛布がわずかに動いた。首を振ったのだろう。

「それは誰にも見つけることはできない」

今も、どこかに塩の木があるのかもしれませんが、誰にも見つけることはできません。

インターホンが鳴った。

「『それ』のことはたぶん、明日の朝刊に載《の》るわ。玄関、出てくれる？」

紘義さんは部屋に入るなり、毛布ごと姉を抱き上げた。姉と紘義さんの身長はほぼ同じで、細身とはいえ姉にもそれなりに重量はあるはずだが、まるで木の枝を拾い上げるがごとくひょいと抱き上げてしまった。無表情ながら険しい目をした紘義さんは、「人ならざる」という表現にふさわしい空気をまとっていた。土地の記憶の力、山の闇の力、言い知れぬものの依代としての現れのひとつが、この怪力なのだろうか。修学旅行のお寺で見た、仁王様の像を思い出した。

「大洋も来る？」

毛布の中から声がした。

僕と姉はセダンの後部座席に乗った。姉は苦しげに息をつき、僕にもたれてくる。紘義さんは無言で車を走らせた。荒い運転というわけではなかったけど、速度が上がっていた。後ろ姿に焦りが見えて、僕はようやく安堵した。いつもの紘義さんだ。仁王様ではなく、小巻ちゃんのことが大好きなひとりの男性がハンドルを握っている。

山を上がり、丘の駐車場に車が停まった。

「行っておいで」

紘義さんはシートベルトを外し、背もたれに体を預けた。

姉はそっと毛布を脱いだ。暗闇の中で、全身が発光していた。いつもよりも強い。姉の体内に入ったものに対して、光が過剰反応しているみたいだ。体が腫れ上がったのはアレルギー症状みたいなものだったのかもしれない。

姉はドアを開け、僕を振り向いた。僕も一緒に外に出た。

僕らは、廃墟《はいきょ》のように横たわったイチョウの前に立つ。暗闇の中では、巨大生物の化石のようにも見えた。

「姉ちゃんは、どうしていつも、イチョウに会いに行っていたの」

「空気あたりをおさめるには海に入るのがいちばんいいのだけど、この町は海から遠く離れている。だけどここはかつて、海辺だった」

イチョウの木肌を撫でている。

「この大イチョウはマザーツリーで、遠くまで水脈のネットワークと繋がっている。私の魂を水脈に乗せ、リレーのバトンのようにして海まで連れていってくれる。近所の川にも海まで繋がっているところがあるけれど、あそこは人通りもあるし」

水滴くんの帰った川のことだろうか。

「川の真ん中に立ち尽くす女。しかも体が光っているなんて。得体の知れなさは『外からきたもん』の比じゃないわ。町にいられなくなってしまう」

「だから夜に、イチョウに」

「夜なら人気もないからね。私が海に繋がることはお風呂に入るみたいなもので」

姉は根元にまわり、手の平に軽く根を刺した。

「イチョウはもう、地に繋がってはいない。策もないから丘に来たけど。これから、どうしようかしら」

それでも、姉の光が少しずつ弱まっていく。手足の腫れが引いていく。イチョウはもうないのに。姉も不思議そうに自分の手を見ていた。

「根の名残が、土中に残っている?」

何かに気づいたように顔を上げ、鎮守の杜の奥へと目を向けた。振り向いたときには、腫れは完全にひいていた。

「大洋も見たんだよね。海の中の大きな樹木。深樹を」

しばらくためらった。結局、僕は頷いた。

みぞおちのあたりでゆるく渦巻《うずま》く辻風《つむじかぜ》に、夕立に似たにおいがあった。夏を見送るときのにおい、別れのにおいだ。

「姉ちゃん」

話すまでもないことなのかもしれない。人魚。深樹。その言葉が出たのならもう十分なのかもしれない。

それでも僕は、夏至の日からのことを伝えなければならなかった。言葉を使って、通じ合わなければならなかった。夏至の日にプールに飛び込んだこと、早野明里というひとに助けられたこと、その家で豚汁を食べたこと。早野明里の膝には種があること。

「姉ちゃんが、バイトをやめろっていったのは」

「うん。夏至の力を感じていたから」

「わかっていたんだね」

姉は、母の行方についても何か知っているのかもしれない。尋ねることはためらわれた。僕が意識的に避けてきた「原因探し」に繋がる気がして怖かった。

両親が離婚しなければ、幼い僕らが母ひとりに依存することはなかった。母が消えなければ、僕らが二人暮らしをすることはなかった。僕らが二人で暮らさなければ、姉の時間を奪ってしまうことはなかった。いや、そもそも、両親はなぜ離婚したのか……。

不毛だ。さかのぼればどこまでも行ってしまう。原因というやつは手を伸ばすほどに逃げていく。原因にはそれを産んだ原因がある。僕は、そういうたちごっこから必死で距離を取ってきた。なにもできなくなる気がしたからだ。

罪悪感はいつも側にいる。ずっと昔からある。すべて自分のせいだと思ったほうが、世界は単純になる。単純なほうが楽だ。そんな楽さは持ちたくない。それでも。追い払っても追い払っても頭の片隅に、小さな自分がうずくまっている。僕に、こう問い続けている。

――ボクガモットイイコダッタラオカアサンハソバニイテクレタ？

なんの脈絡もないようで、僕からは去ってくれない声。原因探しをしないということは、誰のせいにもしないということ。誰のせいにもしないということは、自分自身に理由を求めなければならないということだ。そこにしがみつかなければ、沼に沈んでしまう。何にも依存せず立っているなんてできるはずもない。

――ぼくがわるいこだったからおかあさんはどこかへいってしまったんだ。

過去に沈まないために、自分の中につくった出っ張り。そこにしがみついていること自体を、僕は無視し続けてきた。

自分がいちばん必要なものを、真っ先に無視することで、溺死《できし》すれすれの水面から顔を出していた。

「姉ちゃん」

「なあに」

「俺たちは何者なの」

「ちょっとヘンな、ふつうの人だよ」

姉はまるで小さな女の子のように微笑んだ。

「大洋は、いまでも海が好きでしょう」

頷くのがためらわれた。

「海の町に越したら海に行けるね。テレビで一緒に観た、フリーダイビングの世界大会を覚えている？　あの人たち、とてもきれいだったね。体ひとつで、海の深いところまで潜っていたね。まるで水に迎えられるみたいだった。大洋も、海の町に行ったらやってみればいい」

「行ったからってすぐできるものではないよ」

それはたしかに、僕の頭の片隅に現れていた小さな点だった。襟《えり》についた絵の具のしぶきのように、自分では確かめがたい位置にある点でもあった。「子ども」という名のそのシャツを脱げば、絵の具の色を確かめられる。けれど脱いだら、二度と着ることはできない。

「きっとスクールだってある。昔のようにすいすい潜水できないかもしれないけど、楽しければいいじゃない。うん、きっとしあわせだわ」

僕は頷いていた。これで知らないふりはできなくなった。

海に潜ってみたい。水に同化するのではなく、制限のあるこの体を使いこなして、海の中に行きたい。海のそばにいて、海と一緒に生きていきたい。

「俺は」

海の話になると、なぜ泣けてくるのだろう。

「俺はずっと」

姉に対する負債感が、喉を抑えてくる。僕は知っている。友達と遊ぶことが楽しいということ。時間を気にせず過ごすことの豊かな退屈《たいくつ》さ。自分のことだけ考えて、自分のものをすべて自分のために使うことの無敵感と後ろめたさ。そういうものが、どれだけ自分のなかに彩りを増やしていくかということを。姉は僕のためにいつも家にいた。遊びに行っても時間になれば帰ってきた。収入は家計へと流れた。自由などなかった。

僕だけが遊び呆けていたわけじゃない。姉は僕をしっかり子どもの世界へと送り出してくれた。ガキの頭しかなかった僕は、そこに気づくのに時間がかかってしまった。

姉は微笑んだまま、僕を見ている。僕の言葉を待っている。

母が失踪したあのとき、僕はこの町にいたいと願ってしまった。姉はその願いを察して、弟の保護者役を引き受けた。僕が素直に海の町に行っていれば、姉は自分のためだけに生きられたのに。いまさら海に帰りたいなんて、どの口が言えるだろう。

僕が声を出さなければ、この時間は終わらない。それでもよかった。言ってしまった時が、本当のお別れの時だとわかっていた。実際には結婚式までまだ日にちがあるし、僕が引っ越すのは来年の春だ。それでも、いまこのときが、僕と姉の人生が別れる瞬間だった。

そしてこれは、姉を僕から解放するための言葉でもあった。

「俺はずっと、海に帰りたかった」

姉はゆっくり肘をさすりながら頷いた。

「もう、我慢しなくていいよ」

「この町が嫌いなわけじゃないよ」

「だれがそんなこと言うの」

姉は少し呆れたように笑った。

「ここは、私たちが十年暮らした町。海との繋がりを残した稀有《けう》な町。いまも海のにおいがする。わかる?」

姉は鼻を軽く撫でた。僕は深く息を吸う。潮のにおいに重なるように、甘い香りがした。

「クチナシのにおいもする。こんな季節に咲いているはずもないのに。どうしてだろう」

姉が怪訝な顔をした。

「私には感じない」

「うそだろ。たしかにあの奥からする。鎮守の杜の方から」

「行ってみたら」

姉は鎮守の杜と僕とを交互に見た。海の町でも神社の裏山に入ったけど、あれは樹液を採らなければならなかったからだ。理由なく入るのは躊躇《ためら》われる。

「きっと、呼ばれているのよ。呼ばれたのなら、行かなくては」

寒気なのかもわからない。しびれが、皮膚の上を駆け抜けた。

無表情にも見える姉の顔は、感情を喪っているわけではなく、ドコカからナニカを感受しているときのものだった。僕にそれがわかるのは、かつて同じものを見たからだ。

海の町で、母が、「行かなくては」と言ったときと、同じ顔だったからだ。

「私は車で待ってる」

有無を言わさぬというように僕の背中を軽く押し、車の方へと戻っていく。

ドコカとはどこだ。ナニカとは何だ。僕の中に、小さな声が浮かび上がる。ヒトが持つ情報の最基部、魂の記憶から。一粒の水泡が浮上するかのように、ささやかなキーワードが立ち上る。

意志、と。

鎮守の杜は、長らく人の立ち入りが制限されていた。湧き水と土地本来の植生が形づくるこの場所は、山の町の暮らしの源だ。大切な場所であるから、神域とされた。

濃密な闇の圧迫感はすさまじく、なかなか足が進まない。引き返そうと思ったけど、クチナシの香りはさらに濃くなっている。意を決して踏み出した。スマホのライトで足元を照らしながら歩いていく。

鎮守の杜の中に、クチナシらしき木は見当たらなかった。香りが消えていたことに気づくのにも、しばらくかかった。あまりに強い香りだったので、鼻腔に残っていたのだろう。

僕は樹木に詳しくないけど、ひとつふたつの樹種であれば、特徴《とくちょう》を覚えてしまえば判別はたやすい。なめらかで白味がかった灰色の樹皮には、まだら模様が入っている。葉は先の尖った卵型で、フチは丸い波状になっている。すらりとした立ち姿はブナに似ていた。肌寒い山中は、すでに紅葉が始まっている。ブナは落葉樹だけど、塩樹は常緑樹だ。ここにあるブナに似た木は、青々とした葉をつけていた。樹皮の裂け目から、樹液が滲んでいる。指をつけて、口に入れた。苦味にも似た強烈な塩気があった。

「塩樹……」

塩樹が無数に立っている。太くて背の高いものばかりだ。樹齢はかなりのものだろう。

「ここは、胎盤を埋めに来る場所だったんだ。胞衣の、寝床だったんだ」

立ち入りの禁止された場所、神域とされた場所で、塩樹は守られてきたんだ。

「ここに塩樹林がある。早野の家の裏山でおしまいなんかじゃない。だったら、どうして」

早野の膝の種は発芽しようとしたんだ。この町を緑で覆ってしまおうとしたんだ。

次の瞬間、僕は悪寒《おかん》に殴られたようによろめいた。

「ここにしか、ないからだ」

たくさんの木の芽が顔を出し、みるみる育ったかと思うと、一晩にして深い森をつくり、塩の木を隠してしまいました。

「失われてからでは遅いからだ」

かつては至るところにあった塩樹は、ほかの木々とともに切り倒され、あるいは環境の変化とともに衰弱していった。早野家の裏山の塩樹林も一本だけを残して消えた。

塩の木のありかがわからなくなった人々は、二度と塩を作ることができなくなりました。

「ありかがわからなくなった」どころではないだろう。家も畑もすべてが樹木に覆い尽くされた。暮らしは緑に埋もれ、開墾《かいこん》からやり直さなければならなかった。

今も、どこかに塩の木があるのかもしれませんが、誰にも見つけることはできません。

この丘にリニアのトンネルが直接通るわけではない。それでも、鎮守の杜の湧き水を引く神社の溜池は、工事開始とともに濁り始めた。炭鉱のカナリアと言われた丘の大イチョウは、ある日突然倒木した。クチナシの香りは何だったのか。どうして僕はここに呼ばれたのか。塩樹林は僕に何を伝えようとしているのか。僕に何ができるのか。

右の手を胸の高さに上げ、何かを握るかのように形作っていた。早野が僕に託した塩樹の塩は、どこに行くこともなく僕の勉強机の上にある。

「塩を、土に撒けば、塩樹は根付く」

早野の姿が、僕の中に立ち上る。

街路樹を撫でるときの顔。膝に種があると言ったときの顔。川に佇んでいたときの顔。講堂の影で腕を噛んでいたときの顔。樹液のボトルを抱きしめていたときの顔。土をこねていたときの顔。土器を成形していたときの顔。小さなやけどをつくりながら、土器を焼いていたときの微笑み。塩樹を煎熬しながら、僕に礼を言ったときの、動悸に揺れる目。

必死に、現実と戦い、もがいてきたひとがいる。塩樹を守ろうとしているひとがいる。

僕はそのことを訴えなければいけない。深く暗く、僕なんかでは向き合うことすらできない、時のつらなりと大きな意志に。

「お願いします」

小瓶の形に丸めた右手を、左の手で覆った。僕だけの祈りの形だった。

「お願いします。もう少しだけ、待ってください」

僕は走り出していた。鎮守の杜を抜け、車まで戻り、勢いよくドアを開ける。

「紘義さん！」

運転席で宙を見つめていた紘義さんと、後部座席でまどろんでいた姉は、そろって飛び上がった。

「塩樹の移植を手伝ってください！」

紘義さんは何を言われたのかわからないようで、眉間に皺を寄せている。

「鎮守の杜の中に塩樹林があったんです。早野造園の裏山にいる塩樹をそこに移植します。塩は僕の手元にあります。ほんとうはエナが植えたほうが根付きやすいのかもしれないけれど、そんなこと言っていられない」

何が正しいのかはわからない。どうすればいいのかもわからない。リニアは止まらない。塩樹の存在は「ありえない」まま、一部の人にしか認識されない。それでも僕は、どうにかして意志を示したかった。どこにいるのかもわからない、どう伝えたらいいのかもわからない相手に。

この地を愛している人がいます。この地で生まれ、暮らしている人がいます。どうか待ってください。もう少しだけ時間をください。

その意志を示す方法として、塩樹を移植する。焼け跡に佇む塩樹を、鎮守の杜に移す。神域の中で守られている塩樹林に。

「紘義さんも一緒にやってください。明日、早野の家にお願いに行きます。おじさんにも協力を頼むつもりです」

紘義さんは何も変わっていないように見えるけど、裏山の塩樹が消失したことへの自責の念にずっとつきまとわれている。ホタテさんの自尊心を折り、破壊的な行動へと向けさせてしまった後悔に。

いじけている人に対してそこまで気を遣う必要もないし、はっきりさせなければ姉に危害が及んだかもしれないのだから、紘義さんが自分を責めることはないと僕は思っている。だけど大きなものが失われたあとには「ほかにやり方があったのでは」と悔いが浮かぶ。そこから抜け出すことは難しい。出会えなかった未来ほど美しく見えるからだ。

つらいなあって思うときは、いつも手を動かすの。

早野もそう言っていた。考えているよりも、手を動かしたほうが答えをつかめるときがある。小さな満足感であっても、そのふくらみが思考を違う方向へと向けてくれる。立ち止まっているよりは何かが動く。その場で眠っていたいのなら無理には起こさないけど、移植は人手が多いほうがいい。

「大仕事だね」

姉が微笑みながら、紘義さんの肩をぽんぽんと叩いた。

「仕事のシフトを確認して連絡するよ」

紘義さんはしばらく眉間を揉《も》んだあと、頷いた。

翌日の朝刊、姉は地方版をテーブルに広げた。

リニア新幹線のトンネル工事建設によって発生した残土から、ウランが検出されたと書かれていた。ごく微量であり、管理値を下回るため、人体や環境には影響がない——と。

記事によると、この地域には、日本最大級のウラン鉱床《こうしょう》があるらしい。

自分が暮らす土地のことなのに、僕はその存在すら知らなかった。知ろうとしなければ知れないことが、たくさんあるのかもしれない。

「ウランって、核燃料《かくねんりょう》になるやつだよね」

「そうね」

ウランについてインターネットや物理の教科書を眺めてみたけど、朝の忙しいときに読み込む時間はなかった。国語辞典なら端的に書かれているかと思い、辞書アプリを開いた。

ウラン〔ド Uran〕放射性元素の一つ〔記号U原子番号92〕
外観は鉄に似る。放射性が強く、原子力の発生に利用される。
崩壊後はラジウムを経て、ついには鉛《なまり》となる。ウラニウムとも。

「放射性」

その言葉は、ずいぶん前から――当時小学生だった僕でもよく目にしていたものだった。それが人や大地にどのような影響を及ぼすのかということも。国内で大きな原発事故が起きたからだ。

「何千万年も前に形成された地層の中に、ウランが濃く集まっている箇所がある」

何千万年。途方もない数字に思える。だけど僕にとっては、自分と地続きの数字だった。膨大な時の流れの末端にいまの僕がいる。壮大なことでも何でもなく、ただの事実だった。夏至の頃、語り部に聞かされた物語は、やはり何かの力があるようだ。僕の中に勝手に染み渡り、まるで碇《いかり》のように、現実に繋ぎ止めている。

「鉱床といっても、商業採掘できるほどのものではなかったみたい。地中深くにあるものだから、リニアの大深度トンネル工事がどこまで影響を及ぼすかもわからない。ウランが多少出たからといって、それが悪さをするのかもわからない」

姉はテーブルにハムエッグを置いた。

「それでも、知っていて『それ』とともに暮らすことと、知らずに『それ』の上で暮らすことは違う」

姉は炊飯器を開けた。炊きたての湯気が立ち上る。

「人魚は、水や岩とともにウランを包む繭を作り、それを地表から隔離してきた。もしも、大深度トンネルを掘ることで繭が壊れたら、その残土にはウランが含まれる。残土はベルトコンベアで発生土置き場に運ばれる。ウラン残土が地表の土と混ざる。たとえ発生土にシートをかけたとしても、繭のしなやかさとは比べ物にならない。繭は動きながら保たれる。固定されながら更新される。放射性物質をただ覆っているわけではないから。ウランそのものは自然として在るもの。温泉成分になっているくらいだし。それでもね」

「姉ちゃんの体が腫れ上がったのって」

「普通の人は、あんなふうになったりしないけれど」

炭鉱のカナリア。嫌な言葉が小虫のように頭の周りを飛ぶ。

「私の体は毒を映し出す。もしも、普通の人に影響が及ぶとしたら、それは目に見えないところから始まる」

姉は胸の脇あたりをさすっていた。

「もしかして、早野の種の発芽も」

「そこに関係していると思ったほうが自然かもね。地下の全体図など、誰にも見ることはできない。どこに何があるか、把握しきることはできない。十年前、工事ルート決定時には、ウラン鉱床を避けるから問題はないってことになったらしいけど」

「十年前？」

僕と姉が、母に連れられてこの町に来たのは、ちょうど十年前のことだった。

「地質も水質も土壌も生態系も。日照も電磁波も振動も騒音も、対策すれば問題ないと」

朝刊の記事には、新聞記者の見解と、議員、大学教授、地方創生コーディネータという人間のコメントが寄せられていた。彼らは専門の立場からコメントを述べていたが、共通している箇所があった。

当初は推進派であったが、慎重派《しんちょうは》へと変わったこと。

地元の業者や住民とも連携を取って、この影響を考える必要がある、と述べていること。

母の最後の恋人は、建設会社の社長だった。その息子であるホタテさんは用地取得に執念を燃やし、逮捕された。

悪寒なのかもわからない。しびれているのか震えているのか、床が溶けて暗い沼の中に飲み込まれていく。右と左の耳の中、それぞれ声がこだまする。声は絡まり合って、竜巻《たつまき》のような轟音へと変わっていく。

一枚布　地下水脈　マザーツリー　呼吸のライン　フォーメーション　あたらしい子ども　繭　行かなくては

＊

「大洋」

姉が山盛りのごはんをテーブルに置いた。

「ごはん食べよう。お腹が空いていたら何もできない」

塩の小瓶を持って、早野家に行き、おじさんとおばさんに移植の話をした。

鎮守の杜の中に塩樹林があると知り、二人とも驚いていた。

「丘の大イチョウは、門番であるとともに目眩《めくら》ましだったんだな。自分に注意を向けさせて、鎮守の杜の中にある秘密を長い間保存してきたんだ」

おじさんが感服したように呟いた。大イチョウは、エナの夫が植えた墓碑の後継だった。目眩ましの役目はかつて、その墓碑が担《にな》っていた。緑の海となった山が再び開墾されたあとも、「そこ」だけは暴《あば》かれないように。

エナの夫は、どんな人だったのだろう。

裏山の塩樹は周りの木が焼けてしまったせいでむき出しになっており、一刻も早く移植させる必要がある。すぐにでも動こうという話になった。

移すなら夜中だね、とおじさんが言った。

「塩樹が寝ているうちがいい」

「木も寝るんですか」

「寝るさ」

僕と紘義さんが「えぇー」と疑わしげな声を上げると、おじさんは笑った。早野が眠るようになってからも気丈にはしているけれど、ご両親の顔には心労が滲んでいる。

「本当は、時間をかけて根玉を作ってからのほうが、木の負担も少ないんだけど」

負担、という言葉に、僕の勢いも一気にしぼんだ。

「剪定はしておくよ。あの木を焼け跡にひとりにしておく方がリスクは大きいと思う。樹木の生命力をなめてはいけない。やると決めたからには弱気はムダ気だよ」

おじさんは片頬を上げた。早野とそっくりだった。めちゃくちゃ会いたくなった。声が聞きたい。なんでもいいから話がしたい。話なんかしなくてもいいから隣に立っていてほしい。塩樹を移植することは、早野を目覚めさせるための希望でもあった。膝の種は、この地の状況を見ているはずだからだ。

まだこの地のために動く人間がいる。なんとかしようとしている。それがわかれば、発芽を停止してくれるかもしれない。

藁にもすがるとはこのことだけど、思いつく限りのことをやるしかない。やることがあるっていうのは、ほんとうにありがたい。待つしかなかった日々は正直死ぬほど辛かった。なんでもいいから目的がある。仕事がある。それがこんなに救いになるとは思わなかった。

「予報では、雨が近づいているようだ。強く降るかもしれない。裏山の土は弱っている。塩樹も辛いだろう。急いだほうがいい」

移植は今夜遅くに決行することになった。鎮守の杜に入っていくのを誰かに見られるのも面倒だ。深夜がちょうどよかった。

「大洋くん。ありがとう。塩樹の移植先を見つけてくれて」

段取りもまとまったところで、おじさんが言った。

協力を仰いだのは僕だというのに、逆にお礼を言われてしまった。

膝の種が発芽しそうになったあの日、僕が強引に川に連れて行ったせいで早野は眠りに落ちた。そうしなければ発芽していたわけだけど、大切な人のことについて簡単に割り切れるはずがない。僕が塩を預かっていることだって、ご両親がどう思っているのかわからない。けれどおじさんはお礼を言ってくれた。頭を下げるしかなかった。

明里の顔を見ていく？　とおばさんが言った。

「移植をやり遂げてからにします」

と、かっこをつけ切ることはできなかった。会いたくてたまらないのだから一秒だって顔を見たい。なんとなく、見ていきますとも言いづらくて「いえ」と言おうとしたら、おばさんは紘義さんの湯呑にだけお茶を注いだ。

「栗きんとんがあるんだった。紘義くん、いかが」

いただきます、と紘義さんは澄ました顔でお茶をすすった。

「なんか甘酸っぱい味がするなあ」

おじさんが身じろいだが、おばさんは制するようにおじさんの湯呑にもお茶を注いだ。

僕はいたたまれなくなって、席を立った。

早野の部屋は雪に囲まれているみたいに静かだ。ベッドのサイドボードには土器のかけらが置いてある。釉薬《ゆうやく》も塗らず、高温で焼き締めることもない製塩土器だったので、樹液が結晶化《けっしょうか》した時の影響で割れてしまったのだ。「明里の初仕事だし」、とおばさんがかけらをそこに置いていた。僕の自由工作的土器もその隣に置いてくれていた。

「目が覚めたら、驚くよ。生き残りの塩樹を、鎮守の杜に移植するんだ」

早野が鎮守の杜を見渡す姿を思い描いた。僕の動機はいまそれだけなのかもしれない。早野の笑顔が見たいって理由で動くことが結果的にその他のためにもなる。一番身近なことに目を向けるだけで他の物事も動かしていける。

「ひとを好きになるって、エコだなあ」

早野を取り巻く空気はますます澄んで、透明になっていくようだ。喉が狭まる。これ以上、感傷に溺《おぼ》れたくなかった。立ち上がり、早野に手を振る。

「行ってきます」

深夜十二時、僕は玄関で靴を履いている。

「気をつけて」

姉が僕の腕を軽く叩いた。僕は小瓶を軽く握り直し、アウトドア用のヒップバッグの中に入れる。玄関を出た。湿っぽい風が吹いていた。降り出す前に移植が終わればいいのだけど。迎えに来てくれた紘義さんの車に乗って、早野家に向かった。

おじさんはすでに根の掘り出しを始めていた。僕と紘義さんもヘッドライトとヘルメットを受け取り、作業に加わる。できるだけ根を傷つけないように掘り進め、濡らした筵《むしろ》で根玉を巻いた。若い塩樹は僕の身長よりも少し高いくらいで、幹も細い。早野のおじさんがトラックを取りに行っているあいだに、僕と紘義さんで運び出した。裏山を出ると、ぽつぽつと雨が降り始めた。

「急ごう」

二トントラックの荷台に、塩樹を慎重に乗せる。ブルーシートをかぶせた。

「ここに乗ってもいいですか。法律違反ですけど」

荷台を指すと、早野のおじさんは笑って「いいよ」と言った。

「雨はつらくないかい」

「そばにいたいんです」

タイヤを踏み台にして荷台に上がる。紘義さんは助手席に、おじさんは運転席に乗り込んだ。エンジンがかかり、車体が振動する。

「遊園地みたいだろ。って、行ったことないか」

シートの上から樹幹のあたりをぽんぽんと叩いた。この木はこれから、鎮守の杜へと行く。早野の家の裏山からは塩樹が消えた。あの場所は、塩樹林ではなくなった。

「塩樹林ではなくなった……」

僕はようやくそのことに気づいて、ぼんやりと宙を見た。

おじさんもおばさんも、何も言わなかった。

長い間、あの場所で守られてきた塩樹林は、僕の提案によって終わりを迎えた。

塩樹を守ること、早野のこと、自分に何ができるのかということばかりを考えて、おじさんやおばさんが塩樹林を守り受け継いできたことにまで思いが至らなかった。

環境はめまぐるしく変わっている。人為的な理由により塩樹林の大半は焼かれ、山の中はむき出しになった。移植は早野の意志であり、僕は移植に最適の場所を見つけた。こうする他にはなかった。

だけど、「仕方ない」で済ませてはいけないものがある。僕は何の考えもなく、勢いで話を持ち込んでしまった。慣れたものをほかへ移すということ、それが命あるものならなおさら、状況だけで決められるものではない。おじさんとおばさんの中には、喪失の痛みが少なからずあったはずだ。そんなものはみじんも見せなかった。快く手を貸してくれた。

僕はあいかわらず、いやになるほど子どもだ。自分の考えだけで突っ走った。

「ごめん」

雨は強まる。窓を開けた紘義さんが、「入るかい」と聞いてきたけど、このまま荷台に乗っていることにした。強いシャワーを当てられたように目が開けられない。紘義さんの声も聞き取りづらく、腹から声を出さないと会話ができなかった。

水滴くんが帰った川のあたりにさしかかる。

「なんだこれ。おかしいだろ」

川の水面が上昇し、土手を覆っていた。夏に早野と並んで座った川の石も、とうに水の下に沈んでいる。道路と水面がほぼ並んでいて、いまにも溢れそうだ。いくら大雨といっても、降り始めたばかりだ。降った量と川の量が合ってない。唖然《あぜん》としているあいだに、川は氾濫し始めた。

「すぐに国道に出る。このまま行く!」

おじさんの言葉を受けたのだろう、紘義さんが窓から身を乗り出して叫んだ。僕は手を上げて返事のかわりにした。

川には茶色の水がうねっている。まるで大きな蛇のようだ。山に溜め込まれた水が吐き出されているようにも見えた。

さっきから、何かが荷台を突き上げている。側あおりにつかまって下を覗くと、ヘッドライトの明かりに照らされて、大きな魚の影のようなものが見えた。影はいくつもある。いや、少しずつ増えている。車の周りを、ゆったりと行き来している。上半身は髪の長い女のシルエットで、下半身は魚の尾ひれだった。

「人魚」

前方にもたくさんいるようで、トラックが止まった。

「塩樹を掘り出したから、海との通路が開いたんだ。連動してあちこちの道がひらいている。川の増水はそのせいだろう」

紘義さんが窓を開けて叫んだ。水はますます増えて、タイヤの半分が水に埋まろうとしている。塩樹は無事か、と振り向いたとき、シートの端が青く光っているのが見えた。めくると、筵に巻かれた根玉が淡い光を放っている。海に潜ったときに見た光——深樹のまわりを泳いでいた光、早野が倒れたときに現れた光と同じ色だった。筵を破いた。中央あたりの根が一本、青く光っていた。

「へその緒……?」

胸が静まっていく。この塩樹は、地に根付こうとしている。意志とかそういうものではなく、根付くものだから根付く。それがこの地で生きていく形だから。僕らがどうしたいと願うのとは別の場所で、塩樹はただ在るように在る。

人魚たちはトラックを囲む。車を覆うかのように、澄んだ歌声が響いた。歌声は雨に溶けて形を結び、青い花びらに変わる。雪のように舞う花びら、そのひとひらを目で追うと、濁った川に誰かが立っているのが見えた。深夜の闇の中でもわかったのは、その人が白く光っていたからだ。

「母さん?」

濁濁《だくだく》と流れる水の上に立っている。静かに微笑んで、僕を見ている。

「母さん！」

叫びもむなしく、母との距離は開いていく。鼓動《こどう》が耳元にまでせり上がっていた。花びらは消え、顔中を雨が濡らす。僕は泣いているのだろうか？　声が、聞こえた気がした。

――行ってらっしゃい

自分の顔つきが変わっているのを感じていた。目つきが直線的になり、焦点《しょうてん》が固定され、表情が失せる。右と左が等しくなり、体が対称性を現し出す。

人魚たちは荷台に手をかけ、甲高く笑いながら車体を揺らす。タイヤが浮くほど揺れがひどくなり、体を低くしなければ放り出されてしまいそうだ。僕は這《は》うようにして助手席へと近づき、窓ガラスを叩いた。

「大洋くん？」

僕の顔つきを見て、紘義さんは絶句していた。ヒップバッグから塩の小瓶を取り出して、紘義さんに渡す。

「鎮守の杜の中の塩樹林に穴を掘って塩を撒いてください」

「きみは」

「人魚を連れて深樹まで行ってきます。このままじゃトラックが進めない」

大洋くん！　と叫んだ紘義さんの声は、もはや遠くにあった。

塩樹のもとに戻り、そっと根に触れると、へその緒が手首に巻き付いた。側あおりに足をかけ、外へと踏み出す。体が舞い上がり、次には濁流に飲み込まれていた。体は路面に激突することもなく、ずぶずぶと沈んでいく。真っ暗で、何も見えない。ヘッドライトもヘルメットも、まとわりつく人魚の手に外されてしまった。

そのうち、少しだけ目が効くようになった。人魚たちが白く光り始めていたからだ。淡い光に照らされて、おぼろげに周囲の状況が見える。僕は巨大な岩の脇を通過していた。いや、岩とも違う。降りていくにつれ、様子が変わっていく。性質の違う土や岩石が、層になっている。

「地層だ」

周りを泳ぐ人魚たちの長い髪が、直線状に伸びている。どうやら僕は、かなりのスピードで潜水しているようだ。

突然、人魚たちが速度をゆるめた。ふざけるように、地層すれすれに接近している。旋回《せんかい》したり、横方向に泳いだりもしている。僕に何かを見せようとしているのだろうか。

岩肌に、白い何かが浮き出ていることに気づいた。

「……骨」

岩に、骨が埋まっている。腰から下は埋もれていて見えないが、上半身は岩を浮かし彫りにしたように白い姿を表していた。頭蓋骨《ずがいこつ》の下には白い小石のような首の骨。鎖骨《さこつ》、肋骨《ろっこつ》、両腕は広げるような格好をしている。よく見ると、下半身も完全に埋もれているというわけではなく、ところどころ膝やつま先と思われる部分が白い点を描いていた。まるで珊瑚《さんご》のようだった。人魚たちに照らされている骨は、美しかった。

岩からは、無数の細い糸が出て、暗闇の奥へと伸びている。岩が心臓で、その糸が血管のようにも見えた。細い糸は骨を包む繭のようでもあった。

「……違う。あれは、岩じゃない」

骨を包んでいるのは、土の塊《かたまり》だ。あの白い糸は、根だ。

この骨から出た無数の根が、上部の闇へと向かって伸びている。僕らが暮らす山の木々に、繋がっている。山に生きる木はすべて、ここに繋がっている。

不安も恐怖もなかった。千数百年間ここにいてくれたひとに対して、僕が何かを感じるには、周りがあまりにも静かだった。

いまの僕にできるのは、その名を呼ぶことだけだった。

「エナ」

僕の声に反応したかのように、人魚たちの光が一斉に消えた。エナの骨も見えなくなる。何も見えない。へその緒が青く光っているだけだ。へその緒がところどころ途切れたように見えるのは、人魚たちがじゃれついているからだろう。

次の瞬間、強い力に体を引かれた。泥のような感触、次には狭い通路をよじり通るような感触を抜けると、突然体が自由になった。

僕は、下に向かって泳いでいく。体をS字にくねらせて、海底を目指す。鋭利な水流が、僕の脇をいくつも通り過ぎていった。僕をからかうのにも飽きたのか、人魚たちが猛スピードで追い抜いているのだ。あっという間に気配が消え、僕はひとり、青いへその緒を片手に海の底へと降りていく。濃い闇があるだけだった。右手に巻き付く青い光が見えるおかげで、いままぶたを開いているのだとわかるくらいだ。

水圧の重み、手足の血液が肺や脳へと向かう流れ、胸と頭だけが熱くなること、スローモーションになっていく心臓の響き、水泡のささやき。懐かしい感覚に、僕はいつしか微笑んでいた。

気づくと、頭上で豊かな枝葉が揺れていた。淡い光に照らされている。月の光かと思ったが、正体は大小様々な光の球体だった。枝の先から蕾《つぼみ》が膨らみ、青い花が咲き、水中に散っては流れに乗って遠ざかっていく。

「深樹……」

樹幹を目指して泳ぐけど、果てがないような巨大な樹木は、中心部へ行くことなど不可能と思わせた。見えるのに、近づけない。いつまで泳げばいいのだろうか。疲れるというよりは、同じ動作に飽きてきた。動きを止め、大の字になって水に漂っていると、突然何かに手を引かれた。

薄い手だった。長い髪がなびいている。僕の体の脇を上下しているのは、魚の尾ひれだ。上半身だけ女性の姿をしている。

「母さん？」

遥《はる》か彼方にあった深樹の樹幹がみるみる近づく。と思った瞬間、突風のような激しい水流が起きた。手が離れる。いやおうなく流されていく。このままでは激突する。覚悟して背中を丸めると、とん、と優しく樹幹に着いた。

木肌を探るように手を滑らせた。樹幹をたどって潜水する。しばらく潜り続けていくと、クッションに顔をうずめたような抵抗が当たった。上下を戻して体勢を立て直す。

僕は、透き通る水の地面に立っていた。深樹の根元だ。まるでガラス床のように、長い根が水面下に伸びているのが見える。

樹幹に手を置いたまま、そっと一歩を踏み出した。水はわずかに揺れたものの、足が沈むことはない。一歩、また一歩と、根をたどるように歩く。足の裏から波紋がなびいた。

突然、手首に巻き付いていたへその緒がピンと張った。樹幹と平行になるように縦に伸びる。見上げても果ては見えない。一体何が起きたのかと思っていると、闇の奥から、金粉のようなものが降りてきた。粒は水にさらわれることもなく、筒のような形をつくりながら、へその緒に沿って規則正しく降りてくる。へその緒は僕の手首からするりとほどけ、金粉の筒の中に入り込んだ。細長い金粉の円柱に、青い光の芯《しん》が通っている。

青い芯は金粉に守られながら着地する。金粉が触れた範囲の内側だけ、水の地面がさざなみのように揺れて歪んだ。へその緒はその歪みを通って深樹の根の中へと潜っていく。筒状になっていた金粉は形を崩し、磁石に吸い寄せられるように僕の手元に集まってきた。手の平を上に向けると、金粉は輝きを消し、黄色がかった砂状のものに変わった。

「塩だ」

僕の手の平に、小さな塩の山がある。紘義さんに預けた塩だ。いま、おじさんと紘義さんが、鎮守の杜の中で生き残りの塩樹を植えているんだ。ピンと張っていたへその緒は、光を強めながらゆっくりと深樹の樹幹に近づいていき、触れ合ったかと思うと、次第に癒着し始めた。青い光は消え、深樹の樹幹に同化した。

「深樹に、繋がったんだ」

少し離れた場所で、水面が微震《びしん》した。近づくと、薄暗い水の下で、無数の根が絡まり合い、繭のような形をつくっているのが見えた。そのなかに、誰かがいる。

「早野」

根の繭の中で、早野が眠っていた。しゃがみこんで水の地面に手を入れ、根に触れる。電気がはしるような痛みにはじかれた。早野を手放したくないと思う意志があるのだろうか。それとも、早野自身が根の中から出るのを拒否しているのだろうか。もしかしたら、このまま眠っていたほうがいいのだろうか。面倒なことばかりの地上の世界には、帰らないほうがいいのだろうか。

「俺が来ちゃったからには、そういうわけにもいかないんだ」

僕は早野の声が聞きたい。話がしたい。笑顔が見たい。人を好きになるのってエゴでしかない。僕の右手にはひとつかみの塩がある。

この塩は、山と海のあいだから生まれた。二つのあいだを取り持つもの。この塩は、意志の現れでもある。僕らが塩樹を生かしたいと思う意志の現れ。言うばかりでなく手を動かし、手間をかけて形にした。だから自信をもってこう言える。

「僕はあなたたちとの断絶を望まない」

まだ繋がっていたい。そう思う者は他にもいる。これが証拠です。

「お願いです。もう少しだけ時間をください」

塩を少し取り、水の地面に手を差し入れて、ゆっくり開いた。塩が根に吸い込まれる。

「このひとを返してください」

根に触れる。弾かれることはなかった。掴んで引き上げると、さほど抵抗なく動いた。

「このひとは、僕の大切なひとなのです」

よりによって、この塩の原料は、僕の胞衣から芽生えた塩樹の樹液だ。かつて僕とともに在ったものだ。僕の意志をより強く伝えてくれるだろう。早野にも深樹にも、諦めてもらうしかない。

塩を入れては根を動かし、繭をほどいていく。

「このひとは、たくさんの人の大切なひとなのです」

手が熱い。内側から炎で焼かれているみたいだ。

「このひとを返してください」

いよいよ手が焼け落ちると思ったとき、早野の体が浮き上がった。すかさず抱きとめ、水の地面から引き上げる。

早野、と頬を叩きながら呼びかけた。何度か呼ぶうち、早野のまぶたがゆっくり開いた。

「一緒に帰ろう」

早野は僕を見つめた。透き通るように神々《こうごう》しかった目が、次第に黒みを帯び、焦点が合い、左右非対称の、懐かしい視線を紡ぐ。それだけで、僕は誇らしさに満たされた。

「しかしどうやって帰ればいいんだろうか」

早野を抱いたまま深樹を見上げると、暗闇の奥から何かが近づいてきた。垂直に降りてきたその人魚は、僕らの上を旋回してから水の地面に降り立つ。

「母さん」

母はふわりと近づくと、早野の左膝に口づけた。ぎょっとしていると、ふざけたように口を開いて見せてくる。中に小さな球体があった。種だ。僕らが呆然としているあいだに、母は種を飲み込んでしまった。僕と早野がアッと声を上げると、母は小さく笑った。

早野の中にあったのは、エナのしるし。山の意志と連動するもの。塩樹が失われる前に、山を緑で覆い尽くすための最終手段のスイッチだった。母はそれを、飲み込んだ。

遠い過去から紡がれてきた因縁《いんねん》の結晶を、飲み込んでしまった。

「どうして」

母は地上にいたときから、同じようなことをしていたのではないか。

これは直感というものではなく、幼い頃に言葉にできなかったものが、成長して語彙を得た僕の中でやっと形を結んだものだった。

母は、人の中にある因縁のようなものを飲み込み、人知れず取り除き続けていたのではないか。朝刊にコメントを寄せていた男たちにも、かつて姉を監禁した中学教師にも、それぞれに何らかの因縁があり、がんじがらめになって苦しんでいたのではないか。

母は、因縁という目隠しの下に隠れた、澄んだ瞳を持つ男を見つけ、その目で現実を見てもらうために動いていたのではないか。ミミズ腫れをいくつ作ってでも、必要だと思った男のそばにいたのではないか。「意志」にとって必要な男のそばに。

そうしているうちに、体が、もたなくなった。

「それが、母さんのやり方だったの？　そんな捨て身じゃなきゃいけなかったの？」

母は静かに微笑んだまま、僕を見ている。少し困っているようにも見えた。そうだ、僕はこんなことが聞きたいんじゃない。

「母さん」

俺たちを、捨てたわけではなかったの？

尋ねる前に、ためらいが生まれた。そこを埋めるように、竜巻《たつまき》のような水流が沸き起こった。流れに巻き込まれ、体が上昇する。早野と離れないようにするだけで精一杯だった。母は水の地面に座ったまま、僕らを見上げていた。姿が遠くなっていく。

母が、何かを言っている。短い言葉のかたちに、何度も口を動かしている。

僕らは深樹の樹頂を抜け、さらに押し上げられていった。光が見える。温かい。光の玉ではない。太陽の光だ。水面が近づいているんだ。

目を覚ますと、土のにおいがした。僕は柔らかい腐葉土に倒れ込んでいた。体が湿っている。朝露の甘い香りがする。朝の鳥が鳴いている。薄い霧《きり》が、辺りを淡く霞《かす》めていた。日の出間近だとは思うのだけど、森の中にはまだ豊かな闇が残っていた。その闇に浮かび上がるようにして、一本の細い塩樹が目に入った。根元の周りに、こんもりと落ち葉が盛ってある。寒くないように、毛布をかけられているみたいに見えた。

「よかった。無事に移植できたんだ」

早野は無事だろうか。目を覚ましただろうか。

体を起こし、腕や膝が動くことを確かめた。トラックから飛び降りたはずなのに、傷ひとつなかった。鎮守の森を出る。イチョウの巨体が遺跡のように横たわっていた。むき出しの根を見たとき、土塊《つちくれ》に包まれたエナを思い出した。この大イチョウは、エナの墓標の後継。地中深くに、両腕を広げているひとがいる。塩の木の争いを止めるために、身を投げ出したひとりの女性が。いま、僕の立っている場所の真下に、そのひとがいる。

木々のあいだから、国道が見えた。すでに動き出している人、夜を引きずる人たちの車が行き来している。秋に向けて色を替えていく山々、そこに囲まれた町はまだ眠りから覚めず、薄布のような闇に覆われている。そのうち、空が金色に変わり始めた。闇のヴェールが徐々《じょじょ》に身を引く。

力が入らない。胸に穴が空いているみたいだ。

「どこかで、生きていると思っていたのにな」

口を抑えたが、遅かった。涙が溢《あふ》れ、叫ぶような声が出ていた。

膝の力が抜け、その場に座り込んだ。それにも疲れると横に倒れた。背中を丸めて泣き続けた。誰もいなくてよかった。姉にも早野にも聞かれないと思えばこそ泣ける。

涙が鼻の頭を伝って横に流れ、耳の中に入った。

――ほら、耳が痛くなっちゃうよ。

母の声が聞こえた。僕がまだ海の町にいた頃。毎日のように言われていた言葉だった。父と一緒に風呂に入る。母がバスタオルを持って待っている。パジャマを着たあとは綿棒で耳掃除をするのが決まりだったが、僕ははしゃいで逃げ回る。

「ほら、耳が痛くなっちゃうよ」

母はそう言いながら、僕を捕まえて膝に乗せる。

「そうでした」

僕は地面に両手をついて、のっそりと上半身を起こした。小指で、耳に入った涙を掻き出した。そんなときもあった。母の手で育まれたこともあった。おかげで僕はいまも耳が痛くならずに済んでいる。僕は母の手に、ちゃんと触れられていた。我ながら健気《けなげ》な言い聞かせ。自分をなぐさめたのか、それともムチ打ったのか、再び涙が溢れ、息ができなくなった。両手で顔を覆い、体を震わせた。

肩にふわりと何かが触れた。顔から手を外すと、黒くて長い髪が見えた。

「紘義さんとお姉さんが、堀がまだ帰ってこないって探している」

首を動かすと、柔らかさの正体がバスタオルだとわかった。

「手分けして探すことにした。私とお父さんは丘に」

駐車場に目をやると、早野造園の車が見えた。

早野はカバンからもう一枚タオルを取り出して、僕の顔を拭った。オレンジ色に視界を包まれる。早野家のにおいがした。早野は僕の腕や胸も拭いた。ただ黙ってそうしていた。

僕はしばらくぼんやりとしていたが、早野の異変に気づき、ええっ！　と叫んだ。一気に涙が吹っ飛んだ。

　早野が、両膝を地面につけている。左の膝が、曲がっている。

「目が覚めて、ベッドから降りたら転んでしまった。ずっと眠っていたせいかと思ったけど、違った。いままでと歩き方を変えなければいけない。左の膝が、曲がるの」

　早野は立ち上がり、不器用に左の膝を動かしてみせた。よろめいたので僕も慌てて立ち上がり、受け止めた。

「うわあ、早野が動いてる。おはよう。すげえ」

　泣きすぎて酸欠を起こしているのか、頭がしびれている。しびれているおかげで、泣き腫らした目を見られても平気なのかもしれない。

「堀には、たくさん心配かけた。ごめんなさい。記憶は途切れているけれど、深樹から戻るときのことは覚えてる。ありがとう、迎えに来てくれて」

　早野は頭を小さく下げた。ずいぶん髪が伸びたんだなあ。

　根の繭に弾かれたときの痛みと熱が、手の平に蘇る。きみは、心の奥ではあのまま眠っていたいと願っていたのだろうか。僕は無理やり連れて帰ってしまったけれど――いや、あそこに置き去りにするという選択は、どうやったってなかった。僕がそう願っていたからだ。早野に生きていてほしい。一緒にいたいと願ったからだ。

「授業のノート、ありがとう。毎日来てくれて、ありがとう。心配かけて、ほんとうにごめんなさい」

僕は遅れてきた実感にボディブローを食らっていた。

早野がいまここに立っている。僕を見て、話をしている。願い続けてきたことが、現実に起きている。絶望からの急浮上についていけない。まるで逆バンジーだ。願いが強ければ強いほど、叶《かな》ったときの反発も激しいのかもしれない。

「堀のお母さんが、私の種を飲み込んでくれたことも、覚えている」

喪失の手触りが、クチナシの香りの記憶と重なっていく。この先、あの花の季節になるたび、僕は新鮮に母を喪うのだろう。もう会えない。

自分の人生に、替えの利かないひとがいるっていうのは、しんどいな。

これから先も、そういうのが増えていくのかな。しんどいな。すでに目の前にいるしな。

僕よりも悲しんでいるみたいに、早野がうなだれた。

その頭頂部を見ていたら、僕の頭も重くなった。ぐにゃりと背中を曲げて、早野の頭に自分の頭を乗せた。

「お、重い」

早野は僕の頭を両手で挟んだ。触ってもらうのって気持ちいいなあ。

「重いよ、堀」

頭を押し上げられようとするのを、しばらく無言で抵抗していた。

「お母さんがカレー作ってるから。エビフライとポテトサラダもあるって」

抗議の口調でおいしそうなことを言われ、つい笑ってしまった。しぶしぶ体を離した。

「帰って、一緒に食べよう」

早野は僕の目を覗きこむようにした。

「一緒に」

どうしてこのひとは僕のことがわかるんだろう？

違う。早野が僕のことをわかってくれているからじゃない。

僕が、早野を必要としているからだ。だから彼女の声は、僕の深い場所に届くんだ。

ここにいる。早野がここにいる。目を覚まして僕と話をしている。

「塩樹の移植、無事に終わったよ。紘義さんとおじさんがやってくれたんだ」

「うん。お父さんから聞いた。なんてお礼を言えばいいのか」

「鎮守の杜、見に行く？」

早野は首を横に振った。

「あそこは、人が入ってはいけない場所」

手の平を上に向け、器のような形をつくる。それはちょうど、僕が深樹で塩を手にしたときと同じ形だった。風が吹く。早野は何かを目で追うように、手の平から空へと視線を滑らせた。まるで、塩樹の塩が風に乗って、舞い飛んでいるかのようだった。

「私がいなくても、移植ができた」

その声は、劣等感や負い目というよりは、寝物語を話しているかのような、静かで、明朗なものだった。

「エナがいなくても、移植はできた」

早野は手のひらを下に向け、空から地面に目を移した。

「塩作りは私がやったけど、私ひとりでやったわけではない。ひとりでできることなんて、ほとんどない」

この地下深くにいるひとに、語りかけているようにも見えた。早野自身に、言っているようにも聞こえた。

「堀の胞衣から芽生えた塩樹。その樹液からできた塩で、私の胞衣から芽生えた塩樹が根付いた。考えてみると、それはなんだか、すごいよね」

「そう言われると、たしかに」

——ご縁ってそういうものよ。

耳の奥で、母の声が聞こえた気がした。

「すごいご縁」

ご縁、と早野は繰り返し、小さく笑って頷いた。

「風がつめたいね」

早野はバスタオルを僕の体に巻きつけた。

「いまさらだけど、なんでバスタオル？」

「堀が雨の中、川に飛び込んだって聞いて。体が濡れているんじゃないかと思って。寒かったら体を包めるし、それに……」

早野は僕の涙をぬぐった。

「いくらでも、泣ける」

早野はバスタオルの端を握ったまま僕の隣に立ち、町を見下ろした。なんだか、いいにおいがした。そのにおいにぼうっとしながら、僕は呟いていた。

「俺、この町にずっといたいなあ……」

かなわない言葉も、選ばない言葉も、僕の中にはたくさんある。言わずにいた言葉たちは、日の目を見ることもなく、死んでいくはずだった。

「ね」

小さな声に、僕の視線が引き寄せられる。早野の耳が赤かった。眉間に皺が寄っている。

「私はもう、堀に心配をかけない。約束する」

早野は僕の目をまっすぐに見上げた。ああ、早野の目だ。

「海を楽しんで。私は堀が海に潜っているところが見たい。これからも、堀を」

ふうっと、息継ぎをするように声を切った。首まで赤くなっている。

「見ていたい」

母は消え、姉は嫁ぎ、春になればこの町から離れる。

すべてが確かな手触りとなって襲ってくる。

だけどいま何よりも強いのは、早野が生きている。この事実だけだった。

「早野」

緊張も躊躇も何もなかった。真実の言葉だからだ。

「好きだ」

早野は体をびくつかせてよろめいた。

早野、動いているなあ。僕はしみじみと噛み締めた。当たり前のことがうれしい。くうっと声が出る。あんなに静かだった体に、軽やかなゆらぎが宿っている。

「ちゃんと聞こえたみたいだけど、もう一回言っとくね」

「も、もういい」

早野は意を決したようにこぶしを握った。私も、と小さな声がした。

別れのつらさがまたひとつ積み上がった。困ったことだと思いながら、早野を抱きしめる。すかさずクラクションが鳴り、飛び上がった。軽トラにおじさんがいるのを忘れていた。おじさんは物腰も柔らかく、やさしいが、外見はいかつくておっかない。あの顔がこっちを睨んでいると思ったら縮み上がってしまった。早野がくすくす笑っていた。

町を背にして、丘を見渡す。毎年、秋にこの丘を金色に染めていた大イチョウは倒れ、跡地には間もなく後継の苗が植樹される。

大イチョウをどうするかということについては、話し合いが繰り返されていた。講堂ではなく、町の集会場で。男性も女性も子どももも大人も、参加した人みんなの意見が交わされた。

その結果、丘に後継樹を植えることになった。一本だけ特別なものを植えるのではなく、鎮守の杜を守るかのようにたくさんの樹種を植える。早野のおじさんの進言もあったようだが、丘の一番の役目が鎮守の杜の門番であるということに、皆が納得したのだ。

それは、この町の人たちの意思表示でもあった。

これからもここに暮らしていく。ここを守っていく。

早野のおじさんやその仲間たちが先導となって、森と人がともに暮らせるような丘に刷新するプランが打ち出された。講堂も、残せる柱はそのままに、皆にとって過ごしやすい場所へとリフォームされるようだ。

当初から案が出ていたように、イチョウの一部は役所に展示される。講堂の改築にも使われるらしい。食器、家具、彫刻作品などにも利用されるようだ。

町の意志は定まった。まもなく、この大きな樹体は撤去される。

「俺、植樹がしたい。ここだけじゃなくて、早野の家の裏山にも。リニアで潰されるかもしれない場所にも。塩樹だけじゃない。この土地に自生している木をたくさん」

時間をください。僕はたしかにそう言った。深樹のところに行けたのも、深樹のところから帰ってこれたのも、その願いが聞き届けられたからかもしれない。

母が早野の膝から種を取ったのも、それが母だけの意志ではないのかもしれない。

真琴ちゃんも言っていた。樹木は、葉や樹皮や根、ひとつひとつが自立してはたらきながら、ひとつの樹形を形作っている。深樹は、精霊の集合体。母もあの樹木の一部だった。

その深樹が、早野の膝から種を持ち去った。

早野の中に、エナの種はない。けれどもしも、「もう待てない」と判断されたら？　また誰かの体に種が宿るのだろうか。どんな子に宿るかなんてわからないけど、境子として迫害されない環境、種が守られる環境、つまり我儘者の両親のあいだに生まれる可能性が高いのではないだろうか。おそろしいことに、そんな人たちが身近にいる。

もしも、姉と紘義さんの子に、それが行ってしまったら？

白い珊瑚のようなあの骨が、頭から離れない。

僕は首を振った。誰かひとりが何かを背負うなんて、もうだめだ。いざとなったらエナの命をかけてリセットするなんて、そんなのはだめだ。

リニアは、この息苦しい町に風穴をあける。それを求める人を、否定することはできない。間違っているとも思えない。何を選ぶかは、僕自身が決めなければならない。

かつて、祈りが人間と精霊を断絶させた。それほどの力があるのなら、僕はこの先永遠に、エナが生まれないことを祈る。正しいのかはわからない。効いているかもわからない。少しでもできることがあるのなら、全力でやっていくだけだ。幸い、体力だけはある。

「植樹をしよう。この山にある木の種や枝を、少しずつわけてもらって」

動きながら保ち、固定しながら更新する。それが「大切にする」ということだと信じ、手を動かすことで示していく。それが僕の祈りだ。

うん、と早野が頷いた。

*

結婚式は丘の下にある神社で行われ、披露宴はレストランに移った。どちらも終始和やかに進んだ。流石というべきか、白無垢をまとった姉も、白いドレスに身を包んだ姉も皆の目を釘付けにした。真琴ちゃんは素直に「きれーい!」と叫んでいたが、容姿はさておき、紘義さんが隣にいることの安心感が姉を美しく見せていたのだと思う。

披露宴が行われたのは隣の市の山中にあるレストランで、百名ほど収容できるバンケットがあった。不便な場所でもいいお店には人が来ると紘義さんが言っていた。屋上にはヘリポートまであるそうな。ウランの記事が出た日の新聞記事に、地方創生のプロだという人も書いていた。本当にいい場所には、交通が不便でもやり方次第で人を呼べるのだと。

披露宴の最中、僕は突然司会者に名前を呼ばれた。サプライズのセレモニーで、姉からブーケを渡されるという。恥ずかしかったけど受け取ろうとしたら、姉は何を思ったのか「やっぱやめた」と僕の手を払った。「全員参加のブーケトスに変更します」と言い出して司会者を戸惑わせていた。ブーケは真琴ちゃんがゲットしていた。一体何がしたかったんだ。

午後二時半、披露宴はお開きとなり、親族は送迎バスに乗り込んだ。窓から真琴ちゃんが顔を出した。ピンクのドレスに、青い羽飾りのついたカチューシャをしている。イーッと歯をむかれたので、同じ顔を返した。朝に会ったときには、僕の視線を意識してもじもじしていたのに。かわいいねと言うと、首をきゅっとすくめて祥子さんの後ろに隠れてしまったのに。このあいだ僕にバカを連発した子とは思えなかったが、イーの顔を見ればやはり同じ子だった。

父は終始緊張していて、バージンロードから涙ぐんでいた。精も根も尽きたのか、ぐったりしている姿が窓から見えた。

僕は贅沢《ぜいたく》にもタクシーで帰ることにしていた。姉にバイト代の大半を渡したとはいえ、そこらの高校生よりはまだ金持ちだ。ハレの日に、タクシーを使ってもバチは当たるまい。

姉は前日に、婚姻届を役所に提出していた。こうして結婚式も無事に終えた。「二人は夫婦となった」と周囲に向けて表向きの宣言がなされた。けれど祝福の下には、誰にでもわかる空気が流れていた。

男が女を得た、と。

姉が自らをモノ扱いしているわけではない。父とバージンロードを歩いたからといって、「男親から夫への女の受け渡し」という形式は姉にとってはプレイに等しいものである。姉にとっての自由は、僕にとっての自由とは違う。「不特定多数の男」という、これまで煩《わずら》わせていたものから解放されることが、姉にとっての自由への第一歩だった。

結婚で人生安泰になどなるわけがない。この狭い土地で「妻」の在り方には非常におしつけがましいところがあり、ナチュラルな男尊女卑は僕もしょっちゅう目にしている。その風土に巻き込まれて思考停止することと、これまたプレイとして必要なときに必要なだけ「土地の女」として振る舞うことは意味が違う。姉は基本が図太いので、岡島家でうまくやっていけると思う。紘義さんのご両親もいい人たちだし。

最近いろいろあったので忘れていたけど、僕はシスコンである。姉の名字が変わり、アパートにも週の半分しか帰ってこなくなるというのは、かなりさみしい。

送迎バスが見えなくなると、僕はふっと息を吐き、ロータリー前のベンチに座った。気遣いと豪華な食事のせいで、体が重い。

「おつかれさま。ありがとね」

ベージュ地に金糸の刺繡《ししゅう》が入ったワンピースを着た姉が、ロビーから出てきて隣に座った。髪は華やかに結い直され、白と緑の花があしらわれている。メイクは濃く塗り込まれていた。少し崩れていたけれど、おかげで顔の対称性が和らいで、親しみやすい雰囲気をまとっていた。

「今日は帰ってこないんでしょ」

夕方からは町の居酒屋で二次会があるらしい。

「たぶんね。四次会くらいまであるかも。紘義さんもああ見えて地元密着型だから」

地元密着と書いてヤンキーと読む。

「紘義さんは」

「あっちでほかの友達と話してる。二次会の段取り。ビンゴの景品も預けなきゃいけないし」

「姉ちゃん、さっきなんでブーケ渡すのやめたの」

「ブーケほしかった?」

「そういうわけじゃないけど。司会者の人、ワタワタしてたから」

「本当は、大洋にブーケを渡したかったんだよ」

姉は小さく笑った。改めて、対称性が崩れていることに安心した。絵画の女神のような人は、もうどこにもいない。

「それよりもっと大切な贈り物があることに気づいたの。『贈らない』って贈り物に」

純氷のように透き通っていた声にも、心地の良い雑味が生まれている。

ああ、きっと、これから男たちは、少しずつ姉から興味をなくしていく。

紘義さんという、小巻ちゃんを大好きなひとりの男性以外は。

「私は『贈らない』。だからあなたにも『返すもの』などない」

僕は放心して姉の顔を見るしかなかった。

姉は二十歳で僕の保護者役を引き受けた。僕が幼かったばかりに、若いこの人の時間を奪ってしまった。奪ってしまったものは戻らないのに、どうすれば返済できるのかと、答えのないことばかりを考えていた。

「私は何も失っていない。あなたはなにも奪っていない」

姉は腿《もも》の上で手の平を上に向けた。

「私の手の平には、うろこがあった。大洋が生まれた頃、七歳か八歳のとき、無理やり剥《は》がした。痛かったけど。成長するにつれ、うろこは手の平に吸収される。それが嫌だったの。人うろこを剥がして、手元に保管をすることは、ひとつの選択をするということだった。人魚としての自分を失わないということ。私は深樹を忘れたくなかった。見えていたものが見えなくなるのが嫌だった。お父さんは、お母さんのうろこを隠してしまったのですって」

僕が頷くと、知っていたのねと姉は目を見開いた。

「海の町で、聞いた」

「うろこを奪われると、帰ることができない。天女の羽衣みたいにね。私は、紘義さんにうろこを渡した」

姉は前かがみになり、足を組んで腿に頬杖をついた。

「ここで生きると決めたから。結婚をして、紘義さんという強い男性と結ばれたことで、だんだん、発光することもなくなると思う」

ごめん、と姉は呟いた。

「お母さんのこと、あんたに黙っていた。お母さんがこの世界のどこかに生きていると思うことが、私たち二人の足場になっていたから」

母に何があったのか、詳しいことはわからない。断片的にしかわからない。

付き合っていた男たちは、リニアに意見をする立場や専門性を持っていた。推進派から慎重派に意見が変わっていた。最後の恋人は変わらなかった。母の体は傷だらけだった。

父は母にうろこを返した。母は帰りたがっていた。それでも帰らずにこの地に留《とど》まった。

「私たちが人として生まれたからには、生きるための大地が必要になる。お母さんは、私たちの暮らす場所を守ろうとしたのかもしれない。身を削るようなことをして。不器用というだけでは足りない」

目のふちが熱くなるのをこらえた。深樹から去るとき、遠くなっていく人魚の姿は、いまでもはっきりと覚えている。

「母さん、いろいろとアレだったからな」

むりやり明るい声をつくった。姉は「ほんとにね」と頷いた。

「見た目はぽやーっとして、おっとりしているのに、信念がひとりよがりすぎるっていうか。

『やってだめなら諦める』みたいな」

「クリスマスのこと覚えてる?」

「ローストチキンでしょ」

小学生の頃のことだ。クリスマスの少し前に母が丸鶏《まるどり》を買ってきた。ローストチキンを作るという。うちには小さなオーブンレンジしかなかった。万に一つ奇跡が起きるとでも思ったのか、丸ごとレンジに押し込もうとしてつっかえていた。「やっぱりだめか」と母は丸鶏を半分にした。詰め込んだスパイスや具がこぼれた上、半身でもターンテーブルが止まった。結局三人がかりで解体し、ばらばらにしたものをフライパンで焼いて食べた。モモとかムネとか手羽とか色んな部位を楽しめるのがいいね、と母は満足げだった。

ローストチキンはだめだったけど、三人で楽しめた。期待したものとはちがったけど、素敵な時間になった。丸鶏を買わなかったらできなかったことだわ。やってみないと、次に待つ素敵なところには行けないものね。

「レンジのサイズわかってたのになんで丸鶏買ってきたんだよ」

「ただの無計画な人だったのかもしれないけど。行動力はあったよね」

僕らは笑っていた。同じ人を想って笑い合うことは、悲しいし嬉しいしで忙しい。

「リニアを止めたかったのかもしれない。人の心を変えようなんていう、無計画で、途方もないやりかたで」

「ここは僕らと縁もゆかりもない町だ。どうして母さんはこの場所を」

ご縁ってそういうものよ。母が言ったのを、僕は聞いているけれど。

以前、ダムで紘義さんはこう言った。

――エナを守ろうとする意志の働きがあることは否めない。

僕が聞きたいのは、両親の離婚時に、姉がなぜ母と一緒にこの町に来たのかということだった。母と一緒にいたかったと言われればそれだけのことなのに。

姉は手の平を広げ、僕に向けた。

「さっきも言ったように、私はうろこを自分で剥がした。人魚としての自分を喪わないと決めたから。それはつまり、自然の秩序の一要素として在り続けるということ」

背中に汗が滲んでいた。姉は、エナを守ろうとする意志というものに、同意していたのだろうか。

「すべては繋がっている。長年の頭痛の原因が、子ども時代の足の小指の骨折だったという話がある。体が歪んで、バランスが崩れたことで不調が起きる。遠く離れたように見える場所は、実は繋がっていて影響を与えあっている。ある時、お母さんは、この場所が破壊され、在るものが絶滅する可能性があることを知った。在るものが、掘り起こされようとしていることも」

目の前が暗くなる。早野と一緒に植樹をしようと決めた。そんなこと、何の意味もないのではないか。リニアという、桁《けた》違いの強い動力の前には。

そして、膨大な時の流れに積み上げられた意志の前には。

「この町には最大級の塩樹林があった。何より、地下の繭が壊れたら暮らしが壊れる」

無力感に飲まれそうになるのを必死で堪えた。堪える気力だけがいまの僕の武器だった。

そうだ。自分が無力であることなんて、とっくに知っている。思いつくことからやるしかない。母譲りの、丸鶏の精神で。

ただ、その精神をまるごと受け継ぐわけにもいかなかった。守るべきもののために信念を持ち、行動した母のことを、僕がそのまま受け入れることはない。

体の関係をもって男たちの因縁を受け入れ、取り去る。誰にも理解されないやり方であっても、我が子が暮らす大地を守るためには必要なこと。自分にはこうすることしかできない。母は思ったのだろう。

信念を貫《つらぬ》くことは美しい。破滅的なことであったとしても、まっすぐに突き進んでいく人の姿には、触れられない気高さがある。

僕と姉は、その信念に母を奪われたのではないか。そんな気がしてならない。

大地も未来もどうでもいいから一緒にいてほしかった。

叶わないとわかっているから叫べる願い事なのかもしれない。だけど、なりふりかまわず叫んでいる小さな男の子が、僕の中には確かにいる。

いままで見ぬふりしてきた自分の傷にも、僕はこれから触れなければならないのだろう。日常化していた母の男性関係に、傷つき続けていた自分自身の内側に。

「大洋」

姉は脚を揃え直し、再びごめんと言った。

「いままで何も話さなくてごめんなさい。大洋に本当のことを話すためには、境子のこと、海のこと……すべて説明しなければならなくなる。そうしたら、私たちのあいだにあった『知らない』ことが消えてしまう。私はふつうでいたかった。ふつうを守りたかった」

姉は右手で左手の小指の下を撫でた。

「私は、大洋に、たくさん守ってもらった」

「それは俺のほうじゃないか。姉ちゃんに世話にならないとやってこられなかった」

「ううん」

姉は右手を僕の首の後ろに当て、かるくつまんでひねるような仕草をした。

「大洋が今年の夏至まで『自覚』が出なかったのはそういうこと。私が、止めていたの。あんたと海との繋がりを、私が塞いでいたの。大昔に、強い祈りを放った女がいた。祈りは人間と精霊を断絶させた。祈りには変化をもたらす力がある。私は祈ってしまった。大洋が忘れることを祈った」

母が失踪してから、姉はひとりで立ち回ってきた。

近所でひとしきり噂され、粘度の高い視線にさらされ、頼れる人はおらず、すべてが不安に違いなかったのに、姉は僕の背中をぱんと叩いた。二人で暮らしていこうと言った。

そのとき僕は考えることをやめ、姉の強気の顔を鵜呑《うの》みにした。

「大洋が私を置いて海に帰ってしまったら」

「そんなことしないよ」

「わかっていたけれど。私は人の自分も人魚の自分も忘れたくなかった。ここにいて、大洋と一緒に生きていたかった。不安は少しでも取り除きたかった」

姉は自嘲《じちょう》にも見える笑顔を浮かべた。

「ごはんはおいしい。季節の移ろいは心地いい。太陽の熱さが楽しい。雨の音は安らぐ。取るに足らないことだとしても、人の体を持っていなければ感じられないことがたくさんあった。手放したくなかったの。静かな海の中に行けばなんの苦悩もないのに、私はどうしても、堀小巻という命を諦めることができなかった。それでも時々、発作のように、海に帰りたくなるときがある。大洋が海のことを思い出してしまったら。海に帰りたいなんて言ったら。いちばん怖かったのは、止めるどころか大洋の手を引いて海に飛び込んでしまうとわかっていたこと」

「それは、いやかも」

僕が顔をしかめると、姉は「でしょ」と言った。

「大洋のほうが、私の祈りよりも強かった。大洋は自力で思い出した。夏至の力もあったかもしれないけど、思い出したのは大洋自身の力だよ。自分の在りの儘でいるという意志には、どんな祈りも勝てない」

夏至の頃、僕は、誰にも迷惑をかけず、自分の力だけで生きられるようになりたいと強く願っていた。

「俺、実はえげつないほどわがままなのかな」

「実は、じゃないでしょ。嫌なものは絶対嫌だし。自分が納得しない限りは誰の言うことも聞かないし。大洋が子どものうちは、私の祈りも幅を効かせることができたけど」

姉は僕に向き直り、首を少し傾けて微笑んだ。

「あなたはとっくに、大人でした」

鼻の奥がつんとして、慌てて顔をそむけた。

「大洋はやさしいから。潜在的に、私の祈りに付き合ってくれたのかもしれない。だけど、もうおしまい。そう思ったから、あんたの中のあんたは、夏至の力を受け入れた。『傾く』なんていうけど、自然の流れに振り回されているわけではない。大洋は自由だよ。これからもっと自由になる。どこにでも行ける。思うとおりにどこにでも」

そこでひとつのことに思い至り、僕は息を呑んだ。

「もしかして、紘義さんとの結婚を決めたのは、俺のために……？」

すると憎げな顔はどこへやら、姉は憎たらしい顔で「はあ？」と言った。くそ、有終の美とはいかなかったか。

「何度言わせるのよ、私は紘義さんが好きなのよ。四方ウサギ顔なばかりに信じてもらえないけど」

姉が一番ひどいことを言っている気がする。

「あんたまさか、私が大洋の代わりの家族を求めるために紘義さんと結婚を決めたなんて思ってないよね」

「思ってません」

「私が紘義さんと結婚しようと思った理由は理由で上げられないくらいに自然なことなのよ。このくらいのろけておけばいいかしら！」

「すみませんでした」

僕は膝に手を当てて頭を下げた。「だけど」、と姉はため息をついた。

「ひとりになるのが怖かったのはたしか。大洋はいつかここから出ていくとわかっていたから。人魚であることと人であること、両方のバランスを取り続けるためには、強い男性の力が必要だった。だから探した。見つからなければ、ひとりでいようという覚悟もあったけど——たぶん、長くは生きられなかった。そう思うと私は卑怯《ひきょう》かもしれないね」

「卑怯なわけないだろ」

大きな声が出てしまった。見開いた姉の目に涙が滲んだ。

「いままでどれだけ怖い目に遭ってきたんだよ。そうじゃなくても、ひとりで全部やるなんて無理だろ。母さんみたいにぼろぼろになるだけだ。姉ちゃんだって言ってたじゃないか。自立ってひとりで生きていくことではないって。誰かと一緒にいたほうが面倒だしきついに決まってる。誰かを好きになるのって楽しいだけじゃ済まない。それを受け止めているだけですごいのに、なんで逃げみたいに言うんだよ。人魚か人、どっちか捨てればラクになるのに、忘却する手もあったのに、全部大事だったんだろ。徹頭徹尾《てっとうてつび》自分のために生きるって死ぬほどつらいのに、姉ちゃんはしっかりやったんだ。そんな顔するなよ」

「徹頭徹尾」

姉は泣きながら笑った。

「紘義さんと出会えてよかったね」

僕もしっかりと笑って見せた。

「幸せでいてよ。姉ちゃん」

エンジン音が聞こえた。坂の向こうから黒い車が見えてくる。僕を迎えに来た車だ。

「タクシー来たな。帰るね」

僕と姉はベンチから立ち上がる。

「ブーケは渡せなかったから、握手しよ」

姉が手を差し出した。こっ恥ずかしかったけど手を握った。真琴ちゃんの手のような、固い感触は一切なかった。柔らかで温かい手の平があるだけだった。

「大洋は背面ハンサムだったけど、いつのまにか正面もかっこよくなっていたね」

姉は僕を見上げ、片頬を上げた。僕は右腕で目を隠す。

「いまそういうこと言わなくていいんだって」

姉の意地悪い笑い声が聞こえた。僕は腕を乱暴に左右に動かし、「じゃあね」と言った。

風が吹いて、一瞬だけ冬のにおいがした。

タクシーが動き出しても、姉はベンチの前から動かず、小さく手を降り続けていた。

「大丈夫」

窓の外を眺める。木々が流れていく。この一本一本が根を広げ、土中を涵養し、山を育てている。それが何に繋がっているとしても、僕はここが好きだ。

僕は今日も明日も好きなものを好きだと、好きなひとを好きだと言う。

時ぐすりは必ず処方される。それを信じていられさえすれば、怖いものなどないのだ。

＊

僕は朝食を食べている。テレビを見ながら、ひとりで食べている。テーブルにあるのはジャムをつけたトーストと、インスタントのコーヒーだ。二時間後には確実に腹が鳴る。

三分で食べ終えて皿を洗う。テレビを消して、サッシとレースカーテンを締め、カバンを持って外に出て、玄関の鍵をかける。山の町は冬の訪れが早い。おととい、マフラーを出した。階段を降りて駐輪場に行き、自転車に乗る。学校と反対方向に漕《こ》ぎ出す。早野を迎えに行くためだ。

早野造園の門の前に立っている姿が見えてくる。制服姿だ。小さく手を振っているのに合わせ、僕も手を上げる。おはようと言葉をかわし、現場に行く前のおじさんや、従業員の人たち（みんな早野を妹のように思っているらしく、姫を守るドラゴンのごとくおっかない顔を向けてくる）、顔を出したおばさんにも挨拶をして、早野を自転車の後ろに乗せる。

わざと遅い時間に出たので、通学路にさしかかっても生徒の姿はない。

「ごめんね、堀まで遅刻させてしまって」

「今日はサボるつもりだったから、いい」

僕の背中に、遠慮がちな頭の重みが乗る。

「授業より大事なことがある日もある。今日はそういう日」

背中の感触が、頷きのかたちに動いた。

街路樹の前でいったん止まる。早野は自転車から降りて、身をかがめて街路樹の根元を撫でる。脚は左右交互に動く。背中は少し左に曲がっている。早野は葉を見上げ、微笑みかけて、僕のところに戻ってくる。

自転車を押しながら、並んで歩いた。バス停の前を通りかかる。

「相変わらずまばらな時刻表だな」

「待ってても歩いても着く時間は同じだもんね」

夏至の日が、ずいぶん遠いことのように思えた。

「あの日、早野がプールに迎えに来てくれた。わざわざ登校してくれたんだよな」

学校になんか二度と来たくなかっただろうに。あの日、早野は僕のそばにいてくれた。

「もしかしたら傾くかもしれないって思っていたから」

「早野のおかげで、俺は混乱せずに家に帰れた。ありがとう」

早野は耳を赤らめながら、おもむろにカバンを開けた。

これ、と取り出したのは、手作りの絵本だった。

「おお、すげえ」

二つ折りにした画用紙を裏面同士で貼り合わせて重ね、厚紙で綴《と》じられている。紙の端がきっちりそろっていて、皺もなかった。丁寧に製本されたのだとわかった。

　僕は両腕を伸ばし、ほれぼれと絵本の全体像を眺めた。

「めちゃくちゃきれいな本。司書の先生も驚くだろうな。完成おめでとう！」

　夜明け前の闇のようなグラデーションを背景に、大きな樹木が広がっている。そのまわりを、人魚が泳いでいた。まるで森の中を自由に遊んでいるみたいだった。

「あれ？　作者名は入れないの？」

「私だけの物語ではないから」

　早野はそっと表紙に触れた。

　僕はページをめくる。簡素な服を着て山を行き交う人々、都から来た集団が作る列、長い棒を持って煎熬している女性。塩樹林も、製塩土器も、炎も、特徴を捉えて丁寧に描かれている。大きさと間隔が揃えられた文字からも、早野がこれを誰かに読んでもらいたくて作った本なのだということが伝わってきた。一ページだけ、文字に異様な勢いがあった。

　僕はにやりと笑ってしまった。

「なに？」

「なんでもない」

　これから早野は、完成した絵本を図書室に持っていく。

　そして、職員室に行って退学届を提出する。

「私は今日、高校生ではなくなる。自分のこと説明する言葉がひとつ消える。そう思ったら、ちょっと怖いね」

絵本をカバンにしまいながら、早野は眉尻を下げた。笑おうとしているけれど、うまくいかないみたいだ。僕は早野の手を握った。緊張しているのか、冷たい手だった。

「早野のこと、説明されなくても知っている人はたくさんいる。大丈夫」

大丈夫。無責任なこの言葉は、この先も僕の力となっていくのだろう。

何の鎖《くさり》もない、何も決まっていない道を歩くための力に。決められて固められた道のほうが、安心できる。いまこの時だって、怖くてたまらないに決まっている。

「図書室も、職員室も、早野が出てくるまでドアの前で待ってる」

ごめん、と言いかけた早野の声を「今日は」と遮った。

「今日はそういう日」

早野は首を立てて僕を見た。決意の滲んだ、最高にかっこいい目だった。

「よし。俺もトレーニングの成果を見せようではないか」

坂の下に差し掛かると、僕は自転車にまたがった。早野を促すように荷台を指す。

「私も乗るの？　無理だよ、この坂だと一人でも上がるの大変そうなのに」

校門までは上り坂が続いている。急勾配《きゅうこうばい》である上にカーブも多いので、ここからだとゴールが見えない。

「ここんとこ毎朝、友達を自転車の後ろに乗せて坂を上っていたんだ。初めはキツすぎて、さすがに無理かなと思ったんだけど、毎日やってるうちに上まで行けるようになった。やってみないと、次に待つ素敵なところには行けないものね」

残念なことに、やはり僕は母から丸鶏の精神を受け継いでしまっているようだ。

早野はぼんやりした目で、自転車と坂を交互に見た。

「トレーニング……」

「今日は絶対、早野を学校までエスコートするって決めてたんだ」

「エスコート」

早野は口の端をむずつかせると、体を折り曲げて笑い始めた。

「ごめん、堀ががんばってくれたのを笑ったわけではないの」

僕ももらい笑いをして、肩を揺らしながら頷いた。

「なんていうか、嬉しさが飽和《ほうわ》した」

早野は笑顔のまま、胸に手を置き呼吸を整え、荷台に乗った。自転車が軋む。僕は坂に向かってペダルを踏み込む。

「すごい、ほんとに上がってる」

「だから、言った、だろ」

僕は二年生を修了したら海の町に行く。早野と離れる。

離れてもきみを守ることはできるだろうか。きみが守られるばかりじゃないってことはわかっているんだけど。

僕は立ち漕ぎの格好でひたすらペダルを踏み込んだ。

堀！　と早野が声を張り上げた。

「ありがとう。何度言っても足りない」

自分のためだけなら、こんなことできない。きみのためだから力を得ることができるんだ。だいぶ勝手な自己満足。徹頭徹尾自分のための使命感。

だけど、これから何かに迷いそうになったときも、これが灯台になってくれる気がする。顔を上げたらそこに明かりがあるというだけで、溺れずに進めそうな気がする。じっさい、こうやって坂道も上れてしまうわけで。

校門が見えてくる。坂がもうすぐ終わる。

僕が母の声を噛みしめるのは、いつもこの時だ。

友人を乗せて練習している時からそうだった。終わりがないような坂の下から、必死で上って、間もなくゴールにたどり着くというこの時、母の声が蘇る。

深樹から去るとき、母は遠ざかる僕を見上げて何度も口を動かしていた。

同じ形に、繰り返し動かしていた。

その声は水に響きを与え、交差する振動を弓と弦《げん》にして、ひとつの言葉を奏でていた。

どうか、自由に。

自由。一番いやな言葉だ。一番、求めていたものだったから。求めてはいけないものだと思っていたから。

いま、やっと返事ができそうだ。坂を上り切り、早野が「すごい」と笑うこの時に。

僕は肩で息をしながら、丘のある山を見つめた。

「言われずとも」

〈了〉

参考資料

『土中環境：忘れられた共生のまなざし、蘇る古の技』 高田宏臣 著　建築資料研究社、2020.6

『樹木学』 ピーター・トーマス 著、熊崎 実、浅川澄彦、須藤彰司 訳　築地書館、2001.7

『植物は〈知性〉をもっている：20の感覚で思考する生命システム』
ステファノ・マンクーゾ、アレッサンドラ・ヴィオラ 著、久保耕司 訳　NHK出版、2015.11

『塩の道』 宮本常一 著　講談社、1985.3

『古代道路の謎：奈良時代の巨大国家プロジェクト』 近江俊秀 著　祥伝社、2013.4

『縄文の思考』 小林達雄 著　筑摩書房、2008.4

『「リニア」破滅への超特急：テクノロジー神話の終着点』
ストップリニア東京連絡会 編　柘植書房、1994.10

『リニア新幹線が不可能な7つの理由』 樫田秀樹 著　岩波書店、2017.10

『ブルー・ゾーン』 篠宮龍三 著　牧野出版、2010.9

『みどりのゆび』 モーリス・ドリュオン 作、ジャクリーヌ・デュエーム 絵、安東次男 訳　岩波書店、2009.8

『精霊の王』 中沢新一 著　講談社、2003.11

『日本の歴史をよみなおす』 網野善彦 著　筑摩書房、2005.7

『新明解国語辞典』第8版
山田忠雄、倉持保男、上野善道、山田明雄、井島正博、笹原宏之 編　三省堂、2020.11

『風景を作る人　柳生博』 生 和寛 著　辰巳出版、1997.6

地球守　高田宏臣コラム　緊急調査報告～岐阜県大湫神明神社　御神木倒木の原因を考える
https://chikyumori.org/2020/08/20/%e7%b7%8a%e6%80%a5%e8%aa%bf%e6%9f%bb%e5%a0%b1%e5%91%8a%ef%bd%9e%e5%b2%90%e9%98%9c%e7%9c%8c%e5%a4%a7%e6%b9%ab%e7%a5%9e%e6%98%8e%e7%a5%9e%e7%a4%be%e3%80%80%e5%be%a1%e7%a5%9e%e6%9c%a8%e5%80%92%e6%9c%a8/
2021.6.1　閲覧

JR東海　環境影響評価書　他
https://company.jr-central.co.jp/chuoshinkansen/efforts/gifu/
2021.7.7　閲覧

JR東海　事業説明会資料
https://company.jr-central.co.jp/chuoshinkansen/efforts/briefing_materials/briefing_session/gifu/
2021.7.8　閲覧

広報大湫　7月号
http://okute-shuku.jp/okute/wp-content/uploads/2021/07/%EF%BC%97%E6%9C%88%E5%8F%B7%E6%9C%AC%E6%96%87%EF%BC%91.pdf
2021.8.1 閲覧

広報大湫　8月号
http://okute-shuku.jp/okute/wp-content/uploads/2021/08/8%E6%9C%88%E5%8F%B7%E6%9C%AC%E6%96%87.pdf
2021.8.1 閲覧

academyhills「縄文の思考」～日本文化の源流を探る
https://www.academyhills.com/note/opinion/tqe2it000007o0e4.html
2021.8.2　閲覧

島根県　古代体験マニュアル Vol.1　野焼きで作る縄文土器　1999 年 12 月発行
https://www.pref.shimane.lg.jp/education/kyoiku/gakkou/manual/
2021.8.11　閲覧

一般社団法人　日本原子力文化財団　月刊誌　原子力文化　2018.1 ～ 2018.6 「地下環境学への誘い」
https://www.jaero.or.jp/data/03syuppan/genshiryokubunka/genshiryokubunka.html
2021.8.13　閲覧

国土交通省　道の歴史
https://www.mlit.go.jp/road/michi-re/index.htm
2021.8.13　閲覧

瑞浪市化石博物館第 76 回特別展　デスモスチルスが見たみずなみ　―瑞浪層群の化石展―
https://www.city.mizunami.lg.jp/_res/projects/default_project/_page_/001/004/650/special76.pdf
2021.8.14　閲覧

らせる　2017 年 7 月号　地層からたどる太古の瑞浪
https://chuco.co.jp/modules/special/index.php?page=visit&cid=30&lid=4113
2021.8.14　閲覧

岐阜の地学　よもやま話　資源・温泉［2］ウラン鉱床　～蓄積した放射能～
http://chigaku.ed.gifu-u.ac.jp/chigakuhp/html/kyo/chisitsu/gifunochigaku/resources_and_spas/uranium_deposits/index.html
2021.9.24　閲覧

こばやしまりこ　なかよしアート　手作り絵本のつくり方（私の場合）
http://kobayashimariko.seesaa.net/article/407442946.html
2021.9.25　閲覧

イチョウの伝来は何時か…古典資料からの考察…堀輝三
PLANT　MORPHOLOGY　13（1），31-40，2001 日本植物形態学会
https://www.jstage.jst.go.jp/article/plmorphol1989/13/1/13_1_31/_article/-char/ja
2021.5.26　閲覧

イチョウ巨樹の乳信仰 : 歴史研究の資料に関する課題　児島 恭子
札幌学院大学人文学会紀要 = Journal of the Society of Humanities (103), 73-85, 2018-02
札幌学院大学総合研究所 = Research Institute of Sapporo Gakuin University
https://sgul.repo.nii.ac.jp/?action=pages_view_main&active_action=repository_view_main_item_detail&item_id=2860&item_no=1&page_id=13&block_id=21
2021.5.26　閲覧

樹液を飲む　寺沢 実
化学と生物 33(11), 755-760, 1995-11-25
公益社団法人 日本農芸化学会
https://www.jstage.jst.go.jp/article/kagakutoseibutsu1962/33/11/33_11_755/_article/-char/ja/
2021.8.10　閲覧

Special Thanks（敬称略）
三瓶 洋一・三瓶 瑠美子

塚本 はつ歌 (Hatsuka Tsukamoto)
1983年生まれ。岐阜県瑞浪市出身。大阪芸術大学卒業後、職歴を重ねながら小説投稿を続ける。現在は神奈川県在住。子育てをしながら執筆を行う。好きなことは散歩と読書、料理の本を眺めながら寝ること（実際に作るかどうかはまた別の話）。
https://twitter.com/20th_tsukamoto

塩の樹と森の人魚

2021年 11月 15日　第 1 刷発行

著者／塚本はつ歌

デザイン／篠田直樹（bright light）
イラスト／あき
編集／松本貴子（産業編集センター）

発行／株式会社産業編集センター
〒 112-0011　東京都文京区千石4丁目 39 番 17 号
TEL 03-5395-6133　FAX 03-5395-5320

印刷・製本／萩原印刷株式会社

ISBN978-4-86311-317-6　C0093

対象層：中学生から大人まで